B
E
S 嚴
T 選

奇幻基地出版

勤儉魔法師的中古英格蘭生存指南

The Frugal Wizard's Handbook
for Surviving Medieval England

布蘭登・山德森 著
陳岳辰 譯

Brandon
Sanderson

勤儉魔法師
的
中古英格蘭生存指南

賽熙爾・G・巴格斯沃三世 著

獻給Matt Bushman，
什麼事情到他這裡都能變成一首歌，明明是家裡最文藝的人卻又不肯承認，
我只好公開表揚了。

目錄

致謝 9

第一部　白色房間 13

第二部　輕鬆成為魔法師 103

第三部　巴格斯沃（又）來亂 257

第四部　不可退費 359

尾聲 427

後記 432

致謝

把這本書變出來的魔法並非我單獨能夠施展，有許多人的協助才得以完成，而其中又有三位我特別想要致意。第一位Steve Argyle，既是我的好友，也是充滿才氣的藝術家，其實我幾乎就只是把書拿給他，然後說：「隨便你玩，弄漂亮就對了。」而結果遠遠超出我的預期，看得我目瞪口呆。建議有聲書的讀者也到我的網站看看他的作品，眞的很棒。

第二位特別感激的是Michael Livingston博士。很多讀者可能從研究羅伯特．喬丹（Robert Jordan）和「時光之輪」（*The Wheel of Time*）系列的學術文章中已經認識他（有興趣可以讀一讀《時光之輪的起源》〔*Origins of The Wheel of Time*〕，可以知道故事背後的故事），而他也寫過幾本奇幻作品，我都相當推薦！他的專長正是歷史與中世紀的社會，提供了很多參考資料免得我亂寫，甚至親手幫我重寫了盎格魯撒克遜人的詩詞以求符合時代風格。他作詩的功力比我高竿多了，感謝他爲了這本書如此費心。

第三位想提的自然是我的好太太——所有「祕密計畫」（Secret Project）的作品本就是爲她而寫，她當然也就是第一個讀者。因爲她的鼓勵與熱情，才有了各位手上這幾本書！

除了以上三位，其餘的參與幕後者多半是我公司「龍鋼」（Dragonsteel）的成員。例如藝術部門有IЧFFk Stewart擔任總監，Rachael Lynn Buchanan和Jennifer Neal協助，印刷專家Bill Wearne幫忙整合。這幾本書有大量額外的美術及印刷作業，都歸功於他們。

編輯部主任是Peter Ahlstrom，這本書的責編則是Kristy S. Gilbert，此外Karen Ahlstrom和Betsey Ahlstrom也提供很多幫忙，校訂則由Kristy Kugler完成。

營運主任是Matt Hatch，團隊成員有Emma Tan-Stoker、Jane Horne、Kathleen Dorsey Sanderson、Makena Saluone、Hazel Cummings，以及Becky Wilson。再來公關行銷主任是Adam Horne，團隊成員包括Jeremy Palmer、Taylor D. Hatch和Octavia Escamilla，他們在Kickstarter上的努力也是祕密計畫得以順利進行的動力之一。如果沒記錯，Taylor和Octavia應該是第一次出現在我的致謝詞裡！兩位都表現得很棒。

物流及活動部門由Kara Stewart指揮，他們負責將幾十萬本書寄到各位讀者手中，今年是忙得不可開交的一年。眞的無比感謝，辛苦了！團隊成員包括Christi Jacobsen、Lex Willhite、Kellyn Neumann、Mem Grange、Michael Bateman、Joy Allen、Katy Ives、Richard Rubert、Brett Moore、Ally Reep、Sean VanBuskirk、Isabel Chrisman、Owen Knowlton、Alex Lyon、Jacob Chrisman、Matt Hampton、Camilla Cutler和Quinton Martin。

也要感謝Kickstarter那裡的朋友Margot Atwell和Oriana Leckert，BackerKit的朋友Anna

Gallagher、Palmer Johnson和Antonio Rosales；以及在Inventor's Guide時時關注我們的好友Matt Alexander和Mike Kannely。

本書的初階試讀者（拿到的是正式印刷版本！）有Brad Neumann、Kellyn Neumann、Lex Willhite、Jennifer Neal、Christi Jacobsen、Ally Reep和Tyson Meyer。

二階試讀者包括Drew McCaffrey、Brian T. Hill、João Menezes Morais、Richard Fife、Joy Allen、Glen Vogelaar、Megan Kanne、Bob Kluttz、Paige Vest、Jayden King、Deana Covel Whitney、Chana Oshira Block、Christina Goodman、Heather Clinger、Zaya Clinger和Chris Cottingham。

三階試讀者為Brian T. Hill、Joshua Harkey、Tim Challener、Ross Newberry、Rob West、Jessica Ashcraft、Chris McGrath、Evgeni "Argent" Kirilov、Glen Vogelaar、Frankie Jerome、Shannon Nelson、Ted Herman、Drew McCaffrey、Kalyani Poluri、Bob Kluttz、Christina Goodman、Rosemary Williams、Jayden King、Ian McNatt、Anthony、Lyndsey Luther和Kendra Alexander。

布蘭登．山德森

第一部

白色房間

第1章

驚醒時，我緊握雙拳，腎上腺素在體內亂竄。我一個輕巧翻身，跳起來準備揍人，汗水沿著臉頰輪廓滑落。

然後發現自己躺在一片草地上。

陽光明媚的草地，不遠處有片森林。

搞什麼鬼？

這什麼鬼地方？

我心跳快得像打鼓，試著理解自身處境。

背後有聲音傳來，我轉身同時雙手再次架在前方防禦。結果只是隻小鳥。這裡周圍就只是一片普通原野，能看見地勢起伏、山巒連綿。但我腳邊有塊區域已化作焦土，某種穀物的根莖被烤黑，灰燼上輕煙裊裊。我努力回想卻想不起任何線索，腦袋裡什麼也沒有，像個白色房間任人隨意粉刷。

空的。記憶是空的。除了……隱約覺得自

己不喜歡游泳？

在此時此刻，我對自己的認識就這麼一丁點，記不得自己的名字、出身，只模模糊糊對很大一片水體的場景感到恐懼。

我輕撫頭顱，開始觀察四周，思索內心爲何如此空白。焦土外的植物有好幾英吋高，我無法分辨品種，可見我應該不是個農人。

那些怪異的焦痕是直徑約十英呎的圓形，我原本躺在那中央。湊近以後，我留意到腳下植物並未燒焦。我轉頭查看了下，確認了沒被火烤的部分呈現出清楚的人形。我的形狀。像是某種人體版畫。

是不是因爲我抗火？或許我身上有相關的強化（augment）。從肉體狀態判斷，我是個男性，中等身高，肌肉發達；綁帶式皮靴看起來耐用，長衫外面套了褐色短罩袍，而罩袍外又再披了一條亮色斗篷。看來短期內不必擔心感冒。至於短袍底下……

是藍色牛仔褲？

上半身卻是古代罩袍與斗篷？這穿搭未免太奇怪。

不會吧……難道我是玩角色扮演的人？還有，爲什麼我記得「角色扮演」這種詞彙，卻記不得自己名字？

所以……可能是什麼地方舉辦了文藝復興節之類的，我爲了活動而獨自跑到野外拍照，還帶著一些煙火道具想讓畫面更炫，卻不小心連同自己也炸了。這樣的推論似乎有點道理。

但是相機呢？手機呢？車鑰匙呢？

檢查之後，口袋除了一支圓珠筆什麼也沒有。我跨出自己的人形版畫，地上的焦黑根莖被我踩得啪嚓作響，空氣中瀰漫煙霧和硫磺的味道。

我迅速調查四周。只有土壤和植物，沒什麼值得留意的東西，尤其找不到其他隨身物品。這讓我不禁對剛剛那套拍照推論產生懷疑。說不定我就只是個怪咖，喜歡穿古裝……然後走到野地上爆炸？

再正常不過了。

遠方有條泥巴路通向聚落，都是些古色古香的木屋，茅草屋頂、窗戶不多，後面矗立一座較高的建築。聚落稍微被山丘遮掩，沒辦法看得很仔細。我一番搖頭長嘆。看來我只能——

等等，地上那是什麼？

我跑了過去，接著撿起卡在兩根莖稈之間的一張紙。剛才怎麼看漏了它？紙張邊緣被燒焦，上頭只有幾行字。

勤儉魔法師的中古英格蘭生存指南
第四版
賽熙爾．G．巴格斯沃三世 著

我讀了三遍，然後轉頭望向那些古蹟模樣的樓房。或許不是我在玩角色扮演，而是進入某個主題樂園。不知道哪個答案比較宅？

但既然有了目標，之後就簡單一些。接著，我又看到靠近森林的地方還有一張紙。希望上面會有地圖，或至少列出急救站在什麼區域，感覺我好像有撞到頭或是其他毛病。

找到的第二張紙損毀更嚴重，勉勉強強保留住一段文字，正反面加起來就是以下兩段。

或許會造成嚴重不適，但請放心！服務項目之一就是為顧客挑選抵達後適合休養的地點，同時建議大家利用書末空白頁寫下個人生平重點資訊。

轉移過程可能導致思緒紊亂、或大或小的記憶缺損。最初感到茫然是常見副作用，因此不必驚慌，此時只要

斷在這裡未免巧得太過分？我翻過來讀另一面。

所謂「高階照護團」的昂貴方案包含僕從、豪宅與醫療人員，或許能更有助於您休養復元。這些需求我們能夠滿足，若超出預算也不必擔心！既然身為勤儉魔法師™就不需要鋪張奢華，應該說有了這些服務，反而會讓旅程簡單過頭！（請參考第八十七頁巴格斯沃團隊的研究。）

沒錯，勤儉魔法師™有信心、有能力、自立自強，不需要別人費心照顧。後面會說明各種技巧與竅門

很好，看樣子我買了某種旅遊服務……而且過程不知爲何，會對身體造成很大負擔？

一道模糊的念頭飄過意識邊緣。

這是我的選擇。我自己想要來到這裡。

剎那間，我隱約察覺還有更重要的問題，而且答案伸手可及。可惜那份清醒轉瞬即逝，眨眼間，腦袋又變回之前的空白房間狀態。

總而言之，我沒被送到「適合休養的地點」，反而在燒焦的原野上醒來。顧客評價我都想好了：完美體驗，只要你熱愛縱火。一顆星。

等等。

遠處傳來人聲。

我還沒聽清楚聲音，身體便自己先動了起來。才幾秒工夫，我便已竄進森林、背靠樹幹，手下意識朝腰間一探——

不會吧，我本能想要掏的東西難道是……槍？但目前身上完全沒線索，不過從我尋找掩蔽時不只迅速還安靜這一點來看，這種行爲模式很叫人不安。

當然也不一定代表我有什麼複雜背景。或許我只是很會玩捉迷藏，而且玩的捉迷藏是大家都會拿漆彈槍？

方才也考慮過是否求援，有人經過本來應該慶幸，可是我卻本能藏身樹後，還刻意放慢呼吸。無論我以前什麼身分，顯然對這種情境經驗豐富。

說話的人越來越靠近，我開始能聽見對話內容。

「這怎麼回事，伊斯坦（Ealstan）？」先開口的男子語氣怯弱，字詞是標準現代英語，不過帶著淡淡的歐洲腔。「會是遊靈（Landswight）嗎？」

「遊靈不會這樣做。」回答的也是男人，聲音比較沉穩。

「或許是洛基娜（Logna）之火？」輪到一名女性開口：「你們看看中間那個形狀，還有散落四周的法術……」

「像是有人被活活燒死。」最先講話的男子繼續說：「晴空萬里一聲雷……也許那人的命被上天收回去了吧。」

嗓音低沉的男人發出悶哼。我忍住探頭窺視的衝動，因爲腦海中有道聲音對我低語：再等等！

「召集所有人，」穩重聲音的男子最後吩咐：「今天晚上做獻祭……赫妲，那個詩客（skop）走了嗎？」

「今天才出發，應該剛上路不久。」女的回答。

「派人追過去請她回來。這裡可能需要束祟，又或者更糟糕的情況下，也許需要送祟。」

「她一定會很開心。」女子這麼說。

男子再次悶哼，三人原路返回，踏過禾稈時發出窸窣聲響。我這才稍微將頭探出樹幹，觀察朝著遠方聚落移動的背影。兩男一女，古風打扮，男性穿著罩袍和極其寬鬆的褲子——不是該穿緊身褲嗎？我很肯定自己曾在博物館看過。他們的衣服都染成土黃，而且褪色了，只有較高的男子例外：他的那件斗篷不僅是橘色，還異常鮮豔，豔得讓我懷疑道具組沒做考證。

至於那位女子，則是身穿褐色無袖短套袍，罩住一件有袖的白長衣。撇開那件斗篷，三人確實是古代平民的裝扮。再怎麼說，總比我連牛仔褲都穿來要好。從這角度思考，我便更覺得這裡是主題樂園了。但工作人員講話不是應該模仿古人才對嗎？開口閉口「之乎者也」、「吾汝彼爾」之類的。是因爲旁邊沒遊客，就可以不用維持這種設定嗎？

我正思考該如何獲得情報時，又有個人抓著幾張燒焦的紙朝那三人跑過去。指南書的大半頁面恐怕已經隨風進入聚落，還被居民陸續收集起來。

也罷，任務開始。我必須重組這本書。

第2章

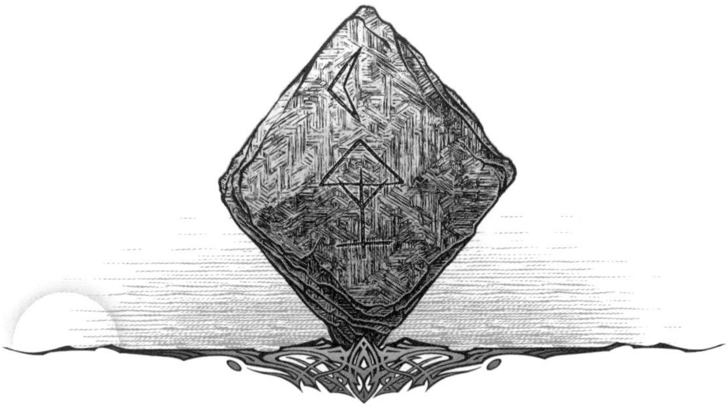

有一部分的我，心裡有點想衝出去開口質問，直接以消費者身分提出客訴，逼他們放下僞裝。

但……總覺得有什麼地方不對勁。

我隱約直覺到：那些人並非演員，一切都是眞的，所以我應該繼續躲好。

該死。這簡直荒謬得過分，不是嗎？

然而直覺也告訴我……我是個相信直覺的人。因此我按兵不動，藏在暗處直到日落。但最後我可能等過頭了。這個地方後來整個陷入一片漆黑，而且是恐怖片地下室那種程度的黑。烏雲遮蔽住星星，今夜似乎也無法期待有月光。而且連那座小鎮也沒點亮半盞燈，原本以爲至少會有火炬或篝火才對。

我拍拍用來藏身的樹幹。「多謝照顧，」我低聲說：「你是棵好樹，又高又粗，重點還是木頭做的。給你四點五顆星，有機會再來你這裡坐坐。唯一的缺點大概是沒招待飲料。」

說完後我遲疑了。

我察覺自己不是第一次有這種反應，而且覺得手很癢，想將意見感受全寫成筆記。這是我身分的線索嗎？我難道是個……評論員？

從大獲好評的樹幹後頭溜出去後，我再次感受到自己匿蹤潛行的技藝精湛，儘管周遭昏暗，我仍能悄無聲息穿梭在荒煙蔓草之間。如此厲害的我，說不定是個忍者來著。

穿過原野後，我找到一條由夯土堆砌而成的道路。朝著小鎮行走的同時，雲層逐漸稀疏，透出幾許星光。即使如此，這也只是從「恐怖片地下室」晉升爲「恐怖片樹林」等級，勉強算是有進步？

我發覺自己並不習慣這種原始昏暗，從未見過這樣深沉的黑，尤其在清楚意識到自己無法按個開關就能控制亮度之後。

到了鎮內，房舍都安安靜靜，算一算不超過二十戶，全是木牆搭上三角形茅草屋頂的樣式。（感覺WiFi訊號一定很差。兩顆星。）

不遠處我聽得見河水潺潺，朝那方向望去，只模糊地看得到還有一大片建築。我走到村子另一頭找到了河流，河道寬但水不深。我跪下來舀水要喝，暗忖體內有奈米醫療機器能夠殺菌，不用太過擔心。

接著我全身一愣。雙手還沒碰到嘴，停在半空。

奈米……醫療機器？

沒錯，身體裡有許多超微型機器會執行基礎醫療照護，像是排除毒素和病原，分解食物變成熱量與理想的營養素，若有萬一也能提供急救療傷功能。上次我中彈之後，不到一小時就能站穩腳步，不過奈米機器系統也因此超載，徹底停擺整整兩天。

很好！總算有了些線索。所以我身上還有其他強化嗎？我記不得了，只知道自己食量比一般人大，更精確來說是需要特別高的熱量，或者說……碳水化合物？理論上任何有機物都行，但品質好壞總是有差別。

我回頭望向小鎮，忽然一聲孩童啼哭傳來，嚇了我好一大跳。

等情緒平復之後，我沿著河岸快步前進，片刻後找到一座木橋。過橋時，我發現先前看到的模糊影子，其實是圓木豎直排列成的圍牆，一端插入地面、另一端削尖指向天際，高度將近八英呎高。

圍牆看上去夠堅固牢靠，不過我本以爲會是石砌的，而且應該更高。總之就是想像了一座城堡，結果只是木頭有點小失望。但暫且不給予評分，說不定這才符合時代背景。

來這裡找鎮上有頭有臉的人應該準沒錯。例如那個嗓音低沉有威嚴的男子。

我在圍牆外側繞了整整一圈，內部面積不大，建築物肯定不多，棘手之處在於大門緊閉，四周還挖了深壕。牆的內側角落有座木頭高臺，想必是哨塔。要在壕溝爬下爬上又要翻越高牆，不可能不被人察覺。

無可奈何之下，我活用畢生經驗——也就是大約半天的記憶，擬了個計畫。首先，躲在能看見大門的樹木後方，等到有人開門。

（樹木評價：三顆星。根部形狀容易絆腳，不推薦給缺乏經驗的藏匿者。可參考我對同區域其他樹木的評價尋找合適選擇。）

正當我思考著要不要再扣半顆星時，有聲音沿著道路逼近。我心慌了一下——是汽車嗎？

很可惜，只是馬蹄。兩人兩馬的輪廓在星光照耀下慢慢浮現。以夜間而言，我覺得那速度快得不大安全。他們停在門前朝裡面高呼，我躲得有些遠，因此聽不見雙方對話，但兩大片門板很快就朝左右緩緩轉開。

騎馬入內的兩人披著風帽，面容看不清楚。圍牆內還有少許光源，能看見兩棟較大的建築物，一棟是石砌的，另一棟則和牆外鎮上相仿，都是木頭加茅草。

看來訪客的身分有點特殊。連同衛兵在內，牆內多數人都圍了過去。換言之，沒人在看守門口。

一見機不可失，我立刻融入黑暗，一展匿蹤長才溜進裡頭沒被發現。如何隱藏在暗處並避免暴露身影、發出聲響，對此我顯然駕輕就熟，但也有點憂心：爲什麼我具備這些技能？加上好幾次下意識想拔出不存在的手槍，綜合來看實在不像個整天給樹寫評分、平日奉公守法的好公民。

我找到幾個大木桶後，便蹲在後頭觀察地形。庭院中央有塊大石頭，頂端凹凸不平，高度大於寬度，形狀類似切掉最上方部分的華盛頓紀念碑。角落有間小馬廄，來訪的兩人在那裡下馬，坐騎交給僕從打理。

有個男孩朝石砌建築跑過去。那棟建築的屋況明顯勝出一籌，或許是本地首領的住處？旁邊的木屋則是議事地點？

妙的是，石砌建築前方立了一些蠟燭，燭光照亮了碗盤，盤中有些盛著水果、有些裝了奶油，還有一個……

放著一張燒焦的紙頁。

男孩折返回來，伸手示意兩位訪客跟隨，三人便走入我猜測是議事廳的木屋。他們進門前仍然在交談，隱約能聽見「酒水」二字。我應該該對他們的身分更感興趣，但注意力卻完全被那張紙吸引過去。那張紙是從我那本指南書裡掉出來的嗎？爲什麼這樣擺在屋子前方？

這副光景詭異至極。我是不是參加了什麼荒謬的社會實驗，或者眞人實境節目？

我按捺住衝動，繃緊神經又多等了幾分鐘。不出所料，有個身穿橘色斗篷的男人走出宅邸，兩名侍衛手持長柄單手斧和圓木盾。沒看見甲冑，裝扮有維京人的風格。

「奧斯瓦，」侍衛之一朝著木頭哨塔大叫：「關門！」

正當首領帶著部下走向議事廳時，一名年輕士兵手忙腳亂地爬下哨塔。年輕士兵見人就笑，在首領面前鞠躬鞠得有點太過，一個人獨自去把大門闔上。

輪到我行動了，俗話說不遺魚力才能捕到魚。還來不及思考，我已經離開掩護，竄向庭院另一頭，而且身體似乎比意識還要進入狀況——不能錯過機會，但也不能拔腿就跑，否則會鬧出太大的動靜。即使失去遮蔽，我也只是快步繞過庭院中央的黑色巨石，接近宅邸前方的蠟燭和小碗之後抽走紙頁。

又過幾秒鐘，我在議事廳旁邊找到掩蔽處躲起來，心跳響亮得像雷鳴。幾次謹慎的深呼吸後，我冷靜下來，趕緊朝那張紙瞥一眼。

好極了。我這才想起自己身處黑暗，而且是恐怖片等級的漆黑環境裡。所幸前方不遠處就有扇窗，雖然裡面的百葉遮板被拉上，但仍有光線流洩出來。我溜了過去，就著微光攤開紙。

跟之前找到的紙頁一樣，上頭印了很多字，但這張損毀的比例不高。紙上的內容寫著：

專屬於你的次元

次元穿越的技術細節十分龐雜，但都無關緊要，建議各位不必費心鑽研。麻煩的部分交給勤儉魔法師股份有限公司®來處理，只要挑選出適合自己的服務組合，就能得到天然純淨的輕地球™次元之旅。

我停下閱讀。文字的形狀彷彿在眼前散開、變模糊，我無法專心聚焦。一片拼圖又湊上了。

這裡並非是主題樂園、電視節目，或是詭異的社會實驗。

這裡是另一個次元。

本該屬於我的次元。

專屬於你的次元

次元穿越的技術細節十分龐雜，但都無關緊要，建議各位不必費心鑽研。麻煩的部分交給勤儉魔法師股份有限公司® 來處理，只要挑選出適合自己的服務組合，就能得到天然純淨的輕地球™次元之旅。

話雖如此，歷史也不會害人，除非您碰上會背後捅刀的騎士！（這只是次元穿越界的小笑話，我們提供的次元都安全無虞。[註1]）

穿越技術早在2084年便問世，然而直至近年才解除機密、鬆綁法規，隨後不僅次元旅遊興起，還出現了畢生難求的好機會！成為跨次元魔法師™，參加嶄新大膽的冒險，效法先民開拓美國大西部的精神，打造專屬於您的獨特次元！

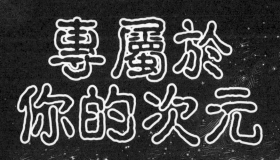

勤儉魔法師股份有限公司® 取得頻段編號305底下的二等中世紀衍生次元。別被專有名詞嚇著了——意思就只是這些次元彼此相仿，與我們的地球有如二等親，因此很多特徵雖然相似，但又不至於過分雷同！畢竟新鮮刺激還是很重要。

本公司精心挑選的次元都十分適宜魔法師居住。心動不如行動，手腳慢了，好次元也都被挑光了！[註2]

[註1] 法律免責聲明：本陳述僅為博君一笑，各次元皆有獨自風險，其中包含肢解、穿刺、殘廢等輕重傷及喪命情況，旅者須自負其責。若產生爭議，消費者同意接受由本公司指定的次元進行仲裁。

[註2] 法律免責聲明：本陳述僅為博君一笑。理論上次元無窮無盡，沒有「被挑光」的問題。

第3章

沒錯。這個次元屬於我。

英格蘭屬於我、地球屬於我，這整個宇宙都是我的。至少合約條文應該是這樣記載。

細節我還不是很清楚，記憶回復的速度差到只能給自己零顆星評價。但我有想起來這一點：人類可以購買次元，嚴格來說是購買獨佔進入權。被買下的次元受到量子加密，只有所有權人能夠解鎖，在法律上也享有對該次元爲所欲爲的權利。畢竟有些次元連物理法則（或者說，我們在原生次元認知的物理法則）都不適用，所以《聯合國憲章》之類的東西管不到也算理所當然。

撇開繁文縟節，這裡對我來說應該是星球規模的遊樂園。

但……我到底是誰？是觀光客？歷史迷？還是想統治世界的狂人？我來到這次元的動機

是什麼？爲什麼會倒在荒郊野外，而不是身處整頓妥善的城堡或……我也不知道，也許可以先在有科技設施的地方休息？

好吧，感覺得出我不是什麼很學術的人，還有，過程中一定出了什麼差錯。思緒亂成一團，但議事廳內傳出的聲音提醒著我，我應該更留意自己處境。我沒有武器、無法掌握地理位置，如果大搖大擺走進去宣稱這世界一切歸自己所有，請大家乖乖聽話，我猜……他們也會大搖大擺圍上來捅死我，宣稱刀劍不長眼，還請我盡量別把血滴在地毯上。

我能靠神奇的未來知識震懾他們嗎？但應該先確定的是，我有那種東西可用嗎？絞盡腦汁想了半天，我擁有的未來知識好像都是些電影臺詞。當然，我能預測這世界總有一天同樣會發明出電腦，但首先要有電路……然後是處理器？

身上雖然有奈米醫療機器，偏偏那種東西沒辦法拿出來嚇唬人說「看！我是神明！」之類的；可以穩定展現的「超能力」，也僅止於無論別人怎麼咳嗽，我都不會被傳染。就算硬著頭皮示範重傷後能迅速痊癒，倘若有人在系統重建期間逼我重現神蹟，那我就小命難保了。兩種做法都很難眞正威嚇到這群古代同胞。

要不要找條蛇來咬自己，讓他們看看我不會死？

但又要從哪裡弄來蛇？

爲今之計還是得先將書頁收集起來，看看上面有沒有緊急專線可以聯繫。

我小心翼翼繞到建築物後側，摸到一扇緊閉的窗戶下方，以便距離人聲比較近。

「……我當然不想觸怒郡侯，」這低沉嗓音我認得，是本地的領袖橘斗篷先生。「但情況太過特殊。既然鎮上有詩客，或許該讓她——」

另一個人開口說了句話。聲音很小，語氣卻很霸道。

「現在？」橘斗篷先生問：「現在……過去嗎？」

之後是一連串腳步聲，聽起來他們全都走出去了。好極了，我根本什麼都沒聽到。

我溜到建築物另一邊，看看能不能趁這群人上路之前得到些消息。

「如果你們想找的人就在附近，」首領又開口：「我們一定會搜出來。但想先提醒一句……目前看來，他或許已經被天神擊斃了。」

訪客沒有回答，只是大步朝著重新開啓的寨門走去。首領顯然因這兩人的態度而心浮氣躁，跟在後頭時搖了好幾次頭。

等等……

他們是在找我嗎？

他們是在找我啊。

一股安心感湧出。次元轉移過程出了錯，相關單位派人來救援。如此說來，能出入這個次元的人並非只有我一個。或許我將解鎖密碼留給他們了，還簽了緊急救援同意書之類的。

當我舉起手臂正想叫喚他們時，忽然聽見一道聲音。

我再次下意識想抽出不存在的手槍，一轉身，看見背後有兩個壓低身形的人，他們也在議事廳外面偷偷摸摸。比較後面的那位從外表推測，是個二十出頭的女性，她伸手指著我，還露出十分驚恐的神情。

我立刻擺出作戰架勢，雙手擋在身前，雙腿做好隨時跑跳的準備。唔。

女子前方的年輕男人手拿短刀，二話不說便斬過來，我本能地立刻用前臂格擋。

結果……居然不會痛。

爲什麼這樣子都還不會痛？

年輕人持刀狠劈，我竟徒手招架還毫髮無傷。我身上一定有別的強化！皮下裝甲嗎？我是個戰士！我可以……

記憶深處傳來喧囂聲，一幕幕打鬥畫面閃過。感覺都是我的過去。

隨之而起的情緒除了痛楚，還有羞愧，濃烈如黑色藤蔓糾纏心肺，勒得我無法呼吸。

我忍不住伸手按住頭，既想壓抑回憶中的鬼魅，卻也想撥開迷霧看清眞正的自己究竟是誰。我到底怎麼了？

年輕男子再次揮刀，但我陷溺於太過刺激而難以控制的恐慌之中，沒來得及擋住。

再不回神的話我會──

──刀刃落在我暴露的手腕上。男子發現砍不傷我，瞪大雙眼退後了一步。同一時間，我被蜂擁而至的記憶碎片壓垮，腳步站得踉踉蹌蹌。

無數閃光。那些怒號聲。我……

我眨眨眼睛，眼珠子往旁邊一轉，瞥見那女的找到一塊木板，準備朝這邊打過來。我思緒紊亂到無法反應，但理論上皮下裝甲應該擋得住──

木板甩到了我臉上。劇痛只有微乎其微的一瞬間，因爲奈米醫療機器立刻阻斷了痛覺受器。電光石火剎那間，我仍然眼冒金星，但至少倒地時就已失去意識，不再受到夢魘般的回憶侵襲。

FAQ:

我是否時間跳躍了？

A:

儘管很違反直覺，但答案是否定的。您或許住進城堡、受萬民擁戴，在「比真實人生更美好體驗™」裡發明電器、撰寫莎士比亞劇作、挑戰以最快速度征服法蘭西等等，然而實際上您並沒有回到過去。

即使周遭環境符合中世紀特徵，不過您的魔法師個人次元™大致上與原本的世界經歷過同樣長度的歲月。這些次元經過精心調控，科技與社會發展速度較慢，因此能得到幾乎與中世紀英格蘭如出一轍的精準體驗，即使您*並沒有*回到過去。還是不大懂？想想內布拉斯加或許就能明白。內布拉斯加是美國內陸中部的一州，由於地理位置弱勢且距離引領發展的人口樞紐有段距離，於

FAQ:

是時尚、音樂，以至於卡牌收藏等這些領域的流行相較東西兩岸落後好幾年。

外地人進入內布拉斯加會有時光倒流的錯覺，但科學家特別以儀器進行同步實驗，確定當地並未發生時間膨脹效應。（請參考魯鐸、辛恩、考夫曼所做之研究〈內布拉斯加很正常〉，刊載於2072年6月出版的《相對論研究期刊》第57期。）

如同內布拉斯加比別州晚了幾年，各位的魔法師個人次元™則晚了原生次元約五個世紀。您也可以想像成購買了專屬自己、獨一無二的超級內布拉斯加™。

第4章

醒來時，那一男一女居然站在天花板上。

呃，等等……應該是我被倒吊比較合乎邏輯。

顱骨內仍有種隱隱作痛感——有奈米機器都這樣了，沒有的話用臉接木板一定疼得厲害。接著，我發現自己手腳被牢牢捆綁住。是綁在牆上？因爲他們不止將我倒懸在橫梁，還將我的雙手扭到背後綁死，不知道是用什麼東西固定。

就拷問技術來說算是新穎，創意部分可以給予好評。不過……用椅子應該更有效率吧？之所以流傳千古是有其道理的。（三顆星。建議多參考諜報片做改善。）

我一睜開眼，便看到那名女子走上前來。她的金髮鬈曲得像螺紋，長度還未及衣領，罩衣是黑色無袖，而底下的白長衫除了有袖子還有褶邊。她衣服頸部那處有著精緻的栗紅色刺繡，手腕纏繞的白色繩索卻磨損到刻意仿古的程度。

女子瞇起眼。

很好，我該如何脫身？昏迷前那些強烈的羞愧恐懼已然消散，取而代之的是尷尬。明明是個身體強化過的人，竟傻傻站在那邊給一個女的拿木板打臉。太不專業了。

「妳犯了非常非常嚴重的錯誤。」我說。

對方不但不回話，還輕輕仰起頭。

「我是強大的存在，而妳觸怒了我。」

男的躲在她背後，偷偷探頭瞄了幾眼。年輕人其貌不揚，個頭比女的還矮，也沒什麼肌肉，同樣有著一頭金色鬈髮。近距離觀察下，我才發現他的歲數或許比第一印象更小，可能才十五、十六歲而已。

「瑟翡雯（Sefawynn），」大男孩發著氣音說：「顛倒術沒用啊，他的魔力都還在！」

「阿龍（Wyrm），他吃掉你了嗎？」女的問。

「沒有。」

「那代表顛倒術不就有用嗎。」她說。

「沒用的！」輪到我開口：「你們說話的同時我已在蓄積魔力。再不放開我，我就釋放出烈焰毀了這裡！」

女人眼睛瞇得更細。她高舉雙手，左右拇指相對，其餘八指指尖朝上，接著開口吟誦：

親者已故　孤光已暮

吾為戍者　戍吾眷屬

唸完後，兩人又靠過來，似乎是想觀察我有沒有起變化。

「吟詩作對啊？」我問：「還行。」

大男孩掐掐她手臂。「試試更強的祝詞。」

女人點頭，做出同樣手勢後再次吟唱：

噩獸已除　城陵已固

吾為詠者　詠吾勇武

我皺了個眉頭，兩人立刻退避。

「他動都沒動，」男孩耳語：「是不是不太妙啊，瑟翡雯？」

「不知道。」女人交叉雙臂。「我也沒有解縛淨靈（aelv）註的經驗。」她用食指輕輕點著自己手臂。「去請季父（Little Father）過來，但不要聲張，尤其別讓來拜訪的那兩位聽見。」

男孩點點頭，卻遲疑著不敢走。

「這裡沒問題的。」女人口中這麼說，但沒轉頭看他。「有了顛倒術，他不足為懼。」

「可是他剛剛才說——」

「阿龍，我再問你一次，」她打斷說：「你是被吃掉了嗎？」

男孩竟然低著頭看來看去，好像還需要確認。

「假如這個淨靈的法術沒被拘束，」她解釋：「我們兩個怎麼可能好端端站在這裡？應該早早被他控制，或是變成地板上的一團肉泥才對。你快去通知季父，我不會有事。」

阿龍用力點頭後跑了出去。我重新評估起來，懷疑男孩的歲數可能還得再下修，也許是年紀小但個頭特別高。

「能不能至少把我轉回來啊？」我問那女的：「已經有點暈了。」

她上下打量我，沒有回話。

「還有……」我繼續問：「妳剛剛叫我什麼，『錦鯉』？我不太清楚那是什麼意思，可以說明一下嗎？」

依舊沉默。

「那小夥子是妳弟弟吧？」我再問：「妳是這裡首領的女兒？」感覺一定是，這兩人衣著明顯比鎮上其他的人高級。但她幹嘛叫什麼「繼父」過來？

很好，人家依舊不理我。

「妳也看見了，那傻小子的刀砍不進我身體。再警告一次：我擁有強大的力量，而且開始不耐煩了。」

女人的雙眼冰冷如霜，臉上完全沒有表情。零顆星。和屍體講話都比較有趣，至少屍體不會一直盯著我，搞不好還更聽得懂人話。

我將思緒轉向身上的強化。顯而易見，前臂有經過改造，類型稱之爲……裝甲。沒錯，我表皮底下有一層微絲網膜，以奈米機器結構和骨骼補強做支撐，理論上只要奈米系統正常運作，想傷我皮肉就得動用工業級雷射或軍事級兵器。即使對手也經過強化，要打昏我並非一時半刻能夠做到，所以中世紀老百姓完全拿我沒轍才對。

註：aelv，判斷爲elf的虛擬古語形式（常見古語形式aelf和elv的組合）。elf目前常見中文爲「精靈」，某些作品會稱作「妖精」（援用日語漢字）或採用音譯。流行文化的常見設定源於《魔戒》或《羅德斯島戰記》，但與歐洲民間傳奇的原始形象有出入。考據認爲elf的古語原意很可能爲「白淨之存在」，有脫俗容貌且能行使魔力，是會害人亦可能助人的超自然精怪。

想起這些，我竟然下意識呼叫出了可視化圖層介面。系統介面上羅列出我目前擁有的強化及其運行狀態。太炫了！我的指尖到肩膀及頸部，以及從大腿到腳掌這些部位都上了裝甲，而且兩組都具備分散衝擊和提升出力的性能，最主要反映在抓握力道上。

我還知道這些強化都極爲昂貴，比較常見的做法是從身體的小部位做起，再慢慢擴大範圍。多數人會優先加裝在頭部和胸部，算是合理選擇。

可是我剛才腦震蕩，竟得靠醫療系統痊癒，可見情況有點不同。看了下清單，我不禁皺起眉頭。顱骨與胸腔確實有裝甲——但系統顯示它們未作用。搞什麼？

此外，我模模糊糊地記得，安裝的費用不是我自己付的。我有工作，但賺的沒有那麼多。所以……可能是有人買了這些強化給我，只是安裝過程不完整？但奇怪的是，爲什麼手腳和背上的裝甲都運作正常？

這部分的記憶仍舊沒恢復，我還是先設法給自己鬆綁。只可惜繩結打得很牢靠，就算我力氣比常人大一些，摸不到繩子的話就無用武之地。胸部肌肉似乎完全沒有強化——我試著擴張胸腔也撐不爆繩子或衣服，除了擺出一臉蠢樣外。

終於，房門被打開，兩道身影踏進室內，桌上油燈火光晃動。其中一人是方才的大男孩，好像叫做阿龍？另一位則是橘斗篷先生，魁梧壯碩、身高超過六呎四吋[註]，與那女子對比之下更顯醒目。橘斗篷的鬍子和頭髮都帶著些許花白，看上去雖然四十好幾，但彷彿與巨岩打拳擊也能贏。

不是說古人通常會比現代人矮小才對嗎？

「季父，我就明說了。」女子開口，她叫什麼名字來著？「我不知道如何處置才妥當。」

「他究竟是什麼？」首領瞇起眼睛，視線落在我的牛仔褲上——外衣繫在腰間，能往下垂的全垂了，褲子一覽無遺。

「不是遊靈，」女子解釋：「否則不可能看得如此清楚。然而留意他的臉，鬍鬚刮得很乾淨，頭髮有經過修剪，雙手細嫩得彷彿上了粉——」

「妳胡說什麼？」我叫道。

「——體格也不算健碩——」

「我在我那邊已經算是身材健美好嗎！」

「——皮膚白皙，五官精緻，」女子終於數落完：「還有牙齒整齊、指甲光亮。我知道那些傳奇故事，季父，這人完全吻合『淨靈』的描述。」

「所以不是天神。」首領鬆了口氣。

註：約一百九十公分。

「但依舊危險，」女子說：「或許比神明更危險。畢竟神明只索討人類既有的東西，但淨靈……」

「季父，他取走了一件供品，」男孩開口：「是咒文。吃的和喝的他都沒碰。」

「書寫的文字。」首領走到我面前。「淨靈，是您將文字帶進我們的國度，還是文字吸引您前來？我們該如何滿足您並送您離去？」

「鬆綁我。」我裝出最恫嚇的語氣：「然後為你們的失禮道歉！」

首領淺淺一笑。我本來預期會看見一口發黃爛牙，但又猜錯了。他的牙齒似乎都還在，雖然談不上皓齒，倒也沒怎麼爛。即使有點不整齊，考量到牙醫技術還沒問世，那張笑臉勉強過關。（兩顆半星。不到砸相機的程度。）

「鬆綁您？」首領說：「淨靈，您以為我沒聽過那些民謠嗎？」

「總得試試。」我表示：「好吧，看來我只能要求沒曬過陽光的莓果、用青蛙打磨的兩塊石頭，再加上一片顛茄的葉子——之後，我會給這座淳樸小鎮留下祝福，然後返回我族同胞所在之處。」

首領朝旁邊瞥一眼，女子只是輕輕聳肩。

「好……我們會試著安排。」他回答。

「又或者，」我繼續說：「你可以跟那兩個來找東西的人說一聲，然後把我交出去……？」

「哈！」首領笑道：「果然狡猾啊！只可惜您不是紅髮，也並非異國人長相，他們恐怕對您沒興趣。」

等等……

所以那兩個人不是來找我的？

首領轉頭吩咐女子：「我先回去應付郡侯派來的使者，離開太久人家會起疑心。」他補上一句：「那兩人有些古怪，還有這一整天也是。妳要留在這裡，還是隨我過去？」

「我留在這裡。」女子回答：「帶我弟去吧，若又有異狀就讓他過來通知。」

橘斗篷點頭後離去，大男孩尾隨。我察覺女子和首領的互動不大尋常，也偏離我的預期。她不怎麼向對方鞠躬哈腰，也沒有滿嘴大人地叫。

或許我得放下對古人的成見了。

女子仍舊盯著我。也罷，頂多就是再和空氣聊聊天？

「聽著，」我說：「其實我們——」

「異鄉人，打開天窗說亮話如何？」她打斷：「你的真實身分我早就知道了。」

第5章

「妳……知道？」

「這座小鎮的鄉紳勤奮愛民，」她說：「算得上是個好地方。可是本地人並不富裕，你爲什麼偏偏要挑這裡行騙？」

行騙？

「油上蓋著模板，就能製造天火灼身的假象。」她又說：「不得不說確實還挺有巧思。亂丟抄寫了文字的書頁則不是什麼新鮮手法，但你大剌剌從供品堆裡取走倒是令人刮目相看。但你對鄉紳提的都是些什麼要求？眞是荒唐。」

呃……她以爲我是個騙子，想詐騙當地居民。這樣來描述次元旅客或許也沒錯。

「所以下一次，」她補充：「我唸誦祝詞的時候你要有點反應啊，事前沒打聽清楚嗎？煞費苦心打扮得這麼像個淨靈，連鬍子都剃光了，結果戲不會演?眞不知道該誇你還是損你。」

配合，本能這樣告訴我，陪她演下去。

「還不是因爲頭被打昏了。」我回答：「話說妳有必要下手那麼重嗎?醒過來時我連早上吃什麼都記不得，還談什麼計畫。」

女子悶哼了聲，依舊雙手抱胸，搖頭時一綹綹金色鬈髮擺盪著。「你不是一個人來的吧，那兩個使者的口音和你一樣。」

「嗯哼。」我回答：「他們先告訴妳父親要如何驅逐我，我晚上再露面嚇唬嚇唬，刺激一下就會得手了。」

「你爲什麼認爲伊斯坦是我父親?」

「妳不是叫他——」

「『季父』?你是說鄉紳大人?」她眉頭蹙得更緊。「你會講話，卻好像無法理解話語裡的含義。我弟弟和我只是路過，被叫回來也只是因爲他們需要『詩客』。」

「噢，」我回答：「呃……一定是頭被敲暈的關係……」

她嘆了口氣。「你還沒回答我，爲什麼挑上史丹佛（Stenford）這地方?沿著路沒多久就能到達維爾勃里（Wellbury），那裡的物產豐饒多了。」

「維爾勃里有人認得我。」我說：「其實我們也沒打算拿太多，能上路就夠了。妳的大人若覺得自己碰上『近鄰』的話，應該會心甘情願掏腰包吧。」儘管全身處在上下顛倒的狀態，我還是聳了聳肩。「另外兩個人若知道我被抓，可是不會開心喔。」

女人伸出拇指和食指揉了揉額頭，閉起眼睛問：「那他們怎麼連你的相貌都說錯？」

「我本來還要上妝，看上去會更有異國感。聽著，其實現在也可以簡單行事。妳當著鄉紳的面再來一、兩首祝詞，告訴我該怎麼演，然後把我交給那兩個朋友，我們什麼都不會要，這樣應該就皆大歡喜了吧？」

「哼……」她出聲。

「怎麼了？」

「是不算過分。」

「我保證，我就只是想要吃頓熱的而已。」我趕緊說：「我們要賺當然去別的地方賺，只是碰巧手頭有點緊的關係。」

她點點頭，似乎一切都在意料內。

但，可惡……我這形象也太差勁了吧？鬼鬼祟祟、體內有戰鬥用強化系統，現在連騙術也上手了……

問題是，如果我以前就幹過這些見不得人的勾當，為什麼此刻心裡有股作嘔感，本能在強烈地抗拒？倘若我以前就是這種人，開誠布公不至於難受才對。

但內心深處卻有個聲音大叫著：不，這不是你！

「對了，」我改口問：「妳叫什麼名字來著？」

「瑟翡雯。」

「好，瑟翡雯，看樣子妳也不樂見別人餓肚子還要被處絞刑，所以彼此給個方便如何。假如妳有興趣，我再加碼教妳手臂擋刀的訣竅。」

「你們這種人我見多了。」她回答：「一有機會你們肯定會吃乾抹淨，第一時間出賣我。但聽清楚了，想都不要想。我遠比你以為的更了解你們那些手段。」

「當然，沒問題。」我回答：「事成之後我會躲得遠遠的，再也不靠近這座小鎮和當地居民——我保證。」

「你的保證能值幾個錢。」

我只能聳聳肩。「那妳跟『季父』說我是騙子吧，我也盡力扮成『近鄰』嚇他，咱們各憑本事。不過到時候，輸家絕對不會只有一個。」

「是淨靈，」她糾正道：「淨——靈——至少這個得說對吧？」

「禁靈？」我努力模仿。

「好一點點。」她走過來，從口袋掏出刀。咦？她上衣居然有口袋？中世紀有這種設計可真稀奇，珍（Jen）總埋怨自己的衣服沒口袋。

等等，珍是誰？

瑟翡雯切斷繩子替我鬆綁，但我一直繃緊神經隨時準備動武。我慢慢將手移到面前，用不會造成威脅的動作揉揉手腕。

「謝了。」我開口。

「準備落地，護住你自己。」她提醒之後便鬆開我腳上的繩子。我用雙手擋住衝擊，一個翻滾將繩索踢飛，同時靈巧起身。看看這身手。我暗忖：什麼體格不健碩！但我也沒朝門口飛撲過去，讓她把我交給使者依舊是目前的最佳方案。

麻煩在於，使者描述的樣貌不是我，瑟翡雯卻又說那兩人的口音與我相似。到底怎麼回事？我需要更多情報。

「我在想……」我問她：「其餘『咒文』是不是也被你們收起來了？那些東西張羅起來挺費事的。」

「書寫出來的文字不是玩物，」她說：「長此以往你們必然引來神明注視。」

「我願意冒這個險。」

瑟翡雯搖搖頭，似乎覺得我愚不可及。「說實在的，我也不知道該怎麼處理那些東西。燒掉肯定會觸怒洛基娜，僅僅是持有也會被奧丹（Woden）察覺。但既然你這麼昏脹連那種東西也想要，我去取給你也無妨。拿了記得連你的氣運一起帶走。」

一堆聽不懂的詞，但我也只能點點頭道謝。集齊書頁是理解這個次元的捷徑，我對中世紀的理解本來就和嬰兒差不多。珍總笑我……

噢。

珍已經死了。

第6章

爲一個連長相都記不得的人忽然失落痛苦，這實在很奇怪。但我心中彷彿冒出一個結——不對，是像突如其來的一陣哀號。痛楚鮮明熾熱，如同尚未發青的瘀血。我失去了她，即使想不起來是如何失去的。

我的腳步站不穩，一手扶著旁邊的木頭柱子，另一手壓著額頭。珍……該死，這是她的夢想。這個次元是我對她僅有的追憶。

很不可思議對不對？她的聲音飄進腦海。一代又一代，相距千萬年歲月，然而人類卻沒什麼變化。讓一個人從古埃及傳送到現代，其實並沒有不同：同樣有情感、有智慧，也有偏見，只是著眼點不一樣。

你遲早會懂。等我們負擔得起，你一定能懂……

我沒有記起太多當時那個場景的內容，只

有這段話、她的聲音，還有那股傷痛。太過真實，彷彿根本不是我的過去。太過深刻，我連調侃自己也做不到。

瑟翡雯湊近過來，狐疑地看著我。嗯，我這乍看之下八成像在故意示弱，她大概擔心我會乘機奪刀。我趕快擠出笑容。

「抱歉，」我說：「倒吊對頭疼可沒什麼療效。妳幹嘛下手那麼重？」

她翻了個白眼。

「妳幹嘛給我白眼？」我問。

「嗯？你看，」她又翻一次。「天花板上有蜘蛛網。」

「偷襲得手是妳運氣好，」我說：「真打起來我可是很厲害的。」

「小心點，」瑟翡雯表示：「屋簷上的蜘蛛最喜歡在空蕩蕩、沒堆東西的地方結網。你再發出這麼多聲音，牠們一定覺得你那顆淨靈腦袋裡頭是空的，會想鑽進去定居。」說這話的時候她還直直盯著我。

我雙臂交叉。「接下來呢？」

「我會對鄉紳大人說，已經藉由你的古名約束你。要是他追問，你就說自己受到奇術制約，必須聽我命令，然後我會假裝驅逐你離開。」

「妳是說……奇數？」我複誦：「懂了。」

「是『奇術』。」她說。

「奇數。」

「你的口音……」她邊說邊搖頭。「你是魏爾斯人（Waelish）嗎？」

「威爾斯？」總算有個詞能聽明白。「呃，是啊。話說回來這裡是……」

「韋斯瓦拉（Weswara），」瑟翡雯回答：「我們是韋斯瓦拉人。你連這個都裝作不知道，究竟誰會信？」

韋斯瓦拉？英國歷史沒讀好並不奇怪，但……地名我總該聽過才對？

「跟我來。」她吩咐：「最好趕快找到伊斯坦大人，免得你那兩個朋友說錯話壞了事。」

瑟翡雯順手拿起油燈，油燈樣式很古老，形狀像餐廳用的醬料船。她將其餘油燈吹熄之後領著我向外走。原來我們是在議事廳角落的小房間裡，距離我被打暈的地點很接近。

回到主庭院時，半個人也沒有。宅邸前方還點著蠟燭，燭火邊的碗盤盛裝莓果與牛奶。我猜想這大概是當地迷信，藉由供品來安撫他們反覆提及的「遊靈」。

「那個，」我開口問：「妳是詩人吧，會唱歌、還會什麼『祝詞』的？可是他們都叫妳……『詩客』？我有沒有記錯？」

「別一副大驚小怪的模樣。」瑟翡雯直視前方，帶我走到宅邸門口。先前爬下哨塔的年輕士兵正手執斧盾在這裡站崗。

「呃，妳好。」對方開口：「嗯……我先去問問……能不能讓妳進去。」

瑟翡雯點點頭。我迅速瞥了她一眼，額外地小心翼翼。被木板打臉一次是別人壞，兩次的話就……

等等。

燭火和碗盤依舊，但剛剛裡頭的東西卻消失了。

瑟翡雯大概察覺我在躁動，轉身過來同時手探進口袋，說話語氣多了股威嚇：「你在幹什麼？」

「樹莓和牛奶，」我指著容器。「怎麼不見了？」

「有什麼好訝異的，」她鬆口氣，說：「那些靈體一直在你附近轉來轉去啊。如果你乖乖配合，我是可以幫你送祟試試看。其中一個好像對你偷了那張紙特別不滿。」

「那本來就是我的東西！」

「供奉之後就屬於它們了。」瑟翡雯說：「所以我提醒過你，書寫文字很危險……」

我東張西望，心想這麼大個地方到處都能藏人。我剛剛自己不就藏起來了嗎，雖然被抓到了。

騙不倒我的。

但我沒太多時間細想。那名客氣的士兵一下子就回來，恭恭敬敬地爲我們開門，還朝瑟翡雯鞠躬行禮。看樣子詩人在這裡地位頗高，我中學時代的英文老師布希曼（Bushman）女士看到的話一定很得意。

又回復些許記憶了！我笑著跟在瑟翡雯後頭走進小玄關，天花板垂落兩條懸掛油燈的鐵鏈，腳下鋪著一張橘紅雙色的鮮豔地毯。

瑟翡雯前進時，一直護著手裡那盞燈的火苗。我們左轉以後來到一個大房間，中央有處火塘，上頭架著大鍋，天花板特別高——這裡的建築看起來似乎都沒有二樓——牆壁掛了很多盾牌和長矛作爲裝飾。

火塘邊，伊斯坦和一位高䠷女性正與兩名使者對話。那位女子我猜應該是鄉紳夫人。至於使者，由於角度的關係，只能看見他們的側面輪廓。

明明是初次相見，我卻愣住了。因爲……我認得他們。左邊那個高頭大馬、下巴和額頭在臉上無比突出的巨漢名叫烏瑞克．史綽梵（Ulric Stromfin）。

這人百分之百、毫無疑問，沒有任何轉圜餘地想要我的命。

FAQ：

我的次元為何與歷史記載有出入？

A：

沒有任何多重次元與我們的原生次元完全相同，各自有其獨特的差異。

話雖如此，歧異程度仍有高低之分。與原生世界最為接近的（一等親）次元由政府保留，供歷史研究之用。（確實有幾個「主題樂園」次元提供導覽服務，參觀起來就是如假包換的中世紀。但只要稍微增加一點費用，就能擁有屬於自己的次元，再去那種地方就沒什麼沒意義了吧？）

勤儉魔法師股份有限公司® 精心挑選次元頻段並提供輕地球™體驗。這些次元與原生世界的歷史十分接近，各種活動刺激中帶有熟悉，例如騎士與城堡、馬術鬥

FAQ:

槍，甚至是西班牙異端法庭！[註1]但也保證體驗絕對新鮮，不會只是歷史教科書的照本宣科。

原生世界的歷史人物基本上不會出現在各位的次元裡，但會有新的君主取而代之。譬如：您或許見不到理查二世，那麼將湯姆二世納入麾下如何？還有從地名到疆域都前所未見的嶄新王國，以及原生世界從未發生的精彩戰役！這些次元通常也發展出獨特的風俗人文，與地球的歷史記載大不相同。[註2]

勤儉魔法師™不只算盤打得精，還充滿冒險精神，為新次元的考驗熱血沸騰！

[註1] 購買魔法師百變符™次元時，不保證重現中世紀特定時代。次元頻段大致等同於公元600年初期至1350年前後。此外，部分輕地球™次元與原生世界的不列顛有巨大歧異，例如全境遭羅馬佔領，或反之羅馬完全沒有入侵。若想指定時代或體驗，請購買全程保障次元™。

[註2] 各位女士！還有愛好此道的先生，以及族繁不及備載的多元族群！我們提供風格獨具的凱爾特真母系社會™次元，那裡穿褲子的是女性！（法律免責聲明：那些次元裡的人多數都不穿褲子。譯註）本商品附贈臉部彩繪教學。

譯註：「穿褲子」（wear the pants）也是英語俗諺，比喻關係或家庭之中強勢及做主的一方，尤其用於女性。

第7章

烏瑞克・史綽梵，費卞強化體聯合會[註]西雅圖支部部長。

強化裝置相當昂貴。除了基礎奈米醫療系統，只要家長同意，所有嬰兒在誕生之初就會安裝，而一般人也就止步於此。若想進一步強化，得捧出大把現金。費卞聯合會的厲害之處就是找得到走投無路的人，逼他們幹那些最髒的事情。都是一些沒留下文字的契約，但違約者就得死。想參加無限制強化人武術大賽求得鯉躍龍門？聯合會可以推一把。妻子罹患罕病需要高階奈米醫療系統？聯合會幫得上忙。他們提供隱匿或武器之類的非法強化，但一旦收下了，你就欠下一大筆債，「用餘生償還」的那種類型。不少專業竊盜集團就被迫將銷贓獲

註：中南美洲的黑社會組織壯大之後，常自稱聯合會（cartel）。

利分潤給聯合會。

光是朝那男人瞅一眼就能想起這麼多，我不難猜到自己的身分。要嘛是個打手，好一點是賊，又或者是競爭的同業。否則我想不出，自己爲何對費卞聯合會的理解如此全面，還極其肯定烏瑞克不會留我的活命。

接下來的當下，我全憑本能行動：抓住瑟翡雯手臂並捂住她嘴巴，把她整個人拖回宅邸玄關。一連串動作結果害她的燈熄掉，油濺在地上。

我先將她壓在右側牆壁，繃緊神經靜觀其變。對方會不會也看見我了？但沒有喊叫聲傳出來。我的視線回到瑟翡雯。她瞪大眼睛，然後……噢，厲害，刀尖已經抵著我的咽喉。一個大姑娘家使刀子這麼順手。

但即使刀子都貼在皮膚上了，我對烏瑞克的擔憂仍遠大於瑟翡雯，可見那人多危險。「他不是我以爲的人，不能讓他看到我。」我朝她耳語：「所以我才把妳拉回來。我現在鬆手，但拜託妳不要引起他注意。」

我慢慢抽手離開她的嘴。瑟翡雯死盯著我，刀子卻沒跟著收回去。我輕輕吸了幾口氣，卻嗅到薄荷、鼠尾草，好像還有迷迭香的氣味。中世紀老百姓不是應該身上很臭嗎？印象中兩星期才洗一次澡？

終於，瑟翡雯移開她的武器。她瞇著眼睛低聲問：「我以爲他們是你朋友？」

「先前沒看到臉，」我回答：「這兩個不是朋友。」

「那他們是誰？」

「高的叫做烏瑞克，」我說：「是強盜。但和我不同，他是聯合會的老大。呃，就是一大群盜匪的首領？」

「山寨寨主？」

「差不多，但權勢可能更大一些。妳聽好：那個人十分危險，他才不扮家家酒裝聖靈嚇人，會直接把礙事的全殺光。」

「我們得警告鄉紳大人。」瑟翡雯說。

「不，我們必須先躲起來。」

「我弟弟還在裡面。」

是嗎？剛才注意力全放在烏瑞克身上，另一個傢伙……叫什麼名字？烏瑞克身旁那個矮一點瘦一點、生了張扁臉、渾身裝滿拳擊強化的人是——

奎恩。奎恩．耶利戈（Quinn Jericho）。烏瑞克的得力助手，專司清理門戶。記憶中，這兩人並沒有蓄鬍，他們留鬍子以後跟本地人還眞難分辨。

他們爲什麼會來到這個次元，搜索一個不是我的人？

「妳弟弟不會有事，」我先安撫道：「但我被他們看見的話大家都會遭殃，所以先躲起來等他們走。」

其實瑟翡雯沒理由相信我到這種地步，但她朝右邊撇了一下頭，我們便鑽進隔壁的小房間。裡面的擺設看來像是兵器庫，至少有個陳列了幾把大斧與刀劍的架子。唯一光源是走廊那邊的油燈，瑟翡雯將門掩到只剩一條縫，四周變得烏漆墨黑。

幸好我們躲得及時。不到兩分鐘，鄉紳、鄉紳夫人，還有包括瑟翡雯弟弟的三名下人將烏瑞克和奎恩列隊送了出去。詩客和我躲在門縫邊全看見了。

「如果發現紅髮男子，」伊斯坦說：「我們會立刻通報。」

「有其他怪事也要通報。」烏瑞克吩咐：「再有草地上冒出怪異焦痕這種事，希望我們不會是第二個才知道的。」

「莫忘自己的身分。」伊斯坦提醒：「我會通報郡侯，二位是否知情無關緊要。」

烏瑞克聞言停在門口。年輕士兵應該聽見對話內容了，直接開門正要讓兩人出去。滾啊，我朝他集中念力：你自己要假扮使者，被別人當使者對待有什麼好發脾氣的？

「鄉紳，你那語氣令人很不悅。」烏瑞克摘下斗篷風帽轉過身。「郡侯……十分信任我，我代表他的權威。」

「如果艾爾文（Alwin）信任你，」伊斯坦回答：「那是你的榮幸。但你在這裡只是個陌生人，沒有任何權力。回去將你的所見所聞和我的承諾轉達郡侯，倘若如你所言，周邊遊靈開始蠢動，我們定會查明原因。」

「當然，當然。」烏瑞克看著玄關。「但是鄉紳啊，新的時代來臨了，事情……也會有新的做法。你不興奮嗎？」

糟糕！不僅是那口吻，他所說的一字一句都會在我腦海留下烙印。

我趕緊挑了把劍。

「新的時代？」夫人開口：「並非樂不樂意的問題吧。就像季節變換，敵與友、人與神靈都要隨之更迭，我們除了面對還是面對。」

「如果我不是妳說的那些，」烏瑞克問：「而是新時代本身呢？」

「不是敵人，也不是朋友？」

「更不是人，」他說：「或者神靈。」說完之後，烏瑞克從斗篷下掏出拓靈頓一一九四〇軍用級手槍。這把槍除了動力彈射，恐怕還配備了反奈米擴散彈，即使全身最高級強化也挨不了它一發。

門口堆著笑臉的年輕衛兵就更不用說。

槍聲響起時我下意識別過臉。那種火力就算是幾英吋的厚鋼板也能打穿，人的顱骨被這麼一轟，頓時化作碎屑四散。那聲砰異常響亮，儘管出廠就附上消音器且不影響威力，烏瑞克總是會將其取下。

耳腔內一陣窸窣聲，代表奈米醫療系統已緊急啓動，預防再有巨大噪音造成聽力損傷。我回頭時，那名衛兵已經身亡，門縫裡只看見一雙穿著靴子的腳。空氣中硝煙瀰漫，這同樣不是常態效果。我意識到烏瑞克的所作所爲都是想要造成震撼——看到本地人的反應時也明白了原因。伊斯坦雖然還知道護住妻子，但他整個人已是目瞪口呆、無法反應。後面幾個士兵同樣愣住，兵器都沒能握緊。

「我要誰死，誰就活不得。」烏瑞克說：「這就是我說的新時代。鄉紳，你還需要再見證一次嗎？」

「不用。」伊斯坦回答。

烏瑞克舉起槍，瞄準鄉紳背後的士兵。

「不用了，大人。」伊斯坦改口。

「很好。」烏瑞克說：「畢竟我是來合作的，印象中你們有個傳統風俗叫做……『質子』，我沒說錯吧。」

「是。」伊斯坦低聲回應。

「好極了。」烏瑞克朝奎恩點頭，奎恩將鄉紳夫妻推開，然後抓走了……瑟翡雯的弟弟？

噢，慘了。他們可能留意到那孩子的衣服相對華貴，還稱呼伊斯坦是「繼父」，像我一樣腦子裡亂拼湊，結果得出錯誤結論。什麼「置子」我聽不懂，但看瑟翡雯拔刀起身就明白大事不妙。

奎恩將男孩揪到烏瑞克身旁。

他抓走人質，我會意過來，藉此操縱地方官員。

不擇手段。

瑟翡雯將手探向門想要衝出去。我趕緊扣住她手臂，她轉頭狠狠瞪著我，彷彿在質問我憑什麼阻攔她。

但我別無選擇，心裡亂成一團。要是讓瑟翡雯露面，首先她也會被一槍斃命，再來烏瑞克肯定會進來搜查。

我瘋狂搖頭。不行，我做口形說：**不行！**

「鄉紳，好好配合的話，」烏瑞克撂下話：「你還能在維爾勃里見到兒子。維爾勃里的邑宰就對我們很客氣，想必也會對令郎……照顧有加。」

瑟翡雯還在掙扎，我其實也很想衝出去親手收拾烏瑞克。如果他因為看見我而來不及反應，然後我搶下那把槍……

問題在於，我的裝甲只啓動了一半，拿命去賭也賭不贏。現在只能用力按住瑟翡雯的肩膀，用表情哀求她：拜託別輕舉妄動。

烏瑞克和奎恩將男孩拖出去，然後叫下人過來牽馬。

瑟翡雯雙腿一軟跪在地上，不停顫抖，眼淚撲簌簌落下。屋內沒人敢動，直到聽見兩名「使者」的馬蹄聲走遠，自黑暗裡來，朝黑暗裡去。

第8章

伊斯坦的妻子最快回神。身材高挑的她走上前，跪在遺體旁邊搖搖頭。

「去請海露德過來。」她下令：「我來與她還有奧斯瓦的母親談，得將他的英勇事蹟和……死因，好好交代清楚。骨灰甕我們會準備，然後就放進我們這邊的陵墓吧，畢竟他是爲保護我們而死。」

「遵命，羅溫娜夫人。」衛兵聽了匆匆離去。

心頭大石卸下，我呼出好長一口氣。剛剛眞是太驚險了。但是，我還活著。（五顆星。雖然沒有樹，但藏匿空間充足。）

伊斯坦用力捶了牆壁一拳，整棟房子微微搖晃。「剛才那個到底是什麼東西？他究竟做了什麼？快去把詩客叫來！她弟弟被……」鄉紳說到一半停下來，轉頭望向這扇門。他一提到男孩，瑟翡雯便忍不住啜泣，或許被他聽見了。

我推開門，高舉雙手，繞過瑟翡雯走出房間。伊斯坦見狀暗罵一句，單膝跪地低頭行禮，夫人和最後一個衛兵見狀照做。

「尊貴的神靈，」鄉紳開口：「是我囚禁了您，才招來這次的禍端。請不要再奪走我們的百姓，您的要求我必會滿足，拜託手下留情。」

「我……」該說什麼好？我轉頭瞥了眼又立刻轉回來。那可憐的衛兵死狀就像被大炮炸死一樣。烏瑞克下手毫無分寸。

看見那種死狀，讓我不禁想吐……但這算是好跡象才對？代表我跟烏瑞克不是同種人。才怪，心裡冒出聲音：你膽小懦弱又自私自利，看見人死了的第一個念頭居然是自己的好壞？因為嘔吐感反而心安理得了是嗎？

「他不是神靈，不是淨靈，也不是什麼尊貴的人。」瑟翡雯從我背後竄出來，雙眼泛紅、氣色很糟，手裡緊緊握著匕首。「如果他有那些身分，或許還幫得上忙。伊斯坦大人，我得向你借一匹最快的駿馬。」

「詩客，」伊斯坦仍跪在地上，低著頭說：「我……我不該讓他們帶走妳弟弟。妳對我們一門唱不出祝詞了吧，真的很抱歉。」

「季父，你也只是審時度勢。」她回答：「無論對方手裡是什麼，強出頭是無法對抗的。能阻止他們的……是我，但我卻沒有出面。所以請借馬給我。」

「妳打算怎麼做？」我問。

「一直追，直到追上他們。」瑟翡雯握刀握得指節發白。「然後挑戰那個怪物，看看是要柬祟還是送祟。如果是淨靈或遊靈，我就有機會。如果是個天神……」

「他不是神。」我開口說：「烏瑞克是個普通人。不過我以前也懷疑過，他該不會是什麼半人猿之類的東西。重點是，妳隨隨便便追過去也只是賠上性命……」

我無法把話說完。因為瑟翡雯正紅著眼睛猛瞪我。也對，此時此刻她是怎麼看我的，我自己心裡有數。即使她心裡多多少少感激我剛才沒讓她做傻事，但眼睜睜看著弟弟被綁架以後，她可顧不得那麼多了。

「我會爲妳備馬。」伊斯坦起身，招手要妻子和士兵也站好。「不過，詩客，妳先冷靜下來好好籌劃。那禽獸說過要帶妳弟弟去維爾勃里，想必會送到維德熙（Wealdsig）的住處。只要那孩子別亂講話，應該暫時性命無虞。」

「別太著急，」羅溫娜附和：「至少讓我們爲妳準備些吃的，派幾個士兵保護。」

「我不能打草驚蛇，」瑟翡雯表示：「最多一個士兵吧，有些吃食也行。可以的話，請讓我進入本地的祖沃做冥想。我需要透過祝禱得到強大的祝詞。」

「當然可以。」伊斯坦招手示意士兵帶她過去，衛兵拿了燈引領瑟翡雯走進黑暗。羅溫娜回去處理遺體，她似乎很熟悉這種場面，馬上找來盾牌遮掩死者上半部殘缺的部分，又叫來一群侍女陪她清潔整理。

包含鄉紳在內，所有人都與我保持距離。瑟翡雯幾乎是等於將死之人了。她追上烏瑞克之後難道要朝他唸詩？那問題只在於他會嘲笑多久才會對她開槍爆頭。這不能算在我頭上吧？我是說，雖說降落在附近確實引來烏瑞克的注意，這點似乎是該負些責任。但我連自己為什麼被傳送過來都搞不清楚，或許也不是自願進入這次元的。

這種說法或許說服力不強就是。在躲進兵器庫、感受過恐慌後，我對自己的出身也多了一層認識。

「那個——」我開口叫住侍女，她捧著裹好的屍塊正要離開。「我之前帶了些……嗯，咒文？妳知不知道被收去什麼地方了？」

侍女緊張兮兮地指著火塘那頭，趁我沒再講話便急急忙忙溜走。我走回大廳，發現裡頭居然沒什麼煤煙味。我繞到後頭找到儲藏室，裡頭有很多籃子，裝了各種肉類和水果。

書頁全堆在角落，有些還隨便折一折、揉一揉就放上去，就像是團燒焦的垃圾。

「你們至少可以好好收起來吧！」我邊嘀咕邊翻找，接著總算找到一盞油燈。我從火塘取了木條點火，抓張板凳回到儲藏室內。

本能告訴我應該快點離開，但我克制不住好奇心。我的眞實身分或許就藏在這團廢紙中，而且我還想知道自己究竟身處什麼年代。

我坐下來，眨三次眼睛呼叫出奈米系統控制介面。幸好至少還記得這項操作。系統圖層跳出警告：我的清醒時間已經超過四十八小時，再過一天多的時間就必須休息不可。顯然被打暈不算是休息。這條警告我不是很擔心——不輸入覆蓋指令也能持續五到六天，必須輸入的時候我也知道怎麼操作。

正要伸手取地上那堆紙的時候，我突然嚇得跳起來——那些紙爲什麼被排列整齊了？我連忙東張西望，但儲藏室和大廳除了我，沒有別的人影。

也許……警告訊息是對的，我該睡一會兒？畢竟今天眞的很辛苦。心臟仍在怦怦亂跳，我強作鎮定重新坐下。

然後再轉頭望向那疊紙。本來折起來的幾張不僅被攤開，還放到了最上層。

「喔，夠了！」我低吼。

我把紙張全部拿起來放在自己大腿上。想嚇唬我，沒這麼容易。

現在，我終於拿到這些紙張了，但卻有點開始膽怯。我還是強逼自己面對。根據頁碼，我將紙頁分成十落。這回惡作劇小精靈沒再找麻煩了。

在正式閱讀之前，我想先理出順序。但在過程中，其中一張特別引起我的注意。上面列出了一連串問題，而且頁碼是三百多頁，應該是比較後面的內容。每個問題下方被畫了線，似乎是留給持有者自行寫答案。

爲了次元穿越做準備，我回想起來，寫下抵達以後第一時間該記得的事情。

那一頁最上面是個簡單明瞭的問題：你叫什麼名字？

下面有藍色墨水筆跡寫著「強．韋斯特」（John West）。

喔，老天。我就是叫這名字。

在下面一題：你成爲跨次元魔法師™之前從事什麼行業？

底下有點燒焦，但勉強能夠辨認，只是答案出乎意料。

警察。

這兩個字喚醒許多模糊記憶——學院、制服，還有自己不是賊。

我是西雅圖警署的特種調查員，隸屬反黑幫與非法強化體調查處。

FAQ:

個人次元的環境如何？

A:

勤儉魔法師股份有限公司®只販售最高品質次元。包括魔法師百變符™等級在內，所有標準服務方案都有三大承諾。

首先，我們先來了解如何勘察次元環境。（第85頁有詳細說明。）

很可惜，以現有儀器來揀選特定次元並不精準。次元頻段其實與電磁波的可見光頻段很類似：理論上色彩可以無限劃分，任何一點變化都能獨立出來，被視為新的顏色。

以目前技術能判斷性質相近的次元帶，可比喻為色彩頻譜上的「藍」。

FAQ:

而縮限到一定程度能得到「深藍」區塊，再繼續縮限下去則得到特定一批的次元，當前狀態與我們歷史的中世紀十分類似。

持續縮限的話，最後會得到光譜上「藍#000099」這個區段，即為符合本公司持有的特定頻段次元。（我方持有第305號頻段之下所有的二等親級中世紀衍生次元。）

接下來，就像人類肉眼無法再對「藍#000099」之中的藍色做進一步區分，次元技術也無法對第305號二等親級中世紀衍生次元做出詳細切割，只能從其中無窮盡的次元中挑出一個來好好調查記錄，若狀態穩定就能提供給各位。

因受限於探測技術，次元狀態存在著變數，但為確保品質能令各位滿意，本公司提供三項基本承諾。若您的次元未滿足下列三項條件，即可進行退費或更換新的次元。（高階方案提供更多保障，詳情請見第192頁！）

【承諾一】

您的次元內會有一座大不列顛的島嶼，居民懂得冶鐵但尚未發明火藥，社會機能齊全且約略等於原生次元的古典時代晚期、中世紀初期或中世紀晚期（火藥發明前）。[註1]

FAQ:

【承諾二】

現代英語使用者能理解大不列顛島上居民的語言。這也是我們為何煞費苦心鎖定特殊頻段！

這項語言的特殊性背後牽涉到很多科學及歷史理論，解釋起來龐雜枯燥，所以長話短說：專家們判斷，遙遠的過去曾有北方民族逃難到大不列顛，對當地語言造成深刻影響，而結果非常驚人，各位一定要親耳聽聽看！沒錯，您可以聽懂他們說的話！[註2，註3]

【承諾三】

您的次元裡，不列顛群島及歐洲大陸當下沒有全球流行病爆發。此承諾效力於購買當日起持續五年。請注意：本公司強烈建議各位跨次元魔法師™出發前幾週，先將個人奈米醫療系統升級到最新版本，不僅避免罹患當地疾病，也能避免自己身上的病原進入新次元。[註4，註5]

[註1] 高級方案提供限量名額，給予文明已達中世紀晚期且會使用火藥的次元。請參考第189頁。夥計們，開炮吧！

[註2] 高級方案額外保障英國口音與／或「中世紀風格」詞彙。請注意，即便是最理想的情況，仍可能存在預期外的口語或術語，此為特點而非瑕疵！這也能提升魔

FAQ:

法師個人次元™獨有的原創性。

[註3] 部分次元的人民會使用能理解的古英語、拉丁語、蓋爾語、中世紀英語，或者凱爾特、日耳曼、布立吞方言等等，這些次元的售價可以有折扣。我們偶爾也會出現大不列顛居民的語言合乎現代義大利語、西班牙語、法語或其他羅馬語衍生的特例次元，詳情可查閱官方網站。小提醒：這些賣得特別快！

[註4] 法律免責聲明：若消費者拒絕啓用個人奈米醫療系統，則視為主動放棄無瘟疫保障條款™。進入個人次元後須自負其責，建議提早為自己準備後事。

[註5] 您是否樂善好施，又或者從事醫療專業，想購買正在經歷全球流行病肆虐的次元，以一己之力對抗黑死病？沒問題，請參考第191頁的天馬行空專案。遭遇瘟疫的次元會依據疫情強度提供大幅折扣，但請注意：這類次元通常效期較短。

第9章

我是個警察。

這麼一來很多事情都說得通了。我懂得如何隱匿，因爲得在第一線調查犯罪活動。我理解聯合會的行事風格，因爲曾經研究過、滲透過，甚至還計劃過將其一網打盡。也因爲這些經歷，我自己身上也裝了強化，而烏瑞克發覺我是臥底便想殺人滅口。

我之所以來到這個次元，也是在追捕聯合會的爪牙。

過去生涯的細節還是有很多沒能想起，但現在記起來的部分已經化解心中不少的忐忑，我想這是最好的證據。其實我內心深處一直期盼自己不是罪犯，現在終於證明了自己的清白。這才是真正的我。

我叫強・韋斯特，而且他媽的是個英雄。

所以爲什麼我會淪落成現在這德行？

嗯，想必探案過程出了差錯，而且是始料未及的那種，所以才會連衣服都只換了一半，也沒準備好抵達之後在哪裡休養復元——如果事前有時間仔細讀完這本指南書，應該就會做足準備。結果現在連槍也沒帶來。

從這些跡象推敲，我可能是趕著動身、遭到突襲，或者因爲其他意外而提早穿越次元。目前爲止，我的整場行動顯然只能給一顆星。不過有可能會更糟的，也是因爲我能力不足。

爲了趕快進入狀況，我得找時間細讀收回的書頁。三百多頁的內容，回收了至少一半。開頭幾個篇章沒什麼用處，書名爲指南卻滿滿都是廣告宣傳。不過應該沒有公司會出三百多頁的行銷刊物，我猜後面還是有點料。

我將書頁夾在腋下，重新評估情勢。現在的狀態不適合繼續執行任務，但我有因爲這種理由放棄過嗎？印象中應該沒有。何況我能怎麼辦？躲一輩子嗎？烏瑞克不止擄走無辜少年，實際上，整個次元任他宰割。

我應該設法返回原生次元請求支援。我想不起自己是如何穿越的，但烏瑞克那幫人肯定有辦法。跟蹤他們並收集情報是最佳解答。

今天我當了一回懦夫。理智上那是正確做法，但情感上實在他媽的無法接受。我希望別再做出讓自己後悔的選擇。

我得先和瑟翡雯談談。一走進庭院，我看見伊斯坦在那塊巨大的黑曜岩旁邊替兩匹馬上馬鞍、掛上補給品。院門被推了開來，不遠處有火光搖曳。

「瑟翡雯在那裡嗎？」我指著光亮處問。

「對。」伊斯坦回答。

走在黑暗中反倒比在庭院裡安心，但如今我不會再因此動搖，懷疑自己是個罪犯。搖曳的光芒是來自被放在凳子上的提燈，草地周圍有三角形石塊按一定間隔圍成圓圈。石碑沒有巨石陣那麼壯觀，高度約莫五英呎而已，頂端微微朝右邊傾斜。瑟翡雯坐在凳子上，雙眼緊閉，面朝夜空。

她是在祈禱嗎？我決定不要打斷對方比較好，於是先靠著一塊碑石休息，再次呼叫奈米系統。我透過眨眼或手指輕觸大腿來操作介面，跳過三個畫面以後找到了強化控制選單。

這下就能搞清楚我體內還有些什麼功能。

第一條是：**前臂裝甲，附加出力增強與徒手搏鬥技能組**。下一條更有趣：**要害裝甲**。我興高采烈地點下去，進入次選單，結果狀態居然顯示為**離線**。太沒道理了，應該是系統失靈？不過我用力戳了自己胸口幾下，發現還真的沒反應。該死。或許是被爆炸炸到故障了。

我再調出一個選單，按下**啟動連線**。

系統丟給我一句：**請輸入密碼**。

簡直太荒謬。啟動我自己身體裡的強化裝置，居然還要密碼？我用手指——在大腿上輸入——隨便試了幾個能想到的組合，全都沒成功。

我點了**問題排除**，系統卻說要有網路才能顯示網頁。棒呆了，連個離線的說明文件也沒準備。這倒也不是不能理解，畢竟在我的原生世界裡，無線網路幾乎覆蓋整個地表，設計這些強化系統的人沒考慮過使用者穿越到古英格蘭該怎麼辦。

我在奈米系統或我的濕體硬碟[註]裡也找不到半個檔案。但至少這點我知道原因：機密直接放在身上缺乏安全性，署內規定所有檔案都要遠端存取。

不過，竟然什麼資料都沒準備就這樣動身，再度證明我一定出發得很倉促。回到主選單後，我輸入一個祕密指令。

其實我連自己爲什麼知道這項指令都還沒想起來，但已成功叫出新選項：**匿蹤強化**。

嘿……酷喔。

總算有點搞頭了！

我馬上啓動夜視機能，周圍立刻變亮很多。雖不到白晝那麼亮，但系統會再上色補正。除了夜視功能之外——還有視野焦距調整最高可達三倍——我還有其他一些小型強化：手指敏銳度和穩定度增強。這將有助於開鎖之類的精密作業。幾項偵察強化之一是遠端駭客功能——但這在中世紀有個屁用？不過有比沒有好。再來，聽力也能強化，這就方便了。皮膚強化則是安裝了簡易迷彩模組，也就是說，有裝甲的部位能隨心所欲變成包含深綠在內的好幾種顏色。

最後是變聲模組。嗯哼……這應該會非常有趣。有了這個，理論上我不僅能模仿別人嗓音，還能製作聲音特效，尤其唱卡拉OK的話一定技驚四座……不過得先發明音響，音響要有電源，再來還要創作流行歌曲……總之有得用就是好事。（隱藏的超能力？四顆星。我的明天——還有今夜——都光明起來。）

我研究了匿蹤強化要如何控制，以後就不必特地打開選單也能啓動——仔細想想，我根本沒把握能再一次叫出這個隱藏選單——之後便將介面關掉了。

瑟翡雯正在望著我。「你似乎挺開心的。」

「剛才對自己的身體做了些檢查。」我回答：「瑟翡雯，我想幫妳把弟弟救回來。」

她打量我一陣子，最後才開口：「我根本不信任你，又爲何要讓你幫忙。我連你名字叫什麼都不知道。」

「我明白。妳不信任我是理所當然，而且我也有些事情沒交代清楚。」

「是嗎？」她故意翻了下白眼。「今天的星星可眞美。」

「瑟翡雯，我是認眞的。妳以爲我是裝神弄鬼的騙子，但那並非事實。這很重要，妳聽清楚，」我稍微停頓營造氣氛。「其實我是一個魔法師。」

註：濕體（wetware）是衍生詞彙，意即原生或裝載於生物的軟體或硬體。因生物體內有水分，所以稱爲濕體。

你是一個魔法師

以下內容摘錄自《我的人生：首位跨次元魔法師，賽熙爾．G．巴格斯沃三世的自傳》。（勤儉魔法師™出版社，2102年發行，售價39.99美元。勤儉粉絲團™訂閱會員獨享之作者親筆簽名版。）

2085年，政府啓動多重次元探勘計畫，這也是我初次進入中世紀遊歷的契機。我擁有前線經驗，在微化戰爭時立下一些功勞，獲得官方徵召之後如往常般全力以赴。

參加騎術鬥槍拿下第一次冠軍，贏得國王信任，就地取材製作電池並向修道院長展示電燈……在這一切之後，我恍然大悟。

在這裡，我是個魔法師。

許多文明社會自古流傳「智者」的故事。瑞典稱為de klok，威爾斯稱為dyn hysbys，《聖經》裡則稱為東方三博士。在歐陸和中東的民間傳奇裡，更有著許許多多集學者、醫生、哲學家於一身的人物。

「魔法師」（wizard）一詞的語源就是「智慧」（wisdom）。現代流行文化賦予魔法師的刻板印象是長鬍、尖帽，或偶爾改成臉上有疤拿魔杖的男孩子。但在古代，那些人之所以與眾不同靠的不是魔法，而是知識。知識確實常常在故事中與玄妙或無形之物沾上邊，然而魔法的本質不就是尚未發現的科技嗎？

各位在目前的人生裡，或許覺得一事無成、不斷沉淪，感慨自身存在毫無意義。然而從古人的角度觀察，你其實就像個天神。我們從中學教育得到的知識，已經比歷史上許多偉大的思想家來得更廣更深，口袋裡、甚至是體內的科技結晶足以顛覆國家。

你是否曾希望人生更加有分量？想要改變世界，而且不是「為後人種棵樹」那種不痛不癢的事情，而是「推動文藝復興」這種等級的豐功偉業？甚至是成為君王，或者拯救萬民？扭轉歷史軌跡？或者僅僅是與世人分享你那龐大浩瀚的知識？

越鑽研歷史，我越清楚意識到名流千古的關鍵不在於才能，而是時機。好比大自然厭惡真空[譯註]，歷史也會以現有的人選填補空白。

世人崇拜懷特兄弟，因為他們帶頭翱翔天際。但實情是，當時許多人只差臨門一腳，即使懷特兄弟不成功，也會有別人成功。

物理課堂說愛因斯坦發現了$E=mc^2$，但稍微翻閱史料就會發現，前面已有無數位科學家都研究過質能轉換。愛因斯坦之所以成名，是因為他提出最簡潔有力的詮釋。

同樣道理，不是披頭四開創現代搖滾，而是現代搖滾為披頭四搭好舞臺。

你若默默無聞度過餘生，生不逢時才是癥結。去尋找屬於你的完美次元™，掌握自己的命運——無論你是授人以火的普羅米修斯，或者唯我獨尊的鐵血帝王，都必須跨越次元。

成為一個魔法師。

譯註：nature abhors a vacuum，是一句英語俗諺和哲學假說，認爲大自然並不存在眞空的現象。

第 10 章

「你是什麼？」瑟翡雯微微仰起頭。

「魔法師。」我回答：「妳知道的吧，就是會用魔法的那種？」

「你說的這幾個詞我完全聽不懂。」

好吧，指南上是怎麼說來著？「我是個智者。一個學者、哲學家……呃……還有樹雕評論家。你們總有個詞描述這樣的人吧？」

「會讀書識字的？」她反問：「符文師（runian）？」

「對，但不是只會寫字。」我解釋：「還懂得很多，尤其是一些奇怪危險的東西。就像梅林那樣。」

「你說的是不是……彌爾丁[註]？」

「對對對，就是他！」

註：彌爾丁（Myrddin）是威爾斯歷史上的偉大詩人，也是亞瑟王傳奇中偉大魔法師梅林的原型人物。

「天哪，」她低呼：「你眞的是魏爾斯人。」

「來，妳看，我可以證明。」我伸出手臂，控制皮膚讓它變紅，血一般的紅。這樣應該比較有戲劇效果。

但是……等等，指令捷徑怎麼操作？

「喔，」瑟翡雯不耐煩地翻白眼道：「有流星呢，旁邊星座像一頭熊，眞特別。」

「妳等一下啦。」我說。

她不再理我，拿起提燈就要走。我腦袋用力回想操作步驟，同時兩腳奮力追在後頭。

「我能在黑暗裡看見東西！」我又說：「這樣不夠嗎？我還可以——」接著我就栽進了灌木叢，還失聲叫了一下。邊走路邊看選單，同時還要證明自己非凡脫俗，眞的太難了。

等我從灌木叢脫身時，只見瑟翡雯正高舉提燈，冷眼睥睨。「你不是說能在夜裡識物嗎？」

「得先採些果子啊，」我回答：「施法的材料。」

「這樣啊。」她直接轉身朝宅邸走回去。

幾秒鐘之後，我終於叫出隱藏選單，舉起前臂一看——果然紅得刺眼。「哈，有啦！」

「不就是茜草根的染料嗎，」瑟翡雯隨隨便便瞄一眼便打發我。「看過十幾二十次了。」

還想要什麼把戲？靠障眼法假裝手能變成蛇？拿假刀子說自己皮膚更勝鋼鐵？喔不對，那招你玩過了。

「那可是妳弟弟的刀。」

「你什麼時候對調過來的，我確實還沒想通。」她腳步完全沒放慢。

「聽我說——」我努力追趕。「妳停下兩步會死嗎！跟妳講話真的一肚子火！」

「真抱歉啊！」她也轉身不耐煩叫道：「抱歉在你承認自己是個騙子之後不相信你，抱歉在你一個晚上失手三次之後不相信你，抱歉我不相信你傷害到你自尊心，你今天一定過得很辛苦吧？你還要不要臉啊！」

我愣在原地，彷彿被人狠狠甩了兩巴掌。她的眼睛瞪得老大，急促喘了幾口氣之後又繼續轉頭就走。

「我知道妳擔心弟弟，」我朝瑟翡雯背影叫道：「所以我想幫妳，瑟翡雯。」

瑟翡雯停下腳步，但是沒轉頭。「阿龍和我不是有錢人，你幫我們得不到好處。」

「我沒有要好處。」我回答：「只是我認識那傢伙，而且妳也看到了對方是如何心狠手辣。我略懂他們用的武器，能幫妳想想辦法。何況，我本來就有點事情打算過去找他們——既然順路，不如結伴同行。」

瑟翡雯回頭，又開始上下打量。

「另外，」我繼續說：「騙人我也還算挺拿手的，不會扯妳後腿。」

「拿手？」她指著我的手臂。「這也算？」

「一開始妳不也覺得我是什麼禁靈嗎？我可是初到貴寶地，考慮到種種因素，我應該算是表現不錯了。而且，妳也沒有自以爲地那麼了解我。」我彈了下手指，皮膚瞬間變回普通顏色。

這次總算讓瑟翡雯驚住了。她朝我走近，舉高提燈說：「是『淨』靈。剛才那招還不錯。」她總算承認。

「嗯哼，我——」

「不必告訴我方法，」瑟翡雯打斷我：「我一定能想出來。」她又朝我看了看，然後晃了晃提燈。「走吧。」

我笑著跟上，暗忖靠自己找到下一座城鎮當然不成問題，但有個本地人幫忙追蹤烏瑞克，肯定能少走很多冤枉路。更不用說或許能保住瑟翡雯這條命。既然已眼睜睜看她弟弟被捉走，我已想起自己的眞實身分就無法坐視不理。最理想的情節是，我把烏瑞克帶回西雅圖警署，關進高強度拘留所的牢房內。

「你有名字吧？」她問。

「就叫我弗文斯（Runian）吧。」我覺得暫時別讓眞名傳開比較安全，倘若烏瑞克撒了網讓手下四處探聽跨次元旅行者，強・韋斯特這種名字一聽就會露餡。

「這和醫生自稱『伊森』有差別嗎？」

「我就認識很多人叫那名字啊，」我回答：「所以沒關係。」說完後我摸摸臉。「是不是長鬍子會看起來比較不那麼醒目？」

瑟翡雯盯著我看。

「不是嗎？」我問。

「你若是想要不醒目，需要的恐怕不只是嘴上有毛。」她朝我手掌瞧了瞧。

「我沒有上粉！」

「瞧你說的好像有辱尊嚴，」她說：「並不是每個人都會因爲體格差距而看不起女性。」

我感覺自己吃了個悶虧。「我很尊重女性好嗎，」我說：「每年十月都會繫粉紅緞帶推廣乳癌篩檢。」

幹嘛記得這種事情？這比想起自己不喜歡游泳更沒意義。

「你眞是個怪人。」她感慨之際，我們已經回到伊斯坦宅邸外的木牆邊。「我覺得你也別蓄鬍了，橫豎都是顯眼，沒鬍子反而有種刻意爲之、化外之民的感覺，別人要找你麻煩之前會三思。幸運的話。總之，應該會先盯著你好一會兒，這樣我就有時間先走一步。」

好吧，那就不更改奈米醫療系統裡的自動去鬍設定。庭院內，伊斯坦已經備好三匹馬，其中一匹比較瘦小，似乎專門馱載物品。會不會其實是騾子？我認識牲畜和目前認識自己的程度相差無幾。「季父，」瑟翡雯開口：「他堅持要陪同。」說完就朝我點了下頭。

「是嗎？」伊斯坦望過來。

「這趟造訪之旅我相當愉快！」我答道：「凡人果然有趣，看到你們爭先恐後找那些我要求的小玩意兒，眞是讓我滿意！不過……殺害你們士兵的賊人從我們國度偷了一件雷器，我父親、也就是禁靈之王，派我奪回神器和懲戒狂徒。任務在身，我沒空再和你們玩鬧。」說完我瞥向瑟翡雯，本以爲她又要翻白眼，沒想到這回她輕輕聳肩，意思好像是勉勉強強過得去，甚至有可能是還行、有盡力就值三顆星……還是暗示我演過頭？

我彈了下手指，讓手掌再變成紅色。「懲奸除惡，」我看著伊斯坦瞪大眼睛。「父王交代過了，你無須擔心我會做法下咒。」

瑟翡雯在伊斯坦身後輕輕擺了擺手。

這是演過頭的意思？可是她確定嗎？就我所見，這位繼父大人似乎對此的印象很好，尤其當我再次彈指將皮膚回復原狀、朝他比手勢示意噤聲，又眨了眼睛之後。

伊斯坦高聲呼喊，僕從又找了一匹馬裝上鞍具牽過來。這隻馬高大、潔白，還有一雙令人畏的眼睛。等等，這麼說來是給我騎的？恐怕牠沒有內建避震系統和藍牙對講機吧？

「季父，請問先前說要隨行的士兵是？」瑟翡雯問。

「讓本地武勇最盛之人與妳同行。」伊斯坦朝宅邸招手，夫人捧著盾牌斧頭走了出來，兩人接吻後將兵器掛上馬鞍。

「你本人？」瑟翡雯相當吃驚。「季父，這樣不妥——」

「那孩子從我家被擄走，」伊斯坦回答：「兩個鼠輩甚至打算接近郡侯，無論是身爲臣子還是鄉紳身分，我都責無旁貸。詩客，我與妳一起行動，親手贏回屬於自己的祝詞。」

瑟翡雯鞠躬說：「我明白了。」

唔，好吧，這麼一來得多練練那些精靈把戲了。我將書頁疊好塞進鞍囊，那看起來應該是裝東西用的沒錯。同時，我留意到瑟翡雯走到庭院的中央巨石前，伸手放在岩石上，指尖沿著石頭表面游移，彷彿摹寫刻在上面的符號。

那些是……所謂的符文？沒錯，就是奇幻遊戲裡會看到的那種東西。我還認得出其中幾個呢。但是……它們是不是微微發光了？

唉，一定是光線產生的錯覺。我朝著巨岩點頭問：「那個是？」

伊斯坦的臉皺了起來。「淨靈何必奚落我們？」

「我……呃，我們夭性如此。」

「符文石乃本地榮耀所在，」伊斯坦解釋：「自古至今東祟並綏寧無數遊靈。您看不起我無所謂，但請不要侮辱它。」

也罷。瑟翡雯走回來，朝伊斯坦點了點頭。鄉紳轉身指向遠方的地平線——地平線上曙光乍現。「詩客，這趟旅途由妳帶隊，不過我建議即刻動身，旭日會爲我們照亮前途。」

兩人俐落地上馬，我則站在坐騎前面。嗯，所以腳先放在……那個踏腳的東西……然後用力蹬？我想破了頭，而馬兒冷冷望過來。

「別這樣看我啊，」我嘀咕：「交通工具瞪人也太沒禮貌了。」

「淨靈，」伊斯坦叫道：「有什麼問題嗎？」

「我曾經也是狂獵[註1]的一員，還走過彩虹做的橋[註2]，但都是在我們禁靈的坐騎背上，而牠們任我使喚來去如風。然而面前這頭野獸……似乎不大敬重我。」

「牠們的尊敬得靠您親手贏取！」伊斯坦說：「表現出強勢，讓馬匹知道做主的是誰。」

「好、好。」我非常勉強地爬上馬鞍。「看來今天凡人和禁靈都別奚落彼此了。」

「放心，尊貴的淨靈，那匹馬會跟著我。」伊斯坦忍著笑說。我的神祕氛圍報銷了。「抓住韁繩，但別太用力，除非您希望牠停下來。尤其不要快速拉扯，免得您又要看到彩虹了。」

「好……」

伊斯坦看看詩客，她點頭之後帶頭前進，天色也逐漸明亮起來。

我覺得自己在中世紀的第一天表現還是不錯的，結交了朋友（旅伴？）、尋回自己的身分（至少記得名字了），甚至釐清穿越次元的目的（阻止那個長了工業級下巴的混蛋）。

我決定稍微調高自己的評分。兩顆半星：以沒鬍子的男人而言不算差，跟最初相比，進步幅度很大。

希望接下來能想起我為何獨自前來，不僅孤立無援，什麼武器裝備都沒帶。

第一部完

註1：歐洲中世紀的民間故事認為，會有一大群超自然生物（精靈、妖精、死靈之類）在野外恣意獵殺，其領袖通常為北歐主神奧丁（或奧丁的別名），但有時則改為歷史傳奇人物。此獵殺現象被稱為「狂獵」（Wild Hunt）。

註2：北歐神話中，天界（阿斯嘉[Asgard]）與人間（米德嘉[Midgard]）以彩虹橋相連。

第二部

輕鬆成為魔法師

第11章

在馬背上閱讀文字可沒我想像得容易，尤其散落的書頁還沒裝訂好。爲了撿紙，我停下來三次，後來終於摸索出訣竅。伊斯坦總是在一旁盯著看，大概懷疑我是故意把紙丟掉、想玩什麼花樣。不過，他漸漸不再那麼怕我，似乎反而覺得我很有趣。

嗯，要嚇唬他這件事之後再說，當務之急是摸清指南的內容，爲一些重要問題尋得解答。例如，這究竟是什麼年代？

看起來不像電影裡的中古英格蘭，否則應該會有全身甲冑的騎士、揮手帕戴高帽的仕女，宮廷必備小丑，再來是……肉餡餅？好吧，我對那個時代其實也不怎麼熟悉。

我也小心試探了一下，確定伊斯坦從未聽聞過全石材的堡壘，還覺得我描述的城堡十分壯麗。

「可是聽起來空蕩蕩的。」他表示。我們的隊伍正沿著前人踏出的泥巴路前進。「那麼大的空間用來做什麼？感覺連家人彼此見面都不方便了。好處的話大概是非常堅固吧。」

「我倒是聽說過類似的建築物，」走在前面的瑟翡雯說：「不過是黑熊（Black Bear）領土那邊的故事……」

一聽見黑熊，伊斯坦陷入沉默。又或者只是他累了？這兩人從昨天晚上開始就沒休息，他們身體裡可沒有奈米醫療系統維持活力。

「我們得再快些。」瑟翡雯在前頭說。

「逼太緊馬兒會受傷的，詩客。」伊斯坦提醒：「步調保持穩定比較妥善，畢竟對方途中也需要停步過夜。只要我們晝夜兼程，應該能夠先一步抵達維爾勃里，從邑宰口中問出眞相，並且做好埋伏，等兩個綁匪自投羅網。」

聽起來設想周到。如何應付具有神祕力量的敵人？找援軍，然後先下手爲強。問題在於對方並不需要停下來休息。

「伊斯坦，就算我們拚命趕路……恐怕也趕不贏他們兩個。」我提醒：「烏瑞克和奎恩不需要睡眠，而且考慮他們事前的準備時間，我猜連他們的馬也……不是凡間的馬，只是看起來像。」

換作是我，若想在中世紀社會低調行事，就會給馬匹安裝強化。但預防萬一，很可能再張羅幾輛飛行機車備用。

「不需要睡眠？」伊斯坦問：「但您先前說他們只是普通人。」

「他們竊取了一部分禁靈魔法。」我胡謅說：「烏瑞克應該佩掛了活力護符，即使身爲凡夫，也能如同禁靈不知疲累爲何物。」

「意思是您也不需要睡眠？」伊斯坦又問。

「大約每週靜心一次就足夠。」我回答：「透過冥想，來汲取故土魔力以補充元氣，與凡人睡覺差不多意思。總之回春這件事太過玄妙，凡夫俗子無法理解，只會誤認爲是失神昏迷罷了。」

伊斯坦聽了若有所思，瑟翡雯則故意放慢速度和他交換了位置。

「苦苣根。」她朝我耳語。

「什麼？」

「以前我治療過睡不著覺的孩子。」瑟翡雯特別留意不被伊斯坦聽見：「他們的母親以爲是遊靈作祟，但其實是小孩偷吃了苦苣根。那是一種使人保持清醒的藥材。你也是用這招對吧？」

「商業機密恕不奉告。」我說：「所以手臂變色這件事妳想通了嗎？」

「還沒。」瑟翡雯話鋒一轉，語氣嚴肅起來。「你爲什麼說那兩個人的馬不是凡馬？」

「有些藥材餵給馬吃，馬就能跑很長時間不休息。」我解釋：「符文師的小祕密。」

她眯起眼睛看著我，似乎擔心我在糊弄她。

「瑟翡雯，我沒在矇妳。那是我能想到最接近事實的解釋方式，請妳相信我。」

她搖搖頭重新看路，兩眼發紅、肩膀下垂，忽然顯得疲憊不堪。但她仍堅持無怨無尤地前進。

「我們會找到他的，」我承諾：「我一定幫妳把阿龍帶回來。」

瑟翡雯又看看我，這次輕輕點頭。然後我發現……話題完全跑偏了，我原本不是想要確認自己身處的年代嗎？

換作是珍的話，一定馬上能判斷出來。我每次翻書時常常思念她。她去歐洲旅行途中過世，這轉眼間的事情，如畫布上一小塊顏料被雨沖得不留痕跡。珍的家人始終反感我，死訊就只是傳個訊息，連告別式都沒讓我去。

她有個夢想，就是進入中世紀次元看一看。現在我之所以在這裡，多多少少也和她有關才對……

記憶一點一滴慢慢回復。比方說，我想起小時候住在塔科馬市[註]，還有二十多歲很重要的經歷是警察學院。可惜需要補上的空白也還很多，譬如，爲什麼我那麼晚才去讀警校？入學之前在做什麼？

之所以進入這個次元，是爲了阻止烏瑞克吧？但這件事怎麼會和珍連結起來？我一方面覺得自己是要替她實現無法完成的夢想，另一方面卻覺得自己是在執行警方的機密任務。究竟哪邊才對，還是兩邊都對？

撇開我的動機，最後我總算在書裡找到有用的資訊。

若您選擇了魔法師百變符™，或許一開始會有點茫然失措。在多重次元裡沒有不可能，但當然某些事件的可能性會特別高。（另外，還有一些現象理論上成立，但統計上機率低到等於零。可以參考「FAQ：可以有長滿香蕉，而且香蕉會講話的次元嗎？」）

不符合歷史記載的次元實屬正常，不過我們通常會篩選出來作為特別商品。別慌，有幾個簡單準則能夠判斷自己所處的時代。（但請記住：雖然大家習慣將中世紀不列顛視為一體，實際上仍能分作許多不同階段，每個年代都有獨自的文化與科技革新。）

註：位於美國華盛頓州。

您是否能看到城堡、騎士與他們的旗幟？有的話，恭喜！您到了「中世紀盛期」次元，去參加馬術鬥槍吧。

要是有看到城堡和騎士，我也就不必煩惱了。我搖搖頭繼續往下讀。

次元居民是否有提到凱撒，士兵的穿著是不是紅色，而且很喜歡蓋堡壘？是的話，您大概到了羅馬帝國時代！羅馬疆域曾經延伸到不列顛，在許多次元內，他們甚至拿下整座大不列顛島。還有些次元更為特殊，那些次元的羅馬帝國遭到入侵以後分崩離析，反而將重心轉移到不列顛了。請參考第一百八十二頁。

身邊都是羅馬人的話，作者難道認爲我們會沒辦法察覺？是以爲我很蠢嗎？但……想到自己經歷了一連串窘境，我決定別認眞分析那個問題。

次元居民上戰場是否會在臉上塗抹藍色顏料？日常生活中是否很少或完全不用金屬器具？藝術品有很多繩結花紋，或者人們看似毫無理由地四處搬運巨岩？那您可能進入了凱爾特主流次元！凱爾特人是不列顛島的原住民，在多數次元裡，凱爾特社會在科技方面落後於羅馬帝國或中世紀盛期文明。請參考第一百八十四頁。

好像有點符合。他們喜歡石頭，並且用石頭圍成一圈當作宗教聖地，而且科技看起來不怎麼發達。但偏偏刀劍應該是鐵製的。我繼續往下讀。

次元居民看起來像維京人嗎？大多數人都熟悉如何作戰、穿著甲冑並使用盾牌，但沒有全身鎧甲那種高級裝備？崇拜的神祇聽起來似乎出自北歐神話，只是名字變得比較好笑？那您應該是到了盎格魯撒克遜次元！

「瑟翡雯，那個……」我開口：「你們信奉的神叫做什麼啊？再跟我說一遍。」

她瞥了我一眼。「為什麼有些事情你懂很多，別的你又腦袋空空？」

「跟我說一下嘛。」

「我們都活在『奧丹』的眼皮子底下。」她回答：「這片大地及一切文字都歸祂所有，所有世界由祂統轄。我們遵循奧丹的智慧，接受祂的賜福。」

「賜福？」伊斯坦開口：「怎麼不說是詛咒？」

「不可語帶褻瀆。」瑟翡雯沒好氣道：「奧丹要人類獻祭，只要堅持到底，必定能得祂的認可重返榮耀。」

有趣。「還有別的神嗎？」我問。

「洛基娜，」伊斯坦說：「眾魔之母、文字的竊賊。還有戰神提兀（Tiw）、奧丹之子索諾（Thunor）。另外奧丹的妻子、索諾的母親芙芮婭（Friag）創造了文字，但死在與黑熊的戰爭之中，此後奧丹就禁止人類再書寫文字。」

這幾個名字確實都有那麼一點耳熟。奧丹，是不是奧丁？索諾……感覺是索爾？終於！這本書總算發揮作用了！

「那你們祖先從哪裡來的？」我繼續問。

「大海的另一邊。」瑟翡雯回答：「故土有胡狄蠻民（Hordaman）肆虐，先人避居到這裡，並且擊退詭計多端的魏爾斯人。魏爾斯人一開始聲稱與我們分享土地，後來卻想要搶劫。話說回來，你怎麼會不知道——」

我沒認眞聽她說話，心思回到書頁上。

「盎格魯撒克遜」是個統稱，涵蓋許多日耳曼部族（且文化可溯源至斯堪地納維亞）。他們在原生世界的公元五世紀時移居到不列顛。請參考第一百八十六頁。

我趕快翻過去看，結果……
毫不意外，第一百八十六頁不見了，只能在一百八十八頁找到結語。

人民善戰，逞凶鬥狠，但對英國社會文化有極為深刻重要的影響。實際上，「英格蘭」這個地名就源於盎格魯人的其中一支部落！

根據我們的經驗發現，許多次元中並不存在精確定義的盎格魯人（現代英文稱為Angles，但他們自稱Aengli）和撒克遜人（現代通稱Saxons，古時稱為Seaxe），因為實際歷史上他們常常劃分為小部落各霸一方，各有其名，例如「基維斯」（Gewisse）或「米爾斯」（Mierce）等等，而不自詡為盎格魯撒克遜人。

若在自己的次元內聽到很多不熟悉的字詞，無須擔心，那才是常態。而且各部落會有獨特的傳承、風俗和信仰，沒有把握的話，先確認是否曾經有類似維京人的民族自海外登陸，並擊退原生於本地的布立吞人（Britons）。（盎格魯撒克遜人的語言最初將外族稱作「威里斯」[waelisc]，經過演變才成為現代人熟知的威爾斯。）

總算有那麼一丁點的背景資訊。興奮之餘，我又趕緊找了找前面的歷史敘述。原來緊接在盎格魯撒克遜之後的，就是諾曼人時代。這類型的次元裡，諾曼語似乎很早就滲透了不列顛，但歷史走向大致相仿——所以之後還會有第二次諾曼人入侵。

如果是諾曼人時代，我多少記得一些。其實就是法國人，或者說原本住在現代法國的古民族渡海佔領不列顛，時間點大概是公元一〇六六年。前後對照下來，我判斷這個次元約略介於公元五百年到一〇六六年之間。

所以沒有城堡，也沒有……呃，投石機？我熟悉的那些東西似乎都還沒被發明出來。這樣我就不會有太多先入為主的錯誤想法了，對吧？

唉。如果珍在場，她一定很開心。

接下來的幾個小時裡，我一邊騎馬跟隨，腦袋裡繼續思考，有什麼小手段能讓人感受到我的不凡。除了皮膚變色，比較明顯的特技應該是變聲，不過我本能覺得這該是藏起來當作壓箱寶，而不是拿出來在派對上譁眾取寵的東西。不過兩個沒受過教育、出身鄉下地方的盎格魯撒克遜人，我難道沒別的辦法能讓他們耳目一新嗎？我接受過現代教育、能預測歷史走向，而且還了解科學方法。老天，光是讀書識字這一點在這地方似乎就難得一見了。我是名副其實的魔法師。

但當我拿著原子筆寫下瑟翡雯的名字時，她一看見便面色慘白，對我低吼：「別跟奧丹作對！咒文會害死我們。嚇唬伊斯坦就算了，不要自欺欺人忘了分寸！」

所以，嗯，此路不通。總該還有別的法子吧？我可是個現代人呀！火藥、電力、抗生素！

可是我知道怎麼製造這些東西嗎？抗生素需要從……黴菌開始培養？火藥的成分之一好像是蝙蝠排洩物？唔，說穿了，這不是跨次元失憶症的問題，而是我活了幾十年從來沒必要親手發電，而且早就把盤尼西林的詳細製程還給學校老師。

我突然驚覺，現代教育乍聽之下好像很厲害，但太過依賴兩個要素。其一是專業分工：現代技術太複雜了，想要憑一己之力再現更是難上加難。其二是參考資料：學校教會我們的，實際上是如何研究和學習，要是手邊有維基百科，想必我也能做出火藥。實驗方法的基礎我都懂，但人類文明的知識沒辦法全塞進這顆腦袋裡。畢竟，有了網際網路的便捷後，我又何必要這麼做？

直到我被獨自困在未開化的社會裡。這絕對是系統上的缺失。（給現代網際網路三顆半星。在中世紀根本收不到訊號，開發人員請盡快更新。）

後來的時間裡，我閒著沒事，就在介紹盎格魯撒克遜人的那一頁邊緣空白處亂塗鴉。習慣馬背上的起伏節奏後就不怎麼需要抓韁繩了，反正牠會乖乖跟著前面的夥伴走，否則我也沒心情思考自己到底還能做些什麼。

「伊斯坦……」我邊畫畫邊開口：「你聽過『盾牆』嗎？」

「您是指戰場陣型？」他回答：「舉起盾牌與長矛，排列緊密阻擋敵軍？這是常見的戰術，淨靈問起是何意？」

「確認一下而已。」我說：「那水車呢？你們有水車嗎？」

「用來碾穀的？」他的語氣又多了一絲笑意。「史丹佛就有，您沒看見嗎？」

「忙著逗弄凡人沒太注意，」我說：「你回家可別往床底下看。」這樣聽起來，簡易的工具例如輪軸槓桿之類大概已經發明出來。「滑輪有嗎？你們會用滑輪吊東西嗎？」

「當然。」伊斯坦笑了起來。「洛基娜保佑，不然您認為我們凡人是如何替碉堡蓋圍牆的啊。」

眞慘，好像沒什麼知識能幫到他們。怎麼不把我傳送到穴居人時代啊，那樣拿兩根樹枝生個火就能嚇死凡人。

……我應該會鑽木取火吧？只要互相摩擦就好，但是得動很快？還是有別的訣竅？唉算了。回到洪荒時代，我可能直接被劍齒袋熊[註]吞了也說不定。我其實該感恩——

瑟翡雯忽然驚呼：「提兀在上，那是什麼？」她又策騎到我旁邊，指著我的手。

「這些字嗎？」我問：「好啦，我知道咒文會——」

「不是！」她打斷：「你在字旁邊又加了什麼？」

我低頭一看，這是依照她的長相隨手畫的素描。沒畫得多精細，就只是簡單線稿而已，骨架、光影、交叉排線法，現代美術裡基礎中的基礎——

原來如此！看來我受過的教育沒有完全白費！

註：現代袋熊分布於澳洲，溫和可愛，有人形容牠們爲放大的無尾熊。澳洲及中國曾有巨大古生物化石，經想像還原後被描述爲劍齒袋熊（saber-toothed wombat）。

FAQ:

可以有長滿香蕉，而且香蕉會講話的次元嗎？

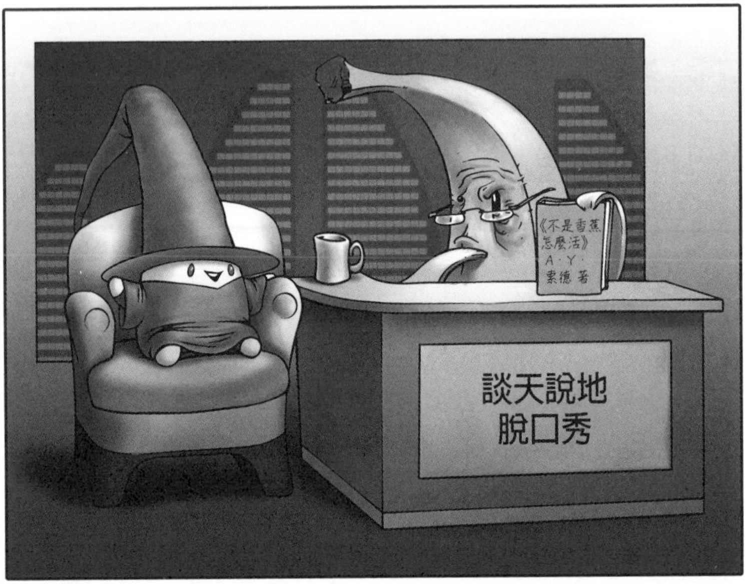

A: 不能。

第 12 章

瑟翡雯叫住伊斯坦，鄉紳兜個小圈子繞回來，先是看了圖，然後眼神就在詩客和書頁間來回移動。「眾神賜福，」他低呼：「眞是維妙維肖！」

完全沒他說得那麼棒，尤其拿圓珠筆在指南書的空白處塗鴉可不是我習慣的方式。結果他們兩個讚不絕口。

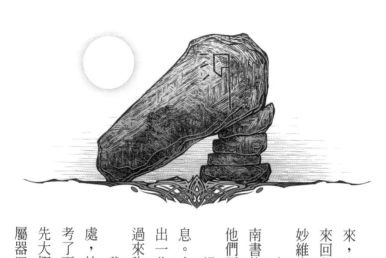

趕路也好幾個鐘頭了，這兩人決定稍事休息。大家在路旁的一處小空地下馬。瑟翡雯取出一些醃肉和麵包果腹，伊斯坦則畢恭畢敬地過來詢問能不能看我作畫。

我找了書頁章節末尾一塊比較大片的空白處，快速爲他畫了個肖像。在這過程中，我思考了下本地人一輩子都接觸些什麼藝術品。首先大概是陶器表面的圖案，再來則是石器和金屬器皿上繩結風格的花紋。雖然也都能做得精緻繁複，但在現代人看來，那都只是簡筆畫的等級。結構、透視這些擬眞的繪畫技法，要等到文藝復興才成爲常識。

我作畫的時候，伊斯坦站到後頭看著我畫，就連瑟翡雯也三不五時來湊熱鬧。畫個七八成以後，鄉紳捂著嘴巴睜大雙眼。

「這不是我嗎，」他很訝異：「淨靈，您的畫技果然超凡脫俗……」

我露出微笑，同時悄悄啓動手部的穩定度強化，這樣下筆會更準確。就現代標準而言，我的作品無論如何都難登大雅之堂。要是伊斯坦知道我沒能讀完藝術學校會做何反應？我——

等等，我是藝術學校的輟學生！我的青春期到二十歲出頭那些年，就是耗在那裡！中學時代到警察學院之間的記憶空洞縮小了。原來我曾經有個藝術夢。

我大學時期努力了三年，最後終究放棄，因爲我有自知自己的天分比不上同學，再怎麼熬也熬不出頭，更別妄想有什麼傳世鉅作。

但我是不是……有在警察學院裡發揮了藝術長才？

「淨靈，」伊斯坦問：「您這幅畫會操縱我的魂魄嗎？」

我還眞想說……

不，還是當個好人吧。

「放心吧，伊斯坦。」我將素描畫完，圓珠筆也沒墨了。「這只是普通的圖畫，沒什麼魔力。而且呢，以我同族的眼光來看，我的畫畫功力十分普通。」

「想必貴族的畫家都是神乎其技了。」伊斯坦讚嘆道：「您的絕妙技巧我這輩子從未見過，何況還畫得如此輕鬆迅速！」他說得都搖起了頭。

瑟翡雯在一旁從鞍囊裡取出小陶盤，放在地上並裝了三顆莓果進去，又在周圍擺上三片皮革。

「詩客，」鄉紳向她說：「距離城鎮很遠了，附近更沒有民房與爐灶，只有一片荒郊野嶺。」

「我知道，」瑟翡雯回答：「這是個測試。」詩客轉頭望向綁好的幾匹馬，牠們在路旁的草地上正垂下頭大快朵頤，感覺常有旅人在此處休憩。「我去梳洗一下，假如在我回來前你們已準備好上路，就大聲叫我。」

伊斯坦點點頭，等詩客離去就卸下斧頭、掏出砥石正要打磨。他們兩人恐怕都沒有放空闔眼的閒情逸致。那把斧頭的刀刃處比我從電玩遊戲得到的印象要小一些，握柄又直又長，從前端延伸出去而且特別細。

他找了塊圓木坐下，磨著斧頭的每一下都唰唰作響。他留意到我在觀察，便主動開口：「淨靈，我能問件事情嗎？此行追捕那二人……普通兵刃殺不殺得死？」

「不是完全不可能，」我回答：「但難如登天。他們的皮膚刀槍不入，隨隨便便砍兩下、戳兩下都是沒用的。想要打敗他們，你得反覆攻擊，直到保護對方身體的……呃，『奇術』被消耗殆盡。一旦系統超載，你就殺得死他們。」

鄉紳點頭若有所思。「那麼有弱點嗎？例如眼睛？」

「一樣刀槍不入。」我改口勸道：「說眞的，伊斯坦大人，無論碰上烏瑞克或奎恩，你不要正面交手才是上策。」

「他們使用弓箭嗎？」

「有比弓箭更麻煩的東西。一種禁靈的武器，稱作……『槍炮』的東西。」

「但並不是弓箭？」

「不是。」

「那就好。」他居然回答：「我不喜歡弓箭，沒辦法堂堂正正打一場。」

「可惜槍炮的情況也差不多。」我說：「你也看到自己手下的死狀了，而且烏瑞克會給他手下類似的武器，只要指著對手發動，就能置人於死地。『槍炮』這種東西像是把雷霆塞進裡頭，一旦點火，就會將一塊金屬炸飛出去。」

伊斯坦思考片刻點點頭。「類似於投石索，但威力強大。」

「沒錯，沒錯。」我挺意外的，他居然能聯想到。

「那麼，照道理我可以……」伊斯坦忽然將話吞回去，還朝我低了頭。「抱歉，淨靈，我不該妄圖竊佔矮靈[註]打造的神兵。」

「問題倒不在於你想偷。」我回答：「假如你眞能從烏瑞克的手裡搶到武器，而且還能夠啓動，那事情會簡單非常多，我一點也不覺得被冒犯。麻煩在於，這個計畫行不通。」該怎麼解釋現代武器自帶生物辨識這檔事？烏瑞克那幫人的槍炮都有個別加密，別人拿了也無法發射。

「那些兵器會認主。」我告訴伊斯坦：「雖然沒有人類這麼聰明，但能辨別自己被誰拿在手上。槍炮有個金屬零件叫扳機，按下去就會發射。但很抱歉，不是兵器的主人絕對按不動。」

「我明白了，尊貴的淨靈。」他將注意力放回到砥石上，打磨的動作非常仔細。換作別人或許顯得殺氣騰騰，但伊斯坦反倒散發出匠人氣質，而且特意將斧刃轉過去不朝向我。

我嚼了幾片肉乾——吃不出來是哪種肉——視野邊緣跳出碳元素已得到補充的訊息。奈

註：dweorgar，爲dwarf的古語形式dweorg之變體。dwarf的常見中文爲「矮人」，流行文化設定大致符合歐洲民間傳奇，身形較矮、居住與高山或洞穴、工藝技術發達可製作魔法物品。然而中世紀民俗裡dwarf與elf（矮人及精靈）偶有意義重疊的情況，例如北歐神話重要文獻《散文埃達》（*Prose Edda*）將其稱爲黑色或黑暗的精靈。

米系統指示我必須繼續攝取。乾脆直接找些木炭還比較快，可能得等到晚上生篝火。

「那個叫做維爾勃里的地方還有多遠？」我問。

「還很遠，」伊斯坦回答：「今天一整天騎馬趕路才能到。」

我眨眨眼。「一天。就一天？」

「是。」他說：「再多一天路程有個城市叫做懋港，郡侯就住在那裡，這一帶都由他統治。」

「具體的面積有多大？」

「往北邊再騎馬幾天，」伊斯坦伸手指著遠方。「比史丹佛更遠。往南則是懋港過去再一天的路程。總共十座鄉鎮，都有像我這樣的鄉紳坐鎮。再上去有兩名邑宰，維德熙是其中之一。更上一層就是郡侯了，只有一位。」

「沒有國王？」

「這裡沒有『國王』，那是魏爾斯人和黑熊的說法，但他們也沒因此過得比較好。在我們這裡，郡侯之上稱爲『領主』。」

所以那位郡侯的轄區才多大？走路穿越可能只要五天，大概一百哩[註]以內？實在不大，看來在這個時代，連規模尺度都要重新適應。

伊斯坦繼續磨著斧頭。石頭劃過斧刃的動作極度規律，彷彿磨到出了神。

「這麼說不知道是否失禮，」我開口：「但伊斯坦大人你和我想的不太一樣。」

「尊貴的淨靈，請問您這話何意？」

「我以爲你這種擔任官職的人會更……該怎麼說呢，囂張跋扈？畢竟整個鎭都得聽你的，但你卻選擇親自走這趟。」

「尊貴的淨靈，我不過是個鄉紳而已。」他說完以後，似乎意識到我並不明白背後含義，便繼續解釋：「身爲鄉紳，侍奉郡侯並且顧好封地是義務。雖然那座鎭名義上是我的財產，但鄉紳也是一項榮耀，我必須對得起這項頭銜。只是我擔心之後……」他搖了搖頭。

「擔心什麼？」我問。

「凡人的煩惱罷了。胡狄蠻民威脅到我們的符文石，黑熊也率領魔獸和……」伊斯坦深吸了一口氣，說：「淨靈，我老了，反應和意志力不如從前，所以沒能保護奧斯瓦和詩客的弟弟。這種事情已不是第一次……我年紀再大下去只會更糟糕，而郡侯大人對我們這些邊陲鄉鎭也是越來越不關心了。」

「你老了？」我很訝異：「抱歉，伊斯坦……在我看來你不算太老，大概四十歲前後？」

註：約一百六十公里。

「四十二。」他回答：「或許在很多人看來還談不上太老，像我祖母可是活了超過百歲，而且頭腦一直很清楚！但她不必拿武器衝鋒陷陣，也不必負責保家衛國的事情。」

我想像了一下：未經強化，單憑天生體能來保護心愛的人事物……四十歲確實已經很辛苦了。即使醫療技術不斷進步，多數的運動員也熬不到這年齡就得退休。

「你們……常常要打仗嗎？」我繼續問。

「我效忠於這片土地與郡侯大人。」他回答：「舉凡郡侯召喚，或者外敵進犯，我都得出陣。郡侯徵召過幾次，前陣子還提到想挑戰領主大位，也與其他郡侯起過衝突。下臣沒資格批評主上，但一直希望他能換個方向考量。」

伊斯坦繼續說下去：「我們的海岸常有劫掠，幾乎每星期都能發現胡狄的蹤跡。國境另一邊則是黑熊軍蠶食鯨吞，自我當上鄉紳以後，就已經遭到六次侵攻，每回都被逼得險些就要棄守。」

儘管高大魁梧、手臂粗壯，此時的伊斯坦卻像是突然縮小許多。「上次被劫掠，已經是一年多前的事，」他聲音顯得孱弱：「折損了六個人。我……失去了兩個兒子。如果我再強一點，或許他們就不會喪命。就是那時候，我意識到自己的日子也所剩不多。若得到那種威力無比的武器，是不是就能保護好親人朋友……」

「未必有你想得那麼簡單。」我提醒，「如果落入壞人手裡，後果不堪設想。」我遲疑片刻又開口問：「這次殉職的那位，奧斯瓦？你和他很熟嗎？」

「他是我弟弟的兒子。」

「關係這麼近？」

他朝我蹙眉。「淨靈您或許有所不知……鄉鎮裡的每個人都是親戚。我的家族世世代代居住在史丹佛，自渡海至今綿延了幾百年。」

喔，也對……

中世紀的這些鄉里並沒什麼社會流動，年年辛勤耕作才能勉強餬口。伊斯坦這麼憂愁並不只是愧對主上，也因爲戰敗就代表眞正意義的家破人亡。

「你剛才提到劫掠，」我問：「所以……這裡也會被盜匪攻擊？」

「有時候會。」伊斯坦回答：「主要是沒來得及回船的胡狄人，也有其他地方走投無路的難民。難民的話，我們偶爾還能收容。」

「這樣的話，其餘的人只好關進監獄了。」

「那是什麼？我不明白。」

「就是囚禁罪人的地方？」我說。

「是指在我審判之前的暫留處嗎？我們會讓他們進地穴。」

「審判之後呢？」

「之後？」伊斯坦的表情是發自內心地感到困惑。「有罪的人就會死，無罪的人則被釋放回家。」

「小罪也一樣？」

「會處以鞭刑之類的。」他皺起眉頭。「這與您的國度那邊不一樣嗎？」

「非常不同。」我回答：「我們不傷害罪人的身體，但很多罪犯會被長時間囚禁起來。」

「沒有冒犯的意思，」伊斯坦聽了說：「但換作是我，會覺得那也叫傷害。」

「這……有點複雜。」我嘴上這麼說，但意識到對方也有很多人生歷練，尤其他一輩子枕戈待旦，隨時要與森林裡湧出的敵兵或賊匪搏命廝殺，與自己並肩而戰的每個人都是至親好友，倒下了或許就是永別……

現實眞是殘酷。

一陣子之後瑟翡雯回來了，她滿頭的金髮濕透、自頭頂披散下來，衣服也換了一套。她放下鞍囊時，我看到裡頭有沒塞好的衣物。所以剛才說的「梳洗」，就是指「沐浴」。這附近有河流嗎？我調高聽力強化，確實捕捉到水聲，但……不對，那是海浪。我們很靠近海岸。

或許請他們兩人畫張地圖確認一下？我開始動筆勾勒英格蘭的大致輪廓，才沒幾筆居然就用光了圓珠筆墨水。算了……我記得書裡有地圖才對？如果把文字部分遮起來，他們願意看一眼嗎？

「哈！」瑟翡雯撿起那三片皮革，皮革不知何時已被綁成了一個精細繩結。

我迅速看了旁邊陶盤一眼，裡頭的莓果也不見了。剛剛伊斯坦根本沒靠近過那邊，也不是我吃的。所以是瑟翡雯自己變了個魔術，將東西藏起來？但爲什麼？這有意義嗎？

「那代表什麼？」伊斯坦見狀開口問：「是距離符文石太遠，有遊魂出沒？或者被周圍的林木束祟了？」

「不是遊靈，」詩客指著我。「它自己束在他身上的。根據解讀，我覺得是小妖一類。」

伊斯坦手搭斧柄，朝我探身過來。「氣運又是如何解讀？是吉是凶？」

「目前無法判斷。」瑟翡雯反覆端詳我。「但它有按照指示動作，應該偏向吉韻。我會多加留意。」

我此時開著聽覺強化，每個字詞清清楚楚傳進耳朵，卻還是一頭霧水。這是某種爲我祈福消災的宗教儀式，還是什麼奇怪風俗？

我張嘴正想問的時候，卻聽到遠方傳來怪聲。「你們聽見沒？」我起身朝那個方向遠眺。

「什麼？」伊斯坦問。

「是號角聲，」我皺眉。「那邊傳來的。」

「號角？……什麼樣的號角？」伊斯坦問。

「先是低沉長音，」我回答：「然後三聲尖銳短音。」

伊斯坦一聽就轉頭望向瑟翡雯。「抱歉，」他開口：「這會耽誤一些時間，但我得親眼確認。」

瑟翡雯緊抿著唇，但輕輕點了點頭。沒過幾秒，我已奮力翻身上馬，隨他們離開道路朝海岸前進。途中我很想問清楚是怎麼回事，但馬蹄聲相當吵——加上時時擔心會摔下馬背——最後根本沒能問出聲。

但不久我就知道原因了。我們按照伊斯坦的指示，下馬之後壓低身形、潛入小岬角，暗中俯瞰大約四十英呎下方的海面。海浪拍打岩礁，三條船正順著海岸線航行。

即便是我，也認出了那些是維京長船。兩位旅伴神情緊繃——伊斯坦甚至低聲咒罵。這可不是什麼樂見的景象。

FAQ：

到底**為什麼**不能有一個長滿香蕉、香蕉還會講話的次元？

A:

敝公司常接獲特殊要求，例如「我想要人類能夠飛行的次元！」「我怕青蛙，請幫我找一個沒有青蛙的次元！」「我想要天空是格紋的次元！」之類的。

這種要求是出於對多重次元和機率的根本誤解。主流次元理論的基礎觀念是「分歧點」。每個次元最初與我們原生次元有著相同的歷史，但在某個時間點產生了分歧，單一事件導致未來的走向改變——這種改變可大可小。

任一次元與原生次元之間的歧異規模取決於兩個因素。首先，分歧點出現在何時？如果發生在很久以前，便容易導致巨大歧異，但機率並非百分之百（平行演化也不稀奇！）。再者，分歧點的成因為何？事件越大（例如某個次元的地球於公元2020年代遭到小行星撞擊，而原生次元的地球則逃過一劫），歧異也將越大，即使分歧點才發生不久。

次元在頻譜上的位置相近，則性質也會相近。可以將其想像成一棵樹，樹幹是我們的原生次元，每個分歧就是一條分「枝」。大分枝繼續往不同方向岔出小分枝，但每條小分枝都會繼承大分枝的特質。

勤儉魔法師股份有限公司®擁有這顆樹的一條大分枝，這裡的共通特質是不列顛群島處於中世紀階段，但居民使用我們能夠理解的語言。然而次元的分布整體而言呈現鐘型曲線，舉例來說：若研究者記錄一千個次元，並評估它們與原生次元的差異程度，將數值製成圖表。圖的X軸代表與原生次元的相異度，Y軸代表這些相似次元的數量多寡。

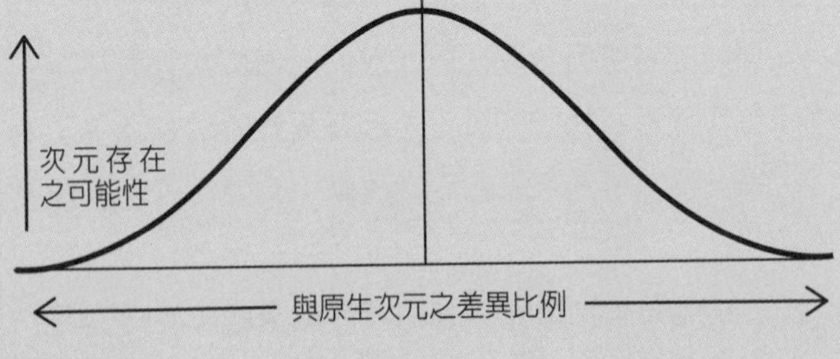

FAQ:

如圖所示，落在最左側的次元會與我們的原生次元最相似，但在頻段上也相當少見。（請注意：曲線中心會依據頻段特性不同而往左或往右挪移。）與原生次元頗為接近卻又產生有趣的文化歧異，才能稱之為輕地球™次元，所以統計上而言，我們提供的次元絕大多數落在鐘型曲線的中段。

本次FAQ常見問題的重點在於，曲線右端會延伸至無限遠，也就是無論歧異多大、多不可思議的次元，理論上都成立，而且可以出現在我們擁有的頻段內。然而從統計學觀點，我們搜尋億萬年也未必能找到會講話的香蕉，因為具有智能的香蕉，其存在可能性實在太低。

因此非常遺憾：理論上次元蘊藏無限可能，但在實務上過分特殊、脫離常軌的次元，發現機率低到可以忽略。[註1]

比方說，尼安德塔人取代智人主導地球的次元寥寥無幾，多年來科學家勉強找到了幾個，但迄今尚未有人找到非人物種經過演化並主宰地球的次元（連猿猴派生也沒有。抱歉了，卻爾登[譯註]！）相較之下，高智能大象存在的可能性，則比智能香蕉高出好幾百萬倍。

但也不必過度擔心，文化變異（例如希臘人說拉丁語）的機率還是很高，這種次元常常找得到。而且中世紀的生活本身就與現代相差甚遠，各位必然能在其中得到歡樂和新奇。

譯註：推測意指一九六八年電影《浩劫餘生》（*Planet of the Apes*）的男主角演員卻爾登·希斯頓（Charlton Heston）。此IP後來被重啓爲電影「決戰猩球」系列。

FAQ:

[註1] 法律免責聲明：請留意，若您的次元具有初步勘察時未能發現的「特異性質」（詳見合約第10條第2款），恭喜您中大獎了！可獲得酬庸10萬美元！（根據合約，購買者必須無條件交還該次元之導標及密碼，酬金將在程序辦理完畢後支付。）機會千載難逢，相關事項請詳細閱讀合約內容，若有進一步問題可聯絡本公司法務部門。

第 13 章

沒錯，那些毫無疑問是維京人的船。我調整了下強化，視覺拉近並聚焦在帶頭的那艘船。船首造型是蜷曲的龍，兩側各十來個壯漢努力划槳，相貌和本地人差異不大，但服飾顏色鮮豔，身上沒什麼護具。只有最前端那個像首領的人多穿了件鎖甲，頭盔倒是沒插獸角。

一開始還預期他們會模樣邋遢，結果完全猜錯。事實上，他們不僅儀容整齊，長髮與鬍鬚看來還有好好打理過。大部分的人毛髮是呈金色，乾淨得像常做ＳＰＡ，還買了不錯的護髮乳。

每艘船上都能看見一個氣質空靈的女人，長髮隨風飛揚。頭髮這樣亂飄都不會打結?光那份氣勢就值四顆星。

我望向伊斯坦，他的臉色已經變得慘白。

「我想，這些人應該十分危險?」

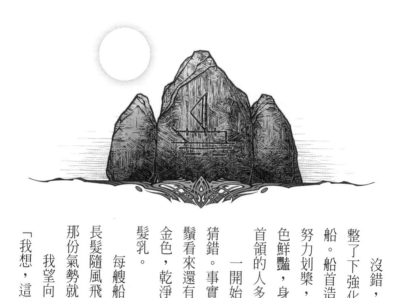

「他們殺人不眨眼，」伊斯坦悄聲回答：「冷血無情，動手之前總是狂笑不已，殺死我們的至親至愛之後更是笑得肆無忌憚。他們喜歡在鎮上放火，將人開腸破肚卻不給個痛快，就算躺在地上等死，也得眼睜睜看著親人繼續被屠戮。」

「這就是維京作風啊。」我感慨。

「您口中的那個詞我不大清楚，」伊斯坦說：「我們都叫這些人是胡狄蠻族。」

「你們知道對方從哪裡來的嗎？」我問：「丹麥？挪威？還是瑞典？」我想先分清楚這個次元與我熟悉的歷史地理有多大差異。

「這些名字都沒聽過。」他表示：「胡狄人是來自東邊，海的另一頭就叫胡狄國。」

「我大概知道你在說什麼。」瑟翡雯加入討論：「以前那邊有個王國叫諾威（Norweg），附近還有一個名叫丹錫（Dansic）的土地，他們的人民都成了胡狄的奴隸。只有濟茲人[註]殘存，靠符文石的力量英勇抵抗直到今日。」她瞇起眼睛。「才三條船……或許他們不是來打劫，只是探查地形？」

「要胡狄不打劫絕無可能。」伊斯坦回答：「詩客，他們貪圖的是符文石，而且從來不懂得滿足。」說完他握緊武器。「看來他們是要朝北邊去……」

北邊。朝向史丹佛？那座小鎮不算特別內陸，很容易淪爲劫掠目標。雖然這只是我的猜想，但伊斯坦的神情確實煎熬。

「季父，你回去吧，」瑟翡雯說：「要是胡狄人登陸了——」

「鎮上的符文石大致完好，」伊斯坦說：「除非對方帶了詩客。」

「你是說像瑟翡雯這種詩客？」我問：「這有什麼影響？」

「胡狄人的詩客十分強大。」伊斯坦解釋：「她們的祝詞足以壓制遊靈，抵消符文石的力量。不到三個月前，聶頓鎮（Neahtun）受他們襲擊被夷爲平地，而聶頓的符文石比我們的還要強。」

「話說，那三艘船上，每一艘都有個女人喔。」我指給他們看。

「這麼遠您都看得見？」伊斯坦的語氣讚嘆。

「嗯，」我說：「她們都站在前面。」

這時，三艘船在我們的眼前稍微拐彎，對準北邊海岸線，似乎找到適合停泊的地點了。

「船上的男人有沒有武器？」瑟翡雯問我。

「有。」我繼續調整視力。「每艘船上都有一個人身穿鎖鏈甲，其他人則提著刀和盾牌。那三個女的好像也準備下船。」

伊斯坦起身朝坐騎跨出一步，但又停下來回頭看向瑟翡雯。

註：濟茲人（Geats）爲現代瑞典南部的斯堪地那維亞民族。

「此時有個賊人擁有淨靈力量的神兵，」他說：「我……該去稟報郡侯，必須提醒他這件事。然後他會叫我別管史丹佛，去處理更大的禍患。但我恐怕不夠堅定，」伊斯坦說著彷彿即將落淚。「我放不下羅溫娜和其他人。」

「去吧，伊斯坦。」瑟翡雯說：「做你該做的。」

「如果妳成功救到妳弟弟，」他答道：「能麻煩妳多走一程，將此事告訴郡侯嗎？請他派人……來爲我們收屍。」

「等等，」我打斷：「伊斯坦，你這話說得好像已經輸定了一樣！」

他的神情哀戚。「以前郡侯的艦隊會在海岸巡航，能夠擊退胡狄……如今，奧丹捨棄了我們，像我們那樣的小鎮如何承受得住這三條船的侵襲？那上頭加起來有超過七十名胡狄人啊，淨靈。加上黑熊數次進逼，折損慘重，這一帶已經沒有足夠的郡侯親軍能讓我們呼救求援了。」

「意思是……你打算回去送死？」我站起來問。

「不然我能怎麼辦？」伊斯坦說完瞪大雙眼，單膝跪在我面前低下頭。「我知道淨靈現身都是要欺騙與折磨人類，但人類若被盜匪殺光，你們也沒有玩弄的對象了，不是嗎？您能不能想辦法阻止他們攻擊？」

我聽了一愣。

「他沒辦法幫你的，伊斯坦。」瑟翡雯輕聲勸告：「我眞希望自己的祝詞能幫上忙，只可惜……」她別過臉。

伊斯坦點點頭，起身走向馬匹。我愣在原地動不了，而且……非常慌亂。不應該就這樣結束，我不是一個警察嗎？

但面對一大群嗜殺的維京人，我能做什麼？儘管誇下海口自稱魔法師，自己那些知識根本派不上用場。即使身上還有很多輔助潛行的強化裝置，但問題的癥結不變——入侵的敵人是一整支維京軍隊。

看見伊斯坦垂頭喪氣的模樣，聽見瑟翡雯說我沒有用處的語氣，我藏在心底從未癒合的傷疤再次被揭開，就像當時聽到珍死在異國遠方……

「伊斯坦。」我叫住他。

他停下腳步，滿臉期盼。

「他們說不說我們的語言？」我問。

「就算士兵聽不懂，他們的詩客也能翻譯。」伊斯坦回答：「詩客一定學過，否則就沒辦法向這裡的遊靈獻上祝詞。」

「很好，」我回答：「那我需要茜草根、羽毛，還有一處好地點來觀察這些維京人……」

片刻後，我坐在岬角上遠望海灘上的維京人，並將他們畫下來。對方派出幾個人到河邊汲取清水，看來在大開殺戒之前也得補充水分。

用羽毛沾茜草根的墨水畫畫本就不是很容易，偏偏模特兒還動來動去。幸好我依稀記得以前學過的技巧，就算筆頭不夠尖還是能畫。而且我很快想起來，自己的眼部強化有一項攝影功能。

按照這個速度，空白較多的頁面很快就會用完。沒關係，有派上用場就好。畫畫時，我能更加專注在自己的情緒上。

以及越來越深的恐懼。

不過這點不太合理。我是個警察，還去過黑幫臥底，應該經歷了非常多驚險情境，但為什麼現在得要開啟手指穩定功能才能抑制顫抖？更認真思索下去，我發現自己真的想不起身處險境的經驗。即使真的有身經百戰，但如果那些經驗的記憶都不存在於大腦，那會心慌也是理所當然。我實質意義上就是個新手。

之前能用手臂擋下阿龍那一刀，代表我的身體應該還記得怎麼打架。只祈禱計畫失敗時，就算腦袋不知如何行動，但身體依舊能反應。

伊斯坦緊張兮兮地提著斧頭在我旁邊打轉，活像一頭武裝大狗狗。我倒是佩服他忍得住，從頭到尾都沒有開口催我。換言之，他信任我。這念頭令人欣慰卻又更使我害怕。

「那幾匹馬，」我一邊畫畫一邊問：「你說牠們知道回家的路？」

「是，尊貴的淨靈。解開繩子的話，牠們會自己沿路回去史丹佛。」

「那不如用這方式警告鎮上的人。」我說：「萬一這邊失手、我們全變成了奴隸，至少那邊能先做點準備。」

「胡狄人不留男的當奴隸，」他表示：「他們會——」

「細節我不想聽，謝謝。我們或許還需要馬，所以用馱貨的那匹送信比較合適。」

「送……信？」

「寫字啊，」我說：「你們不敢寫的話我來寫——」

見他一臉茫然，我意識到計畫的盲點：寫了也沒人識字。

樹叢傳出腳步聲，瑟翡雯回來了。她剛才去從馬鞍取下皮革水袋，見我蹲在灌木間拿湊合的羽毛筆、一碗紅墨水與幾張燒焦的紙胡搞瞎搞，但仍始終沒多言。

我找到最後一張下半部空白夠多的紙張頁面，眼球對焦拍下第三個維京人隊長的模樣，動手畫出最後一幅素描。

「你們的祖先以前會寫字吧？」我開口：「鎮上的那顆大石頭就被寫了一堆。」

「是的。洛基娜從奧丹那裡竊取了文字，傳授給先民。」伊斯坦回答：「祖宗以文字製作符文石，才能束祟鎮子周邊的遊靈並賦以權能。」

「意思是你們那個符文石……」該怎麼說才對呢？「那些石頭可以抓住小妖精，逼它們聽話？」

「您口中的『小妖精』我不確定是什麼。」伊斯坦回答：「但我知道遊靈進入符文石的影響範圍內，便會得到綏寧及選擇權。雖然受到束祟，但並非逼迫……只是勸說它們留下來，找個家族服侍。獲得符文石賦予的權能，遊靈就可以守護我們。不過若不好好供奉，遊靈還是可能化作沼魔。」

「那是壞事？」

「尊貴的淨靈，請恕我直言，」他反問：「但您的國度難道不會降服遊靈化為己用嗎？現在不也有個遊靈主動將自身束祟於您，這種現象我前所未聞。您應該早就明白其中的奧妙才對。」

「神明不必等到供奉禱告，也能看透你們的心思，」我回答：「但我們還是會對凡人聽其言觀其行。伊斯坦，別問太多，我自有道理。」

「明白了，尊貴的淨靈。」他繼續說：「沒錯，沼魔對我們是凶兆，它造成毀壞、帶來厄韻。據說古時候即使遊魂化作沼魔，也能藉由符文石驅散，但如今符文石力量衰弱，奧丹又不准我們修補。其實即使想修補，我們也不懂怎麼做。所幸還有詩客在。」

伊斯坦朝詩客點頭，瑟翡雯也朝他回禮。

「奧丹爲什麼不准你們寫字？」我問：「這對他有什麼好處？」

伊斯坦又朝瑟翡雯瞥了一眼。詩客坐在附近石頭上，身子前傾攤了攤手。

「這是奧丹給我們的考驗。」瑟翡雯回答：「奧丹要人類透過獻祭，展現忠誠與悔悟。畢竟祂的妻子、偉大的女傑芙芮婭在與黑熊的決戰中喪命。」

「一開始，」她繼續解釋：「我們和魏爾斯人作戰並不被天神放在眼裡，這都只是凡間無數爭鬥的一環。可是魏爾斯王，也就是黑熊本人，竟因爲身陷絕境而選擇投靠黑暗勢力，此後其所經之處無不黑化，遊靈腐化墮落，犬魔離開陰影與烈焰聽他號令。

「至此，眾神才偕同人類一齊對抗黑熊王。遺憾的是，黑熊王竟能解放與提兀束祟的巨狼芬里斯（Fenris），巨狼被迫聽命於他，之後便引發了『諸神殞落』。

「諸神不敢以世界存亡爲賭注，於是選擇退避。但聽見世人死亡的痛苦哀號，芙芮婭決定重返戰場。」

瑟翡雯說到這裡停下來，我抬起頭問：「然後呢？」沒想到我聽得這麼著迷。「後來怎麼了？」

她露出微笑。「祝詞，」她的聲音變得輕柔：「世人聽過最美妙也最猛烈的祝詞，逼退了黑熊王本人，而芙芮婭的魔力和信念，更使黑熊王如遊靈般被束祟在他自己那片土地上。那一天，女神救了全人類，不僅僅是韋斯瓦拉，也包括胡狄人、遠方的愛爾朗人（Eriuian），以及魏爾斯人自己，無論他們知情與否。

「然而吞噬世界的巨狼芬里斯橫行無阻，芙芮婭與黑熊一戰之後元氣大傷，於是落入巨狼的口中。女神臨死前，用最後一口氣將巨狼束縛在黑熊王所在的丘陵，並且沉眠直至諸神徹底殞滅。

「但原本要被巨狼吞吃的應該是提兀。」瑟翡雯探身低語，彷彿口中的故事不可對外人道：「當初被巨狼咬斷手的是提兀，被巨狼嚐過血的也是提兀。芙芮婭犧牲之後，一切都改變了，氣運走了調，卻也因此給世界留下一絲希望。」

她繼續說：「只可惜奧丹想要的並不是希望，而是伴侶。符文源於芙芮婭，女神創造出它們並傳於眾神授以智慧。失去女神，奧丹爲了懲罰人類，便禁止一切書寫。而此後，奧丹的子嗣將文字視爲對女神的哀悼，持續禁絕文字出現於凡間。唯有洛基娜——精於陰謀和詭計——敢違抗命令。

「詩客就是芙芮婭的傳承。我們代替祂行未竟之功，指引氣運流轉、保護土地不受沼魔危害，並且記錄世間萬事萬物，因爲人類已無法透過符文來留存歷史。」

「有些人說詩客侍奉的是洛基娜。」伊斯坦補上一句。

「胡說，」瑟翡雯答道：「我們只是等待著奧丹的寬恕。獻祭足夠了，祂會原諒人類。相信我，伊斯坦。屆時，詩客或許也能重返榮耀……」

即使以我的標準，這故事也說得算頗爲動聽。既然沒電影能看，晚上圍在壁爐前聽她說故事好像也不錯。（四顆半星。搭配布偶演繹或許會更好。）

爲了在伊斯坦面前保持僞裝，我點點頭說：「你們凡人也眞是奇怪，有的事情記得這麼清楚，別的事情又忘光光……」

伊斯坦的視線穿過樹林射向海岸，看來心思已經從故事回到現實。「我們得抓緊時間，他們的斥候回去會合了。」

「我也快好了。」我說。

「那我去備馬。」伊斯坦說：「尊貴的淨靈，您先前的提醒十分受用。倘若這邊的計畫受挫，我會讓馱馬小黑先回去。我已經在牠身上綁了一張皮帶，上頭已經蓋好手印、抹上血跡，也畫了斧頭圖案。想必羅溫娜他們看了，能推測到我是拚死送信回去，知道要立刻備戰。」他朝我點頭。「您再次證明了淨靈的機敏睿智。」

他轉身走開。我不得不承認自己心裡飄飄然的。雖說他也是半個肌肉比腦袋發達的維京武士，但我欣賞他的品格與眞誠，在我的原生次元很難遇上這樣的人。

瑟翡雯也從石頭上起身，走過來看了看我畫的圖。她就像之前一樣地讚賞。可惜以前美術學校的老師沒辦法看到這一幕，否則勢必得承認我是這個世界最優秀的畫家。

「剛才故事說得很棒。」我也誇了她。

「在我們這裡，那是小時候都會聽的故事，」她回答：「但你卻不知道。你其實也不是魏爾斯人吧，是來自更遠的地方？」

「比妳能想像的還遠很多。」

「話說回來，弗文斯，你的計畫十分冒險。」她接著壓低聲音說：「以前在外頭招搖撞騙，賭注恐怕沒像這次這麼大吧？」

「我不是騙子。」

「你眞覺得我會相信你是什麼淨靈親王，擁有奇術和神器，能常人所不能？」

我望向她的眼睛。沒來由地，我無法說謊。我不想說謊。「我的確是普通人，但也的確有一些特殊能力。」

「那麼這就是騙術。靠耍詐的方式將胡狄人騙走。」

「要這麼說也沒錯。」我回答：「但我沒有騙妳，瑟翡雯。我講的不是最完整的事實，但那是因爲現在妳還沒辦法完全理解。我是個魔法師——會法術的符文師，這是我能想到最簡單直接的解釋方式。」

她低頭看著我在素描補上最後一筆。然後她開口問：「我能幫得上忙嗎？」

我遲疑一下。「妳說眞的？」

「不必這麼訝異。伊斯坦說得沒錯，劫掠越來越頻繁，鄉紳很難支撐下去。既然你願意試，我就希望你可以成功。我們也許能拯救好幾百條人命。」

「那……有沒有辦法讓我更像眞正的禁靈？」我問。

「是淨——靈——」

「淨靈。」我複誦。

「總算唸對了。你外表過關，雖然口音偶爾怪怪的，但反倒因此更有淨靈的感覺。手掌變色加上你的這些繪畫，或許眞的能嚇唬到他們。」瑟翡雯想了想，又說：「我們可以來一齣束崇被反制的戲，就是精怪一類利用眞名控制詩客。曾有這樣的故事流傳，胡狄人應該也聽過。」

「聽起來不錯，該怎麼做？」

「一直使喚我，」她說：「然後叫我『奚奴』，古時候都用這個詞稱呼奴隸。其餘就看我表演。」

我點點頭，將最後畫好的素描輕輕吹乾。瑟翡雯先前借了陶盤給我裝墨水，我遞還給她的時候囑咐：「留著這些墨水，如果妳有其他器皿能裝的話。要是這次活下來，我也許之後還得再畫一次。」說完我強作鎮定，準備面對接下來的凶險。就算不記得了，你還是個英雄。

「如果情況不妙……」

「我知道，」她說：「那樣沒人去救阿龍了。所以就別被拆穿，好嗎？」

「好。」我用力點頭。「那就全力以赴，一條魚的力氣都別留。」

「……什麼魚？」

「全力以赴、不遺『魚』力……妳知道的，就是那句俗諺啊。」我回答：「算了，當我沒說。」

第 14 章

傳統上，跟胡狄蠻族打招呼最有禮貌的方式是尖叫著逃跑。所以他們看見我大剌剌走上前時，反而個個一臉狐疑。我心裡不禁偷笑。這場面有點像是狼群碰上過度自信的兔子，一下子反而呆住了。

「天靈靈地靈靈、BIOS唱片目錄、費拉德爾菲亞迪斯可舞廳！」我停在那群侵略者面前，雙手扠腰叫道：「氮氣、I.E.、聚酯纖維，霹靂酷樂加菲貓！」

別吐槽我。我覺得這在他們耳裡一定難以理解又充滿神祕感。

瑟翡雯整個人搖頭晃腦又畏畏縮縮地說：「吾主，尊貴的淨靈，」她爲我翻譯：「他詢問你們，踏上他的土地是何用意。」說完後，她還瞥了我一眼趕快低下頭。

胡狄人操著他們自己的語言交頭接耳，有

幾個還匆匆轉頭跑回去長船。我們就站在沙灘邊緣，與敵方前鋒對峙。

過沒多久，三個船長出現，由最前面那艘船上身穿鎖鏈甲的人帶頭。他的長褲是深紅色，髮質好得可以去拍洗髮精廣告。

對方先朝我背後瞄一眼——伊斯坦裝作家臣模樣站在那裡——接著上下打量起我。這位首領的神情沒怎麼動搖，但至少其餘的胡狄人都保持距離不敢妄動——是個好的開始。瑟翡雯對我外貌的評估應該沒錯。我的臉一點鬍碴也沒有，這個次元的人光靠剃刀絕對辦不到，再加上骨架形態、姿態和手無寸鐵這幾點……他們從未見過這樣的人。未知造成困惑，困惑導致謹慎。

「你是晢靈？」這傢伙說起英語的腔調可真重。

「加州淘金熱？」我繼續胡言亂語：「好基情、影片部落格、網路廣播？」

瑟翡雯點頭點到整個人彎腰鞠躬。「是的，主上，」她回應道：「這個胡狄人是他們的領袖，有資格與您直接對話。」

「也罷。」我在心中祈禱美國口音能夠蒙混過去，既然盎格魯撒克遜人覺得這很有異國風情，維京人應該也一樣？「你，胡狄的頭子，到這裡做什麼？」

「你覺得呢？」劫掠團長冷笑，另外兩個船長站在一左一右則不作聲。他朝幾個手下點頭，一群人立刻衝上來包圍——伊斯坦低聲嘀咕，手搭上放在鞘套內的斧頭。

我的心臟在胸腔內狂跳。我在做什麼？這根本是異想天開。

別怕。另一個聲音在心裡說：不過是一群剛離開石器時代的原始人，你能應付的。

「這裡的人我還沒玩夠，他們挺有趣的。」我朝胡狄人首領說：「所以你們給我轉頭滾回去。」

「你以爲剃了鬍子我就會怕？」對方回答：「你才不是什麼晢靈。我見過眞正的晢靈。你只是廢物土地的廢人。」

「既然你都這麼說了，」我盡可能保持語調不疾不徐：「留下你的靈魂也無所謂囉？」

「戈姆！」劫掠團長伸手一指。「去拿下那個詩客，和其他俘虜關在一起。至於兩個男的——」

「那我就笑納了！」我揚聲大叫，同時從斗篷口袋掏出一張畫。「我會好好愛惜你的靈魂！不如把你爸你媽的名字也告訴我如何？」

「請別這樣，主上！」瑟翡雯抓著我袖子。「就算是胡狄人，那麼做也太殘酷了！」

「住嘴，奚奴！」我朝她吼道：「妳還想嚐嚐任天堂的滋味是不是？」

瑟翡雯發出嗚咽聲渾身顫抖。演技可眞好，跟之前那副不卑不亢的模樣簡直判若兩人。

胡狄的一個女人走上前來，看了我的素描後驚呼退後，對團長說了幾句話。

「大人，請小心，」瑟翡雯幫忙翻譯胡狄語言：「這人氣運怪僻，有個遊靈跟著，而且出於靈自身的意志。」

為什麼他們都這樣說我啊?但不管怎樣，素描顯然發揮了預期效果，我轉來轉去地展示那位劫掠團長的畫像，包圍我們的維京人全僵在原地不敢亂動。轉了整圈之後，我拇指一翻讓手上那疊紙散開，亮出另外兩個船長的肖像。

他們一看到便開始躁動。那位深褐髮綁成漂亮辮子的團長拔出武器，緩緩靠近，卻和身後的女人吵起來。我還是聽不懂他們的語言。

「這人想毀了你的畫，」瑟翡雯一邊扮演怯生生的奴僕，一邊耳語告訴我情況：「他覺得這樣就能釋放靈魂，但那女的不同意。那女的身分是『詩詰』（skald），也就是胡狄的詩客。」

「殺了她，胡狄人會離開嗎?」我問。

「就算會離開，也是殺了我們之後。別做傻事。」

這樣只好按照原定計畫。「你們想拿回去?」我上前一步，高舉素描擺到深褐髮辮的男人面前。「砍呀，」我笑道：「反正是你們的靈魂。」

維京詩詰小聲翻譯之後，劫掠團長叫道：「靈魂歸我自己!」

「那你們沒事幹嘛給我?」

「我們沒說要給你!」團長大叫。

「而這一點，就是這些靈魂價值的所在。」我輕描淡寫回答之後向前走。見他們退避三舍的模樣，我心裡挺得意的。「剛才還說跟我們很熟，怎麼忘了淨靈不做虧本生意？」

他狠狠瞪著我。

「既然是生意，對你當然也有好處。」我繼續說：「只要你們滾，再也別回來，就可以把這些玩意兒帶回去。好好把它們保護起來，這算是給你們的祝福，只要靈魂鎖在咒語裡就安全無虞。」

這是瑟翡雯的建議。在他們的社會裡，與精靈族條件交換既是吃虧也是佔便宜。只見三個船長與詩誥竊竊私語，其餘戰士也和我們保持距離交頭接耳。有幾個人掏出布條遮臉，擔心靈魂落入我的手中。

可惜事前時間不夠，只畫了三個重點人物。那些書頁交出去後，我就沒想過要拿回來。但不算太心疼，反正早就讀完了，而且都是一些行銷宣傳文章。

「他剛才說的你有聽到吧？」瑟翡雯悄悄問我：「他們已經抓了俘虜。」

我朝岸邊船隊瞥一眼，啓動視力強化。中間那艘的後側綁了個人，那人躺在甲板上像一副等人揍的沙包。我不忍想像他之後的遭遇。

但我的注意力立刻被抽走，因爲那三個船長似乎吵了起來。那兩名副手船長轉身朝我走近。他們一個個朝我點頭以後——像在盯一隻眼鏡蛇般盯著我——便迅速抽走各自的畫像並一溜煙地撤離。

這下對方人數少了一大半，但仍有下屬和詩話誓死效忠。劫掠團長不為所動，但已斂起笑意，雙手環抱胸膛，雙目瞇成一條線。

我以前曾在某人的臉上看過相同表情。那代表著他不信這套，覺得我在糊弄人。

這下我真的緊張起來。我在做什麼？以為面對維京劫掠隊能夠全身而退？我努力試著鎮定，一直跟自己說會慌張都是失憶的緣故。

沒什麼效果。我只能轉移注意力，開始思考下個階段的計畫。我把素描遞給瑟翡雯，朝伊斯坦點頭示意。他知道局勢一觸即發，緊盯著周圍的風吹草動。

冷靜，我提醒自己：現在需要處理的，其實只剩下這個船長和旁邊那個金髮詩話。

「執迷不悟。」我開口說。

「我發現，」胡狄首領回答：「靠到這麼近仔細看，我們的靈魂似乎不是血紅色，反而像是茜草根的汁呢。我曾經航行到南方，那裡的人會在羊皮紙上畫畫說故事。」他斜眼朝著瑟翡雯仍在高舉的圖畫瞅了下。「說像倒還真是像。能畫出這種古怪東西的人可稀罕了，非常、非常稀罕的……奴隸。」

我伸出手，將袖子捲到手肘，然後讓皮膚開始變紅——乍看就像鮮血從肘部湧出，從前臂覆蓋到指尖。接著，我握起拳頭再次開口。

發出了他的聲音。

「不要測試我的耐性。」我說：「我已經給你面子了，拖得越久，我對你的靈魂鉗制只會越深。」

他目瞪口呆地踉蹌後退，伊斯坦則是下巴都合不攏，連瑟翡雯也一副錯愕的表情。上次她把皮膚變色說得一文不值，現在那副驚呆的模樣看得我特別痛快。

我笑著在嗓音變化加上一層回音。「吾乃淨靈親王、靈魂的收割者，弗文斯．馮．卡斯卡迪亞[註]．網際網路！」大叫之後我朝他伸手，這次皮膚從指尖朝手肘化作骨白色。「爾等由上至下，悉數在我掌中！」

詩諾將這段話翻譯完後引發一陣騷動。劫掠團長開始觀察部下們的反應——如果其他人都信了，他自己信不信已然沒有意義。沒了士兵還劫掠什麼鬼？

「夠了！」劫掠團長從旁邊部下的手裡搶了把斧頭，指著我。「停下！就照你說的辦，晢靈。」

「冥頑不靈。」我大喊，並伸手指著他說：「竟敢蔑視我，你得付出更大的代價！船上有俘虜對吧，帶來當作供品。」

註：歷史上，數度有人倡議在現今美國本土的西北部建立新國家，國名即卡斯卡迪亞（Cascadia）。此地名後來也被環保團體或許多小說作品援用。

「想都別想！」團長答道：「但我也不會爲了他而跟你鬥……想要的話，自己上船帶走，但你要在那裡留下我的畫像。」

撂下話之後團長轉身走上船，詩詰與多數士兵尾隨，少部分人留在原地，顯然不願與我作對。

我朝兩個夥伴使眼神。伊斯坦已經忍不住笑了，瑟翡雯卻憂心忡忡望著長船與俘虜。

「他那麼說是認爲你不敢。」詩客偷偷告訴我：「因爲淨靈討厭碰到水。船長想給自己留些顏面，不肯完全聽你的，但又被你那幾招給唬住不敢正面衝突。」她瞥了我一眼。「剛剛的手段……很出色。」

我望向維京長船。怕水是嗎？唔……雖然慚愧，但巧得很，我也是。

但話說回來，我是英雄對吧？那就只能硬著頭皮上了。必須證明給自己看：我不是個膽小鬼。

我一咬牙，便招手示意夥伴陪同，隨劫掠團長朝維京戰士群中間走去。他們立刻紛紛退開，不敢與我對視。爬到登船板頂端時，我停下腳步心中一凜。

這船談不上壯觀，就是條超大型獨木舟加上給人坐著划槳的地方而已。但我可是踏上貨眞價實的維京長船了啊！連海風都多了淡淡的汗臭味。之前我在這次元的體驗就是八個字：苟且偷生，隱姓埋名。此時可不同了，古往今來多少史家學者願意傾盡一切，就爲了站在我這個位置上。我捨不得白白浪費這機緣，站在原地磨蹭了一會兒。

劫掠團長又開始觀察起來。還在想方設法揭穿我是吧？於是我裝出猶豫不決的模樣，彷彿眞的擔心落水——隨後深呼吸一口氣、跳上甲板。

我瞪著他。「你眞以爲像我這般的親王，還會被水困住？」我發出帶有回音的狂笑，但其實心虛得很。幸好團長只是別過臉，伸手指向俘虜。

這名囚犯不僅皮膚是橄欖色調，還蓄了黑色翹鬍子，穿的衣物像是白袍，怎麼看都不是本地人，反而像從中東來的？我一時間很錯愕，因爲一直以爲當地都是同個人種。

儘管爲此躊躇，但上了賊船沒得回頭，這時候表現膽怯的話會馬上穿幫。我得製造出足夠的威嚇，維京人才會不敢北上進犯史丹佛。而且我還有強化當靠山。

就算心中有所猶豫，我的身體會知道該怎麼應對。

我走向俘虜，同時留意到劫掠團長並未放下手中的利斧。

好極了——他想暗算我。

即使心裡驚慌，我還是察覺到了他出手前的預備動作。一轉頭過去，我就看見斧頭往自己招呼上來。跟在我身後的伊斯坦高聲示警並出手攔截，但另一個維京人撲過去將他推開。斧頭迎面而來。

而我的四肢根本沒有反應，整個僵住動彈不得。

我的記憶深處響起陣陣叫喊。

憤怒的叫吼聲。還有陣陣的強光，像是爆炸。

難道我參加過戰爭？

一陣強烈的羞愧感湧出，滲透到我全身。不知是誰的笑聲在我腦海中迴盪。我下意識舉手防禦，動作卻完全不利索——不像一個戰士，而是個被嚇壞的美術生。同時，我本能地後退一步，結果背部撞上桅桿。老練的劫掠團長逮住機會，順勢便往我的腦袋揮斧劈下——我彷佛能在斧刃反光中看見自己的死狀。

然後斧刃就飛出去了。

而且是斧刃、斧柄直接分家那樣向外彈射——斧刃以毫釐之差掠過我的面頰，掉到了船外，斧柄則是因爲團長收不住勢而揮滿半圈，但也非常剛好沒擦到臉。

我與他面面相覷互瞪彼此，然後海面傳來一個撲通聲。

團長快了一秒回過神，伸手就要拔刀。我這下也明白，自己既沒經驗也沒肌肉記憶，再賭下去眞的會沒命！

「好大的膽子！」我一副暴怒模樣。「你不知道我的身分嗎！」

「就是知道才動手！」劫掠團長露出獰笑。「誰叫你自報家門呢，親王？地底黑靈（Dökkálfar）[註]一定會好好獎賞我！踩過水的你不足爲懼，就算是凡夫俗子也能收拾你。」

呃，尷尬了。這傢伙不但相信，還入戲太深。

三個維京人正在圍攻伊斯坦，船上空間不大，他保住自己都嫌勉強。混亂中傳來瑟翡雯的叫喊：「主上，快逃！他們想用祝詞束祟你！」

團長往旁邊瞥了一眼。詩諾也冷笑起來，我還沒完全理解現在的情況……感覺瑟翡雯那句話反而激起了對方想活捉我的想法？

配合演出！我無奈地想著：至少爲伊斯坦爭取一些時間。「他們有那膽子嗎？」我咆哮道：「勒索我父王，你們就不怕他的盛怒降臨？」

這句話還好奏效了。團長一聽還眞的按捺著沒有拔刀，轉頭示意詩諾上場。原本詩諾躲在船側兩個空槳位的中間，現在大大方方走出來高聲吟詠。

以詞為網　曳搖於浪

吾主驚畏　鎮魂鎮祟

註：「精靈」這種奇幻種族，自日耳曼鄉野傳奇進入北歐神話之後，又被分爲光明和黑暗兩個陣營且彼此不和。黑暗精靈（Dökkálfar）通常被描述爲居住於漆黑的地底，有著漆黑皮膚，但也因此有人推測或許是矮人的別名（部分文獻中的精靈和矮人之間常有衝突）。

既然是演精靈，我就裝出耳朵很痛的表情。

她上前繼續誦唱。

匱精黜氣　欲振無力

如羊逢狼　其命必乏

我朝著桅桿倒下。

顯耀吾詩　熬煉吾體

此韻為誓　制勝克敵

我發出低吼，然後跟她大眼瞪小眼，裝出受到控制的樣子——咬緊牙關——然後挺直起腰桿。我舒展了下筋骨，彷彿甩掉身上的重物。「詩語，妳就這點本事？」

她退後一步，手捂著胸口。

化詞為咒——

我伸手在面前撥了撥，假裝打掉她的咒語然後叫道：「吾乃弗文斯．馮．卡斯卡迪亞．網際網路！妳的區區話語豈能束祟得了我，凡人！」

詩誥跌跌撞撞地躲到首領身旁，嘰哩咕嚕說了一堆。這下子那個帶頭的終於面露懼色，而且表情越來越難看——因爲緊接著，他的部下發出哀號，伊斯坦突破了包圍趕到我身旁。攻擊他的維京士兵其中一人挨著船舷倒下，躺在自己的血泊不停抽搐，靴子刮擦得甲板窸窸窣窣。另外兩個士兵神色慌張，跟著退後一步。

這場景太血腥了，看得我有點反胃。不過伊斯坦和瑟翡雯一左一右將我夾在中間，我的信心稍微恢復了些。我們三人護著俘虜，劫掠團長帶著兩名手下和詩誥擋在船首。夥伴在眼前垂死掙扎，他們卻看都不看一眼。

「尊貴的淨靈，下一步怎麼做？」伊斯坦低聲問：「儘管您力量強大，承受得了一次祝詞，但……我們還眞不該穿越水域上船。」

我哪知道該怎麼做？這些維京人不敢冒進，卻也不肯讓路。

直覺當然是翻過船舷嘗試游走。眞聰明啊，我心裡冒出聲音，人家是正統的維京人，你如果游得贏事情早就解決了。但還能怎麼辦？我——

腦海中竄過一個想法。

「瑟翡雯，」我說：「拜託告訴我墨水還在妳身上。」

「在。」她掏出一個小陶罐，原本是用來裝油，現在被裝滿了墨水。「可是……」

「給我。」我開始吩咐：「伊斯坦，你扛著俘虜然後往外跳。瑟翡雯，妳跟著他走。要是這招失敗，我們只能拚命地逃。」

伊斯坦立刻照我的話做。眞是越來越欣賞他了。瑟翡雯卻拉住我的手臂，害我沒辦法盯緊維京人。她已經把墨取了出來，卻拿遠離我。

「不要寫字，」詩客低聲斥道：「會觸怒奧丹。」

「妳寧願死也不敢觸怒祂？」我問。

「沒錯！」

眞拗。不過如果維京人也一樣迷信，我的計畫就會成功。我從瑟翡雯手裡拿走了墨水，輕輕將她推向伊斯坦。鄉紳拉起俘虜、砍斷繩子鬆綁，他們已做好準備，隨時可以跳船。

我轉頭望向維京人，隨即將墨灑在甲板上，跪下來抹出一個圖案——我在史丹佛那塊巨岩上看過的符文，形狀和英文字母F很接近。

幸好我記得怎麼寫，而且看來寫對了。維京人一看到那圖案，紛紛爭先恐後退了又退，像是碰上惡犬的幼童。

我再次站起身，非常得意。

「滾！」我喝道：「不准再踏上這片土地！」

隨著我的話語說出，明明當下萬里無雲，此刻竟響起一聲轟雷，轉眼間符文爆出火焰。

還是應該說，墨水著火了？

我看傻了眼。那墨水裡頭摻了什麼？

不對勁。非常不對勁。我盯著維京人首領的斧柄，想起剛剛斧頭當著我的面莫名地解體，再來是瑟翡雯擺在小陶盤的供品不翼而飛，還有……

還有很多跡象。我始終不願正視，然而我既有常識所認知的世界正在崩毀。

「好，晢靈，我們這就走！」維京人首領開口了。「我發誓。」他的面目猙獰。「但等到我們有足夠力量擊敗你，一定會回來。你做了這種事情，眾神也會站在我們這邊！」

我不知如何回應，只怔怔地望著甲板上燃燒的文字。雖然海風不斷，火焰卻仍未熄滅。

懷著迷惘困惑並且心驚膽跳的情緒，我撲向船舷，啓動手部強化撐起身體，往大海一躍——然後祈禱水別太深。

各種精彩方案！

勤儉魔法師®與其他次元旅遊公司的最大不同在於：我們以最實惠的價格，提供最高品質的體驗。

我們相信跨次元魔法師™有選擇的權利。有人喜歡秩序井然、精心規劃的旅程，但也有人想在未知的土地探險遊歷。因此，我們提供五種不同的方案，所有方案若無特別註明，皆適用本公司的三項承諾！趕快找出最適合您的體驗吧！

●方案一：折扣次元

若有未通過我們嚴格審核標準的次元，您可以極其低廉的價格購入。本方案的每個次元都會有一項承諾無法滿足。

【疫情次元】

此類次元滿足另外兩項標準，但正經歷（或根據預測即將發生）與黑死病相同規模的嚴重流行病疫情，因此特別適合想力挽狂瀾的醫師、研究傳染病的學者，或者其他特殊愛好的人士。（我們尊重所有需求！）

【溝通障礙次元】

此類次元中，不列顛群島居民使用的語言在我們的地球上找不到，特別適合語言學家或追求額外挑戰的冒險者！請參考本公司網站，最速通關排行榜列出了各種語言組別的辭典建構紀錄。

【石器時代次元】

此類次元不符合本公司宣傳中定義的傳統中世紀體驗，但最適合想在當地居民面前大顯身手的人！您甚至不需要拿出手機，光是發明農業或輪子就能成為聖賢！請注意：此類次元通常人口稀少且沒有固定聚落。

【額外折扣次元】

走極致勤儉風的魔法師可以選擇不符合兩項甚至三項承諾

的次元！例如完全沒有人類居住的次元，時常會有各式各樣巨大生物，很適合想真正征服荒野的探險家，以及毛茸茸犀牛的愛好者。

●方案二：魔法師百變符™次元

魔法師百變符™是本公司最暢銷的方案。擲骰吧！您的次元無奇不有！[註1]

此類次元符合本公司三項承諾，但其餘資訊不會在事前透露。也許愛爾蘭人或本來與世隔絕的凱爾特人成為了統治者，又或者諾曼人發揮了更大的影響力。無論如何，這種次元提供獨特的歷史、風俗及體驗，是跨次元魔法師™的樂趣精粹所在！

●方案三：特定時代背景

追求特定類型的體驗嗎？或許您特別想練習騎馬鬥槍的技術，或幫助羅馬軍團北伐不列顛？選擇這個方案就對了！

依據您設定的科技水準及文化風俗來指定時代背景，我們會為您找到既符合期望也能滿足三項承諾的次元。（可選擇的時代背景分為凱爾特、羅馬、盎格魯撒克遜、早期諾曼人、中世紀盛期。）

[註1] 請參考「FAQ：到底**為什麼**不能有一個長滿香蕉、香蕉還會講話的次元？」，並注意其中的法律免責部分。

●方案四：奢華體驗

此高級方案不僅可以指定時代背景，還可從下列條件任選其一。請注意：根據條件不同，有可能需要等候次元的探勘結果。現有奢華次元清單可於本公司官方網站查詢。

奢華體驗條件表（任選一項）：

- 可在目標次元中找到原生地球的特定歷史人物。[註2]您可以與獅心王理查一世玩摔跤，或者與喬叟來場饒舌大賽！
- 罕見的時代、文化、科技組合，例如有火藥的羅馬人、未滅絕的巨大生物，或者在不列顛發現華裔族群聚落。
- 最多人選擇的時代背景，例如諾曼人侵略前夕。最適合喜愛歷史戰爭模擬的您！第203頁有更多最速通關的點子可供參考。
- 本頻段多於其他頻段的特色次元，請參考第113頁表格。（包括凱爾特真母系社會™次元、不列顛人種多元性特化次元，以及我們特別推出的文明最後堡壘™次元。在文明最後堡壘™次元中，羅馬帝國失去歐陸領土，不列顛成為帝國最後的中樞。）

●方案五：完美魔法師™方案

本公司終極方案包含奢華體驗內容，以及數量任選的額外服務！包括但不限於：

[註2] 神話及傳說人物如亞瑟王和羅賓漢不適用本項目。請選擇實際存在於歷史文獻的人物。

- 小型核電廠及可安裝核電廠的城堡。
- 完整現代軍火組，可供一百位士兵著裝。[註3]
- 現代直升機，備有全自動駕駛及武器系統。[註3]
- 個人專屬冒險隊伍！此項為一年期合約，隊員含專業語言學家、歷史學家、貼身保鏢、次元導遊各一位，由他們協助您在新次元裡安身立命。
- 受過教育訓練的當地僕役，保證將您奉為神明。附帶安置僕役的城堡。
- 針對當地疾病的研究資料，備有醫療設備的帳篷，最多有兩千劑疫苗可分發給忠心下屬。附帶專業醫療團隊，可在緊急情況或大戰結束後呼叫支援。
- 大法師™之杖一把，具有武器及投影功能，並透過磁性操作系統模擬念動力。法師之路必備神器！

本公司提供超過30項額外服務，詳情參閱下一章。小提醒：所有方案都能購買額外服務！我們為魔法師提供最大的彈性！

[註3] 法律免責聲明：為避免違反各國軍火銷售規範，管制之武器由本公司特遣小組於公海開啓次元通道直接送達。根據《次元武裝法案》，若在其他次元持有管制武器，須將傳送通道交予政府核查。所述武器不得攜回原生次元。本服務將收取額外費用。

第 15 章

我居然沒有溺死，不過要是伊斯坦沒及時拉我一把就難說了。

跪在地上吐水的時候，視野跳出警告訊息：

偵測到溺斃風險。奈米系統直接對血液供氧。距離氧氣耗盡尚有五小時，是否啟動緊急聯絡功能？

我選了：不必，我沒事。

是否啟動急救模式幫助其他傷患？

「他爲什麼，」瑟翡雯開口問：「能在僅僅五英呎[註]深的水裡差點溺斃?!」

註：約一百五十二公分。

「妳也知道他們這個種族特別怕水。」伊斯坦說。

我搖搖頭，研究了一會兒才把圖層介面和一連串求援機能都關掉。系統是很貼心，但我光咳嗽就忙不過來了。

維京人們仍在收拾準備離去，動不動就在偷看我。我不會游泳這件事，不知是增加還是降低可信度。雖然很倉促，但總之我們成功地帶著俘虜脫身。

大概十五分鐘後，我總算拖著濕答答的身子站起來，我們的所在位置很靠近一開始觀察胡狄人的那個岬角。兩艘船逐漸遠離，原本的主船被棄之不顧。明明那艘主船船身已大半沉入水中，船上的火焰竟然還沒熄滅。

太離譜了。

「我衷心感謝各位搭救。」站在我背後的俘虜朝瑟翡雯和伊斯坦開口說話，嗓音低沉渾厚，而且是我過來以後第一次感到熟悉的口音——絕對是中東人。

伊斯坦生了火——普通的火——給大家暖身烘衣。四個人圍著火堆坐下，好像方才經歷的一切都理所當然。

「你是異地來的吧？」瑟翡雯說：「我在懋港見過，都是些生意人。」

「對，但我不是來做買賣的，詩客閣下。」他解釋：「早在十年前我就來到此地，與妳的同胞住在一起，而且這輩子沒有回故鄉的打算。我叫亞札德（Yazad），效忠於郡侯。」

他們的對話我沒聽得仔細，因爲眼睛仍離不開那堆不肯熄滅的船骸。

我認識的世界不會這樣運作。

這本來就不是你認識的世界，心裡響起這樣一句回答。

話雖如此，物理法則應該一致才對。重力是重力、熱力學是熱力學，以水爲基底的液體不可能莫名其妙爆出火焰，除非……瑟翡雯偷偷將墨水換成別的東西？

海岸的火勢總算告一段落，我的信心卻也如同焦煙化散在風中。我明白自己可以繼續追求合理性，但進入這個次元以來，我第一次眞切感受到：再怎麼努力，也未必能夠得到解答。

「但是，」伊斯坦問：「你爲什麼捨棄同族，孤身前來？」

「嗯？」亞札德笑了起來。「冒險犯難，難道這理由還不夠嗎？」

「我不會拋下同胞，」伊斯坦說：「也只想顧好自己的家園。」

「哈！每個人都不一樣，這不是很棒嗎？」亞札德回答：「世間萬物才會繽紛多彩啊。」

我轉頭看看夥伴。最重要的是大家全身而退，還嚇得維京人落荒而逃……落海而逃？隨便啦。

副作用是我不再那麼肯定自己過去的身分。眞正命在旦夕的時刻，我根本*僵在原地*。仔細想想，雖然我的記憶回復不少，但都是無法前後連貫的破碎片段。目前已知的有美術學校、警察學院，還有潛入黑道的臥底工作。這些記憶已經回來，但仍有大塊的記憶空缺。在警察學校之後做了什麼呢，我身上爲什麼有那些強化？怎麼好像每一段過往都在相互打架，不願串連在一起？

我究竟是誰？

我嘆了口氣，走向小火堆，坐在他們已經擺好的圓木上試圖驅寒。寒意並不僅僅是因爲衣服浸濕又吹風。

「方才謝過那兩位了，」亞札德對我說：「但還沒好好當面向您致謝。非常感謝您的幫助，淨靈。您的氣運竟足以擋下斧頭，眞想不到在遠離城鎮的地方，尤其還是空曠的海灘，也能見證這種神奇力量。」

我聽了點點頭。亞札德比我在這個次元見過的人都來得豐腴一些，臉上總是掛著眞誠的笑容。他從口袋撈出一頂帽子，帽子兩側往耳朵垂下、頂端罩著布料但前額縫了一條頭帶，我覺得自己肯定在聖經學校看過類似的東西。

「我也十分感激您，尊貴的淨靈。」伊斯坦對我說：「我的同胞能夠平安都是您的功勞。」

「季父，他寫了字，」瑟翡雯開口：「違背了奧丹的訓誡。」

「他是淨靈，」伊斯坦笑道：「奧丹的訓誡對象不包括淨靈吧。」

「索諾燒了那條船，你不也看見了？」瑟翡雯還不死心。

「但淨靈卻還活著不是嗎？」伊斯坦回答：「索諾是給了警告，但只是警告胡狄人和我們不可以膽大妄爲。」

「或許吧。」瑟翡雯的視線令我不大自在。「你這麼說也對。」

「禁止書寫這件事情並非舉世皆然喔。」亞札德兩手在身前交握。「當然，我在這裡的時候不寫字，免得冒犯到各位，但在我家鄉的人想寫就寫，並不會爲此擔心。」

「不同的土地，」瑟翡雯說：「當然就換了不同一批神明。」

「是不同但唯一的神。」亞札德轉頭望著伊斯坦，身子前傾、臉上還是堆著笑。「史丹佛的季父，你剛才問我爲什麼孤身一人移居你們的土地？我是來傳道的，告訴你們所謂的眾神之上還有一位眞神。眞神不處罰人類，而是憐憫人類。」

啊，總算開始聽得懂了。早就好奇這個次元的宗教信仰是怎麼回事，英格蘭大部分地區最後應該還是會皈依基督教。

「憐憫人類的天神？」伊斯坦問：「誰？」

「阿胡拉．馬茲達[註]。」亞札德輕聲答道：「天地間唯一的眞神。」

註：Ahura Mazda，古伊朗的至高神和光明智慧之神，之後成爲瑣羅亞斯德教（又稱祆教或拜火教）的最高神，該宗教由古伊朗哲學家瑣羅亞斯德（Zoroaster）創立。

等等，他說誰？

「瑣羅亞斯德教。」瑟翡雯冒出一句：「我聽說過。」

亞札德舉起一根手指開始解釋：「瑣羅亞斯德只是精神領袖，他告訴我們眞神的存在，但本身並不等同於眞神。很多人一開始都有同樣的誤解。」

「等一下，」我打斷：「那基督徒呢？你有聽過嗎？有門徒、會去耶路撒冷朝拜的人？」

「啊，」亞札德說：「是指耶書亞派的信徒[註]嗎？其實他們和我們算是表兄弟吧！也很多人混淆。但沒想到竟然有淨靈對我們凡人的事情了解這麼深！」

「我……有研究過。耶書亞……他被羅馬人釘上十字架了嗎？」

「哈！」亞札德回答：「羅馬人很想那麼做，但阿胡拉．馬茲達救了耶書亞。有一小段時間我們兩邊沒分家，在亞伯拉罕諸國上攜手奮鬥！可惜那都是好幾百年前的事了，那時的羅馬帝國還沒被匈那人徹底摧毀呢。話說回來，您住在北地又不是凡人，卻好熟悉我們的歷史！」

「覺得凡人有趣罷了。」我表示。

「那太好了！」亞札德說：「我跟您說說眞神的事蹟吧？」

我眉頭一蹙。「就算是淨靈……你也要傳教？」

「我願意教導任何生命，」亞札德回答：「世間萬物都能感受阿胡拉．馬茲達的愛！」

他朝我眨了下眼睛。「不過，能讓淨靈改變信仰，應該也特別有成就感吧。」

「你不擔心奧丹嗎？」我朝旁邊兩人使眼神，看看他們會不會介入。「在祂的國度你不寫字，卻想拉走祂的子民？」

「奧丹不在乎信仰。」伊斯坦卻說：「只在乎服從，以及恐懼。祂只要人類受苦……」他身子往前一探，搔搔下巴。「亞札德，你怎麼會被捉走？難道海岸也遭到了劫掠？有其他鄉鎮被攻擊嗎？」

「幸好沒有，」他回答：「我被抓是自己不好。我出海了！」

「我很遺憾。」伊斯坦說：「那麼，想必其他的漁民被他們殺光了？因爲你的神職身分才留你活口？」

「沒有其他人。」亞札德說：「我也不是去釣魚，就只是單純駕船出去，只是船不夠快一下就被追上了。」

「你一個人出海？」伊斯坦問：「大海很危險啊！既然不捕魚，就該好好待在家裡！」

「我懂，我懂。」亞札德說：「但沒辦法。」

註：Yeshuans，耶書亞即耶穌的希伯來文音譯。

「爲什麼？」伊斯坦問。

「我喜歡海！」亞札德說。「我的家鄉在波斯東北部，看不到這麼大一片水域。那裡不是山丘就是沙漠，再不然就是沙丘！第一次看到海的時候，我就心想：『我要穿過大海，我要感受阿胡拉．馬茲達創造的一切！』所以我學會駕船，知道被浪花濺了滿身、彷彿在水面翺翔是什麼滋味！噢，那眞是太動人了。」

聽他說得興高采烈，我忽然想起了珍。珍聊起歷史和自己的研究也是同樣興奮。還記得初次見面時我很震撼，她對歷史的熱愛是我很久沒有體驗過的情緒。渾渾噩噩活了半輩子，我始終沒辦法像珍那樣忘我地投入一件事物中。

但我也嘗試過。去讀藝術學校是不是這緣故？想知道自己心底有沒有同樣的一股熱情？

「我有點不解。」伊斯坦盯著火堆。

「不解什麼呢，史丹佛的季父？」亞札德問。

「聽起來你想在海面上快速航行，」伊斯坦說：「但你打算去哪裡？」

「沒特別要去哪兒呀。」亞札德回答：「就只是覺得駕船出海很愉快。」

我皺眉。「伊斯坦，你沒有因爲單純喜歡某件事情，然後就去做的經驗嗎？」

「我喜歡坐在壁爐邊。」他輕聲回答：「喜歡知道儲藏間堆滿東西，族人不必挨餓過冬。我還喜歡……喜歡……看我家那兩個小子……」伊斯坦的目光迷失在火焰中。

亞札德轉頭朝我嘆口氣。「尊貴的淨靈，這種事在這片土地上很正常。」他解釋：「人民夾在大海與熊國中間過得很辛苦。對本地人而言，不能保護或餵飽他們的事物都沒有意義。我也嘗試告訴他們，阿胡拉．馬茲達創造的世界裡還有很多事物值得人類去愛、去享受，可惜當神明只會哀悼時，子民也很難感受到那些幸福。」

伊斯坦和瑟翡雯都沒講話。

「說到有意義，」伊斯坦轉頭看向太陽。「我們似乎該動身了。耽擱了詩客太多的時間，阿龍還沒有脫險。」

「耽擱也同樣是爲了救人。」瑟翡雯嘴上這麼說，但不難看出她心急如焚。

「他們不會殺掉阿龍，」我安撫道：「因爲妳弟還有用。」

「怎麼回事？」亞札德問：「有人碰上麻煩了？」

「我弟弟。」瑟翡雯回答：「他昨夜被兩個言行舉止很怪異的人擄走。」說完她還看向我。

「最近這一帶有很多生面孔。」亞札德說：「我們在邊區也聽到不少消息。」

「邊區？」伊斯坦似乎沒聽懂。他起身之後打了呵欠，看上去正努力對抗倦意。

睡眠規律對我不大重要——在我們那個時代已經算是常態，我媽怎麼勸都沒用。但瑟翡雯也很疲憊，看見伊斯坦打呵欠也忍不住跟著做。

「邊區是我們在維爾勃里外面的住處。」亞札德解釋：「你們看起來都累了吧！這樣下去走不遠，今晚到我們那兒休息如何？不會很遠，雖然不確定胡狄人帶著我划船划了多長距離，但應該用不了三小時。」

「確實不能這樣子衝進維爾勃里。」伊斯坦對瑟翡雯說：「對方騎馬趕路想必已經抵達，我們失去了先發制人的優勢。先找個安全地方休息，計劃明天如何行動，這是當下最佳的選擇。」

「季父你說得對。」詩客回答之後，像是洩了氣的皮球。

看上去眞的好憔悴。

「我們接受你的提議，亞札德。」伊斯坦說：「我把馱馬身上的東西分配一下讓出位置，你將就一下。」所幸最後他不必讓小黑回去報信。

「不必！」亞札德回答：「我用走的就好！我的心思都放在海上，兩條腿都吃醋了呢。」

我本想開口質疑他一個人走路會不會拖慢行進速度，但忽然意識到，之前我們三人都騎馬時根本也沒快多少。在這裡，騎馬不像電影裡那樣風馳電掣，反倒類似草地上的高爾夫球車，偶爾球車還會想咬人。

一行人起身準備朝馬兒走去時，赫然發現附近地面有焦痕形成的字跡。

這些字在幾分鐘前肯定還不存在。

瑟翡雯和伊斯坦立刻別過臉不願看到。亞札德走到我身旁，捻著鬍子說：「有趣，真有趣。其中幾個字符很眼熟，是希臘文嗎？」

「是英文。」我其實相當錯愕。「我的語言。」字跡構成一句話：甚好。孺子可教。

噢老天，看樣子我得眞的要面對現實了，對吧？

「快抹掉。」瑟翡雯沒好氣道。

「但是那些火焰，」我問：「到底怎麼回事？」

「洛基娜之火。」伊斯坦嘀咕。

「跟燒了那艘船的火一樣嗎？」

他們兩個搖搖頭，一臉不悅地快步走開。最後我只能按照瑟翡雯的吩咐將字火踩熄。

我們片刻後上馬啓程，我特地檢查了下鞍囊裡那些書頁是否受損（都平安）、有沒有自燃（沒有）。

這時，我稍微串連起來了：這些書頁有很多地方燒焦，很可能是進入次元的瞬間發生爆炸……和船一樣？說來可笑，難道眞有幾個改了名字的北歐神祇斤斤計較凡人寫字，看不順眼就劈下一道閃電？問題是……

至少塗鴉眞的被雷劈了。我想得出神，下意識想摸出根本不在身上的筆記本留個評價：三顆星。牆壁乾淨，只要不考慮焦屍。

兩個韋斯瓦拉人不大想講話，我也不好意思一直逼問。他們看上去很累，亞札德又一直在旁邊哼歌給大家聽。我正好趁這段時間整理思緒，只不過現階段想太多似乎很危險。

因爲我越來越相信，有一群稍微改過名字的北歐神祇正在監視著人類。

FAQ:

如何確保我的魔法師個人次元™不受其他遊客干擾？

A:

次元旅遊過程的深度講解請參閱第4節：科學上的無聊玩意兒。（更精確地說，詳見第4章第17節：次元旅行概述。）要是覺得太冗長，沒關係，這裡給你懶人包！

之前曾經提過，個別次元其實過分細微，無法以儀器進行精準探測，因此實務上會篩選出大致相近的次元群，隨機開啓一個傳送門，記錄對面狀態並判斷是否符合本公司的傑出次元可量化高品質嚴格標準™[註1]。若滿足條件，我們會留下次元導標，並且列入可銷售次元清單裡。

次元導標可在目標次元與我們原生次元之間建立連結。若沒有次元導標，找到相同次元的機率趨近無限小。（您將一粒沙放在沙灘，經過十年再找回同一粒沙的機率都還更高些。）

還是在煩惱別的次元旅客會來破壞體驗嗎？別擔心！導標有著個人量子密碼設計，位數可謂無限大，不僅現行科技理論中尚未找到破解法，而且只能透過實體量子金鑰啓動[註2]。換言之，想進入您的次元，首先您必須維持導標啓動，且另一位旅客需要得到有您密碼的實體金鑰。

若仍想提高隱私，進入個人次元以後可以更換金鑰密碼。放不下偏執的人，可以直接關閉導標！

（這麼做的風險微乎其微，因為您會自動與原生次元產生連結。不懂嗎？請將多重次元想像成一條分叉出無數支流的河，因為支流太多，確認進入哪條支流才對這一點十分困難。然而進入支流以後，想回到上游卻是單一路徑，支流之間互不相通。若要切換支流，也必須先回到原生次元，才能再度「順流而下」。）

總而言之，即使我們意圖從顧客手中搶回次元，或者將一個次元分成多筆訂單出售，實務上是辦不到的！別人誤入您次元的機率更是低得不值一哂。您的次元就是您的，誰也動不了！

然而在此提醒：請好好保護導標與傳送門。所有方案皆包含這兩項服務，會安裝於魔法師個人次元™裡面顧客指定的地點，保固期限為終生，內建最低運轉一百年的核融合電池。請注意：若傳送門遭到損毀，顧客將

FAQ:

有可能無法返回——不過個人次元那麼精彩，誰還想回來？[註3]

[註1] 根據2045年的《真實廣告法案》，本詞彙為合法行銷用語。

[註2] 多數國家法律禁止本公司將金鑰交予通緝犯、正在接受調查者、即將受審者。相關條款進一步禁止本公司在公海交付次元金鑰給上述身分之人士。雖然可惜，但我們也無可奈何。第214頁有毛茸茸犀牛寶寶的照片，或許看了能緩解心中哀怨。

[註3] 擔心困在個人次元無法回家？請勾選「勤儉魔法師關懷專案」。購買此額外服務後，勤儉魔法師股份有限公司®將定期派人拜訪您的次元對設備進行檢修，但請注意，此服務需要您留下備份金鑰、原始密碼並保持導標開啓。詳情請見第332頁。另外，本公司也出售包含小型攜帶款在內的備用導標及安裝服務。

第 16 章

亞札德說的「邊區」，結果就只是位於大樹林邊緣的一棟小木屋。我們到達的時候太陽剛下山，我在馬背上留意到兩旁的樹木修剪整齊，樣子不太天然。

「這是我們的果樹園。」亞札德走到我旁邊解釋：「雖然不是我們的財產，但維爾勃里的仲父（Midfather）大人交給我們管理。」

維爾勃里就是旁邊的那座城鎮。按照伊斯坦的說法，它應該比史丹佛大上許多——問題是史丹佛本身的人口頂多也就一百人吧，所以他口中的「大」也未必多了不起。

當地官員的頭銜是邑宰。伊斯坦說認識對方，我心裡卻不怎麼踏實。烏瑞克也說那個叫做維德熙的傢伙很聽話，要人家拱手交出阿龍恐怕沒那麼簡單。

伊斯坦將馬停下來，望向屋子後面那片深

邃的樹林。「你們不覺得太靠近森林了嗎？」他問。

「我們還沒碰上麻煩過呢！」亞札德邁著大步。「黑熊軍似乎不打算走這條路。」

「小心為上。」伊斯坦說。

瑟翡雯一言不發地逕自向前，看起來就只是順著路騎，整個人根本沒有精神。已經一小時沒聽見她出聲，希望只是單純疲勞。我從出生就安裝了奈米醫療系統，並非真的了解正常人體，但以前在書上讀到：睡眠不足會讓人變成活喪屍。

邊區那棟木屋與伊斯坦家差不多大。也許說它是「小」木屋有點過分，但畢竟木牆很粗糙，屋頂也是茅草搭蓋。亞札德靜靜帶我們走過去推開正門，驚動了坐在裡面的老人家。對方的長鬍子只剩幾絡褐色，頭頂倒是禿得只剩幾撮立起來的軟毛。

「亞札德？」老人聲音雖小卻很清晰：「啊，讚嘆阿胡拉·馬茲達！」他轉頭看看屋內，大房間的中央有塊火塘，好幾個人正圍著該處睡覺。於是老人走出來，抓著亞札德的手臂眼眶泛淚。「你到底遭遇了什麼事啊？」

「只是去向胡狄人講道而已啦！」亞札德笑得燦爛。

「唉，亞札德啊，」老人說：「我們警告過你了！」

「我知道。」亞札德朝我們三人揮手。「不過我有阿胡拉·馬茲達保佑，所以被這位詩客、史丹佛的季父，還有那位膚色慘白的淨靈給救回來啦！」

膚色慘白？

老人聞言瞪大眼睛。「淨……淨靈？」

「他不會傷人。」亞札德拍拍我肩膀。「但是會燒船呢！之後再聊吧，客人們都累了。抱歉啊，季父，這裡沒有軟墊，恐怕只能委屈你睡一晚稻草了。」

「無妨。」伊斯坦回答。

「我去叫醒大夥兒？」老人說。

「不了、不了，李奧夫（Leof）！」亞札德回答：「如果早上大家看到我，我就假裝自己一直都在，然後說他們都不理我。這樣一定很好玩！」

李奧夫為我們開門，還出去照顧馬兒。他走到一半時，瞇起眼睛看了看瑟翡雯。「這位詩客……」他說：「看起來很眼熟呢。」

瑟翡雯像是驚醒一般，遞出轠繩給他時說：「我常在這條路上往來說書。」

「原來如此。」老人答道：「幸好這裡用不著束祟，遊靈都挺友善的，不會把牛奶變酸！有一次我沒供奉東西，它們居然還是幫忙修了鞋子，只是藏了隻死老鼠在裡頭。」

我從鞍囊取出書頁後，才把轠繩交給老人。亞札德引領我們進入木屋，示意大家動作放輕，然後從角落的箱子裡捧出稻草堆成床位。他也幫我鋪了一個，但我沒有睡覺的打算。

躺在裡面的那些人都沒被吵醒。算算也有十來個，全都擠在地上像是什麼大型睡覺派對，看年紀應該有幾個是一家人。長期睡這種大通鋪，應該早就習慣有一丁點噪音了。

瑟翡雯與伊斯坦話也沒說，直接蓋上斗篷倒頭就睡，而我的草墊恰好靠火塘也近，便決定坐下來再多讀幾頁指南。我先翻到了FAQ「常見問題」那部分，心想這樣整理資訊應該比較快。一翻到針對次元機制的簡述時，我立刻看得非常起勁。

裡頭的解釋沒勾起我什麼印象，恐怕穿越之前我並不具備相關知識。或許是在追捕罪犯過程中別無選擇，所以才闖入這個次元。

而且很可惜的是，裡面那些說詞頗為含糊。例如，次元傳送門是長什麼模樣？書上說有進一步的參考資料，我便急忙翻閱想找到那個第四章第十七節……

然後按照慣例發現再度缺頁。整章節能看懂的內容只剩一頁，而且似乎只是和小猢猻有關的玩笑。

我往後一坐，開始生悶氣。這時，我忽然察覺異狀：身旁有五個石頭堆疊了起來，其中最大的那塊甚至沒我拇指大，卻被疊成了小金字塔的形狀。

太詭異了。我移動了一下腳將石頭踢翻，然後李奧夫走進來分散了我注意力。他搖醒一個男孩，要對方出去看好我們的馬匹與馬鞍，之後過來添柴火時用防備的眼神看著我。

老人回到板凳上，不是偷瞄我，就是隔著門縫監視外頭。

反正我扮演的就是精靈，所以……就給他看吧？有了新柴加入，火堆開始旺了起來，至少室內感覺亮了些。奈米醫療系統會將體溫調控到我設定的數字，因此我不容易察覺正常範圍內的氣溫變化。但觀察周圍眾人的情況，不難想像這邊夜裡挺涼的，即便現在已是春天。

我強迫自己趕快繼續翻書頁找資料，卻翻得很挫折。又過了一小時——體內計時系統給的資訊——仍舊沒找到任何重點。什麼精彩的、還是勤儉的各樣方案都講了十七遍了，卻完全沒介紹中世紀的人文風俗。例如盎格魯撒克遜人是如何行握手禮之類的。（一顆星。刪掉那些咬文嚼字的專有名詞，看看有用的東西會不會多些。）

既然面前就有燒了一半的木頭，我心不在焉地直接拿起來啃了幾口，來補充奈米機器需要的碳元素。能這麼做是因爲連味蕾也被系統控制，味道可以自訂——我通常會選奶油吐司，雖然口感與口味搭配起來有點奇怪。

老門房見我在吃木炭，又開始目不轉睛地看起來。於是我索性高舉書頁、把臉露出來，他見狀嚇得立刻轉頭。我手放下來時一邊竊笑又一邊心虛。幹嘛捉弄老人家呢？

因爲你寧願花二十分鐘讀那些附加服務，我在心裡回答，也不想面對現實。

我不想承認這個次元有些古怪。寫符文會爆出火焰，神明還會直接在地上留言。這本該死的廢物指南怎麼不解釋這些是怎麼回事？我遲疑片刻，懸著一顆心地拿起木炭，在地板上寫下自己的名字。結果什麼也沒發生。難道只有符文才會觸發？

你傻了嗎，心裡又冒出聲音：是想燒了這屋子，還是讓漫畫人物往你頭上射閃電？

待我驚覺自己是眞的開始相信之後，反而心裡更毛。根據指南書的種種敘述來推斷，這些次元應該遵循相同的物理法則。異次元或許會出現新物種、新語言、新社會結構……但物理法則？並不會改變。重力加速度是每平方秒九點八公尺，二加二等於四，牛頓運動定律，還有最重要的熵註。

石頭不可能自己堆疊起來。我感到身體一陣發寒。起初我還不想面對，但終究轉頭看了一眼。

那五塊小石頭又好好地疊成了一座金字塔。我低聲罵了聲，再次踢翻它們，接著調高體表溫度兩度。那股惡寒仍舊壓抑不住。

我閉上眼睛，暗忖會不會自己才是那個睡眠不足的人？難道我的奈米機器人或韌體受損了？還是產生幻覺，甚至引發周圍物體自燃嗎？

再睜開眼睛時，那五塊石頭上演了更不可思議的排列形狀給我看——石塊之間只有邊緣互相接觸，卻能一塊一塊往上越疊越高，還紋風不動，彷彿是社群平臺上那些在高山做瑜伽的照片。非常精美，五顆星。酷得令人毛骨悚然。跟著我的幽靈相當有品味。

該死，我放棄抵抗了是嗎？

但怎麼抵抗？如果這不是眞的，那就代表我看見幻覺了。

「愛現。」我忍不住咕噥，然後一轉頭就聽見輕響。石頭紛紛落地了。我考慮一下，決定啓動奈米系統的睡眠功能，看看睡一覺會不會讓系統重啓、修正錯誤。這是我追求合理解釋的最後一搏。

睡著的前一刻，我看見那些該死的石頭像在嘲弄我般，又疊出了一個金字塔。

註：entropy，是一種物理系統對無秩序或不穩定狀態的度量。

第 17 章

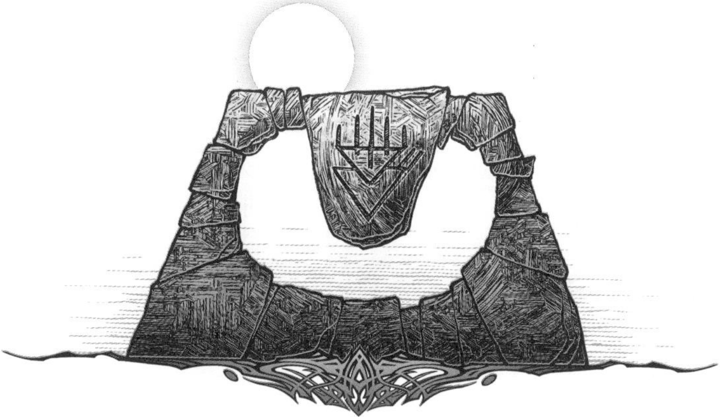

早上七點，我準時醒來，而且奈米系統立刻排解睡意。之所以刻意選擇這個時間，是希望能比大家都早起，但我還是太天真了——屋子裡早就鬧哄哄的。瑟翡雯正在角落說故事給幾個孩子聽，而且看上去不僅換過衣服還洗了頭。伊斯坦不見蹤影，但打開的窗戶外頭傳來幾個男性在不遠處的談笑聲。

嗯哼，農業社會嘛，日出而作日落而息，一大早給母雞擠奶什麼的。我伸個懶腰坐起身，撥掉黏在脖子上的稻草時，耳裡冒出叮的一聲。眼前跳出了訊息。

恭喜您完整睡了一晚！健康目標是每三天至少睡眠六小時，今年已達成一次。繼續加油！

依稀記得這個什麼健康目標，是因爲珍抱怨過我的睡眠習慣，我才設定的。在沒有奈米醫療系統的情況下，人到底要怎麼存活？印象中，祖父靠咖啡提神，但中世紀的英格蘭應該沒有那種東西。

閉目養神了這麼長一段時間，世界有沒有不同？我望向稻草堆旁的石頭——依舊堆成了金字塔狀。我一腳踢倒之後盯著它們看，確保不會有人偷偷過去惡作劇。

在我順便拔掉刺進衣服的稻草時，清楚聽到了瑟翡雯正在講述的故事。

「然後，」她壓低身子，攤開手掌說：「淨靈親王弗文斯對邪惡的胡狄人說：

武藝不精　爾等鼠輩
敗將殘兵　不覺形穢
牢記吾名　符文顯威

「胡狄人聽見他的祝詞，便嚇得拚命後退。緊接著，既不是凡人、又不必效忠奧丹的弗文斯會怎麼做呢？他——畫了符文！用他的手指畫在甲板上！」

小朋友們紛紛張大眼睛，轉頭朝我注視過來。我配合演出，翻弄手指的同時讓皮膚快速變色，像是一道人體彩虹。

「再來呢？」一個年紀較大的孩子小聲問。

「一陣晴天霹靂下來，」瑟翡雯告訴他們：「但是奧丹管不到我們的弗文斯，於是索諾的雷電就劈到了船上！甲板燒了起來，隔開我們和胡狄人，讓我們能趕快跳進海裡。不過呢，他畢竟是個淨靈，所以差點就溺死了。」

旁邊三個小孩聽得津津有味，但有個個頭較高，可能已經十一、二歲的女孩朝我上下打量。「我覺得他不像淨靈啊，」她開口表示：「反而比較像去年夏天跑來偷蘋果的人，兩個都一樣病懨懨的。他連鬍子都沒有。」

「淨靈不會長鬍子的。」瑟翡雯提醒。

「可是淨靈不是應該很美嗎？」

這小女孩竟然這麼問，眞是太過分了……亞札德來得正是時候，他把孩子們都趕去果樹林幫忙，我也不必繼續被羞辱。話說回來，我沒看到亞札德是怎麼逗他的朋友們，不過這屋裡的人見到他都很開心，小孩個個上前擁抱、叫他一聲叔叔之後才跑出門。

我朝瑟翡雯笑了笑，但她沒看見，直接起身走到窗戶而且滿臉哀愁。

人家弟弟還沒脫困呢，我告訴自己，心情怎麼好得起來。

「朋友，你醒啦！」亞札德對我說：「有消息要告訴你們。昨天夜裡，確實有異鄉人去見了邑宰，但早上他們急急忙忙出城時卻少了一人。」

「我弟弟，」瑟翡雯開口：「他被留在這裡了。」

「還有其他的事。」亞札德繼續說：「兩天前，夜裡有另一個生面孔經過這裡，是個很奇怪的人。跟我來。」

「只有一個嗎？」瑟翡雯朝他走過去。

「嗯，」亞札德回答：「你們去了就知道。」他沒說個清楚就急著出去，真會吊胃口。

我起身時視線又掃到那疊石頭。我心裡總希望一切只是幻覺，於是忍不住又輕輕踹了一腳——結果腳趾竟踹得發疼。

搞什麼鬼？我彎腰一看，那幾塊石頭被某種琥珀色的黏稠膠狀物固定在一起。

「是樹液。」瑟翡雯見狀告訴我：「弗文斯，你惹惱遊靈了？」

「沒吧。」我說。

她盯著我。

「遊靈喜歡堆石頭吧？」我說：「所以我讓它們盡情地堆啊。」

「以符文師而言，」她表示：「你真的不是很聰明。」

「我的所思所爲豈是你們凡人能夠參透。」

她的眉毛一挑，從我的頭髮裡抓出一根稻草。這時，一個老太太忽然提水桶和刷子走進屋內，瑟翡雯嚇了一跳並迅速別過臉，與老太太擦身而過去屋外時一直躲在我身後。

「妳那是在幹嘛？」我問。

「什麼幹嘛？」

「妳想避開那位老婆婆。」

「哪有，」她仰起頭，卻不看我的眼睛。「我這是在替你營造淨靈的威望。」

她說了算。跟著亞札德走進園子後，看見一排排整齊的果樹，我心情莫名舒暢了起來。就連工人站在板凳修剪果樹的畫面也十分自然，動作相當地熟練且氣氛安逸。

然而過不了多久，我們離開果園的範圍，進入了眞正的森林。我以前當然也見過森林，眼前的風景無論外觀還是空氣似乎沒什麼不同，但我心裡卻忽然對這片未知黑暗極度不安。或許是這樣如此純粹的自然環境，在我的原生世界裡已經幾百年不復見了吧。雖然我有夜視能力，但不知爲何還是覺得不安全。要驅散這樣的深邃幽冥，必須倚靠有生命的光，也就是火焰。

亞札德指示我們繼續往前，說他一會兒就過來會合，然後就自己跑掉了。前進途中，瑟翡雯又在偷偷觀察我。

「你害怕森林。」她察覺了。

「我只是在提高警覺。」

「看來你不像我想的那樣無藥可救。」

「那個大家常常提到的……『黑熊』？他究竟是誰？」

「魏爾斯王。」她回答：「從我祖父的那個時代一直統治到現在。」

「他還活著？」

「沒錯。」她低聲解釋：「據說，黑熊王只能被自己的子孫殺死，於是他至今連一個子嗣都沒有。」

我開始接受這個次元的世界有看不見的靈體能夠堆石頭，那是不是也準備好敞開心胸，接受詩客口中的傳奇全部爲眞？故事有點離譜，不過以嚇唬人的神話而言可以給三顆星。

走沒多遠，我們便碰上伊斯坦正和一群男人忙碌著。有棵蘋果樹倒了得挖出殘根。雖說伊斯坦的身分是低階貴族，但經過一天的相處後，看到他與平民百姓打成一片感覺毫不意外。伊斯坦拿著小斧頭劈著樹根，其餘人則使勁想將樹樁拉倒。

他們發現我和瑟翡雯走了過來，其中一個人表示先稍事休息，有個女孩提水桶過來給大家喝。

「尊貴的淨靈，」伊斯坦爬出坑洞，恭恭敬敬朝我行禮。「歡迎您的到來。」

我想大大嘆口氣但決定忍住。救了一座小鄉鎮不被維京人燒傻擄掠以後，我的待遇又升級了。

「亞札德說昨夜有人見了邑宰，將一個人留下之後，便大清早離開了。」我告訴他。

「這是好消息，」伊斯坦說：「如果我們向仲父求情，他應該會釋放瑟翡雯的弟弟。不過烏瑞克和奎恩該怎麼處理？他們脅迫邑宰就會心滿意足嗎？」

「他們不可能就此罷手，」我說：「把阿龍丟在這裡只是懶得照顧他。郡侯才是權力中樞，我猜他們的目標一定放在那裡。」

「我的職責是去懋港警告郡侯。」伊斯坦表示：「不過首先，要將那孩子救出來。」

亞札德又再次現身，這次帶著一位老婦露面。婦人揹著籃子，裡頭都是木條。可能是年紀大了，她走路特別慢，身軀又矮又胖，長白髮披盤在頭頂，僅用幾根細木條充當髮髻。那張圓滾滾的臉、笑呵呵的眼睛感覺好眼熟……

很像杜布森（Dobson）婆婆。我們過去常常一起釣魚。童年的記憶補上一塊拼圖，我忍不住嘴角上揚。

亞札德朝我伸手示意。「這位是——」

「淨靈我以前就見過啦，亞札德。」老婦人搖搖晃晃地朝我走過來。「嗯，有模有樣的。」

「看來妳對我們很熟悉囉？」我笑著問。

「當然，而你別想糊弄我，」她說：「否則我一定回敬給你！」老婦人湊到我身旁。

「有必要的話我可是很危險的。怕了嗎，淨靈？」

「怕，很怕。」我回答。

「很好，很好。」她從籃子取出一根木條。「這個給你。」

「嗯……謝謝？」

「索珂（Thokk）是個四海爲家的爐床守護者。」亞札德指著她，進一步解釋：「她販售柴薪。」

我朝周圍的林子掃一眼。在這種地方還需要有人販售柴薪？但亞札德站在她背後比手勢，意思好像是要我配合。於是我點點頭道謝，將木條塞進斗篷口袋裡。

「索珂，麻煩妳跟淨靈說說路上看見的那個人。」亞札德說。

「他也是個淨靈。」老太太一手撐腰回答：「像北方人的一頭紅髮，沒鬍子，講話腔調很奇怪，連五官都非常特別。」

伊斯坦開口：「他就是兩個異鄉人到史丹佛要找的人。烏瑞克和奎恩擄走詩客弟弟之前，向我打聽一個沒鬍子、紅頭髮的人。」

我腦袋好像有個角落開始微微發麻。

「跟我來。」我吩咐大家一起回去邊區的小屋。記憶被這項新消息觸動，不能讓那感覺溜走。

當所有人都到齊後，我翻出還有空白處的紙頁，從火塘取出幾根燒過的木條看看能否當作炭筆。

索珂從自己的籃子最底下撈出一根木條。「給你，這個好用。」

「謝了。」我試了一下，還眞的頗爲順手，跟以前拿的專業炭筆差不多。「能不能描述一下那個人的長相？例如鼻子寬還是窄，臉偏圓潤還是有稜角？」

「臉應該算圓。」她開始回答。包含伊斯坦和瑟翡雯在內，其餘的人都和我保持距離，只有索珂反而貼近到有點尷尬的程度。「不對不對，沒有這麼圓。」她說著，接下來竟手持木條朝我後腦一甩。

「唉唷！」我慘叫。

索珂皺眉。「喔，抱歉啊，還以爲你的身子骨結實。不是說淨靈一躍翻山、刀槍不入什麼的嗎。」

「索珂婆婆，故事裡沒那樣說過。」瑟翡雯提醒。

「我發誓眞的聽過呀。」她又拿木條在紙上輕輕一指。「還是太圓了，髮線低一點。」

「鼻子呢？」我問。

「比較窄，」她回答：「對對，就是這樣。」

我一邊問話一邊加快下筆速度。這個過程感覺很熟悉，好像以前做過很多遍了。沒有才能還要追求夢想實在太辛苦，美術的路走一半我便輟學了，之後想找份正經工作，領著爸媽覺得穩定可靠的那種死薪水。

所以在……朋友的鼓勵下，我去報考警察學院。而這時美術背景派上了用場，我打算當個鑑識畫師。

我的手指自由揮灑，畫得不對便直接塗抹修改，慢慢根據索珂的記憶勾勒出另一個淨靈的面容。畫像成形之後，我越看越覺得眼熟，似乎以前就認識長這樣的人——這個人喜歡染髮，而且在背後鼓勵我的也是……

「哈！」老婦叫道：「就是他。看吧，我就說淨靈可以在平面上召喚出其他人。淨靈啊，這些人一個個都不講話，就是不願承認我每次都講對。」

我盯著炭筆素描，腦海中浮現一張笑臉。我上酒吧去找他，課程聽不懂時去問他……後來，我們在一起共事了？兩個都是警察，但交情比進去學院更早……

這個人叫褚睿安（Ryan Chu）。

曾經和我是搭檔。

FAQ:

可以在次元之間移動物體嗎？

A:

進入魔法師個人次元™的時候，您想帶什麼就帶什麼！當然僅限於合法擁有的財物。[註1]

然而，不可攜帶任何物體回到原生次元。（因此我們建議各位保留出發時的衣物，回程可以換上。）

如「第4節：科學上的無聊玩意兒」所述，分支次元的「實質」較淡（詳見第285頁），相較原生次元不那麼「真實」。簡單來說，分支次元的任何物體（以及任何人）進入原生次元會一瞬間消失。

正因如此，我們始終無法在次元旅行的這條「大河」上驗證其他主次元的存在。雖然根據傳送門理論，其他主次元的可能性不為零，然而連電子和光子也突破

FAQ:

不了這層隔閡。

至今為止，另一個主次元還停留在理論階段。而且，假若次元物理在所有現實中都以相同的機制運作，那麼比我們更「上游」的人鎖定到我們世界的機率，也是微乎其微、近乎於零，因此不必過分擔心。[註2]

（請注意：雖然傳送門能夠從分支次元繼續往「下游」移動，但狀態會越來越不穩定，因此非常不建議各位嘗試。）

[註1] 勤儉魔法師股份有限公司®嚴格遵守相關法條，是至今唯一從未因為違反次元規範情節重大而遭受懲處的次元旅遊商業服務單位！[註3]

[註2] 請參考「FAQ：我一想到自己的現實可能只是另一個更真實的次元分支，就產生存在焦慮、非常恐慌，有推薦的心理諮商師嗎？」。

[註3] 僅限加拿大境內。

第 18 章

褚睿安也在這個次元。

他知道自己被盯上了嗎？得趕快找到他——不僅爲了警告他，還要從他口中問出眞相。

「妳在哪裡見到的？」我問索珂。

「前往維爾勃里的方向。」她回答：「在兩天前。」

「尊貴的淨靈，您認識這個人嗎？」伊斯坦問。

「嗯。」我說：「他是我的同族，很厲害的戰士。我們應該設法與他會合。」

伊斯坦湊過來端詳那張素描。「我們本來的目的地也是維爾勃里，」他說：「說不定能請這位戰士一起幫忙救出阿龍，阻止烏瑞克和奎恩。也許可以向仲父打聽看看。」

我把心思放在素描上，努力回憶自己在警

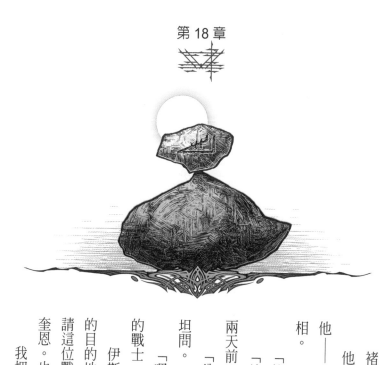

察學院與睿安，還有……珍？不對，她不是警察。但我們三人常常晚上一起出去玩，都是好朋友。更後來，我和珍開始交往。

「恕我直言，季父，」瑟翡雯說：「我希望能在不必與維德熙見面的情況下，就將阿龍救出來。我和邑宰……話不投機。」

「仲父對奧丹太虔誠，有時候是挺令人不舒服。」伊斯坦嘆道。

「只是不舒服？」亞札德問：「抱歉我確認一下，他之前是不是有把自己釘在樹上過？」

等等，什麼跟什麼？

伊斯坦一臉無奈。「遠威谷（Far Strength）大戰之前，奧丹要求人類獻祭，」他向我解釋：「那是大概四十年前的事了。如果有人願意將自己直接獻給奧丹……將對戰況大大有利。」

「奧丹昏頭了，整天要人獻出這獻出那。」索珂低聲說：「醉鬼才會一直討酒喝。」

「守火人，這種話最好別說出口。」瑟翡雯提醒。

「我愛說什麼說什麼，」索珂沒好氣道：「都是事實啊。」

亞札德一臉樂不可支。

「你也別那樣看我，」索珂立刻朝他說：「我沒打算去信你那個愛來愛去、愛得沒完沒了，成天只會笑的神。更何況，祂也不會收我。」

「阿胡拉．馬茲達接納任何人，不分高低貴賤。」亞札德回答：「我不就是鐵證嗎！」

「我們能先回到把人釘在樹上的事嗎？」我開口：「那件事感覺比較重要。」

「維德熙希望戰場上有優勢，」伊斯坦繼續解釋：「他原本打算獻祭士兵，後來覺得那份榮耀不能拱手讓給部下。在古老故事裡，奧丹也曾經將自己釘在世界樹上。為了得到力量，維德熙他……就仿效了奧丹，導致右手幾乎廢了。不過百姓為此非常尊敬他。」

「傻子才會尊敬他。」亞札德說。

「但那份意志值得敬佩，」伊斯坦答道：「身體殘缺了，心卻完好無損。」

「腦袋可未必……」索珂說。

很好。我朝火塘旁邊的地板坐下。

褚睿安在兩天前曾經過這一帶，昨天烏瑞克和奎恩也走了這條路。兩人一早動身離開，目的地很可能就是郡侯所在之處。先前他們對伊斯坦聲稱自己代表郡侯，而我對烏瑞克也有點了解。他喜歡把自己的基地搞得富麗堂皇，同時又滴水不漏。倘若他有出入這個次元的傳送裝置，想必會藏在那裡。換言之，郡侯的居所就是烏瑞克的勢力中樞。

也許褚睿安查案查到這個次元來了？但我意識到，自己想的這些全是臆測。我連自己名字都不大確定了，又怎麼能掌握他人動機？「如果你信任維德熙，」我對鄉紳說：「和他見面或許是個辦法。」

「烏瑞克說過維德熙聽從他們的命令。」瑟翡雯仍然反對。

「維德熙不會隨隨便便聽別人使喚。」伊斯坦說：「其實他的性格呢……滿恣意妄爲的，按心情好惡做事。所以他現在可能會配合烏瑞克——但換個角度，我也有可能說動他。」

我實在不知道自己該抱多大指望。「無論如何，至少問問維德熙知道些什麼。」

「就這麼辦。」伊斯坦說：「我們騎馬進城，表明身分，然後請求邑宰協助。」

「不妥。」瑟翡雯立刻反對：「暗中潛入比較好，就算要和他見面，也不要被別人看見。假如對方派人盯著城門，說不定會認出……淨靈。」

我瞇起眼睛盯著她看。瑟翡雯那副雙手抱胸、別開眼睛的模樣不是第一次了。

「啊！」亞札德啪一聲用力拍掌。「我有辦法！我常常把果園和倉庫的水果送到城裡分給大家吃，守衛幾乎不會檢查我到底帶了些什麼。如果你們躲在布袋裡和我一起進去，不會有人發現的。這樣也算是報答了各位的救命之恩！」

我覺得這主意不錯，伊斯坦應該也有同感，他立刻陪著亞札德去清點蘋果裝了幾大袋。

索珂撥弄著火塘，李奧夫則一直在角落打盹。

我將視線移回素描上。睿安如果發現我在這裡，大概會嫌我礙事。冒出這念頭時，我發現不大對勁——既然是搭檔，我們怎麼沒有陷入相同麻煩？

不對……我逐漸察覺，我們之間發生了什麼事……

我下意識伸展手掌。這應該和身上的強化有關。這些強化並非警方的制式裝備，那我是怎麼弄到的？還有，爲什麼胡狄人要殺我的時候，我居然無法做出應對抵擋？

腦海竄過閃光與咆哮。

我再次動搖了。關於身分，關於信念，關於……我自己，以及自己的過往。這也是我第一次不確定是否眞的想要記起來。其實，我內心深處早已察覺：警察只是個一廂情願的托詞罷了。那根本無法解釋我的行爲模式，尤其我會下意識說謊和藏匿。

不，我是個英雄，一定是。我一直都希望自己能夠……變得像是褚睿安？但事情發展並不如預期？

該死。我又花幾分鐘叫出一層層的選單，還是沒找到啓動全部裝甲的辦法。眞的很莫名其妙，東西裝在我身體裡，結果我卻不能使用？又亂選了幾次之後，系統突然跳出一條訊息。

裝甲功能經由外部指令強行關閉。它讀取著。**強尼（Johnny），你搶不走的，死心吧。**

喔慘了。原來這從頭到尾都是一場算計，有人故意對我這麼做。我匆忙關閉選單，心裡想要躲起來的欲望無比強烈。什麼過去、什麼答案，統統到此爲止。恐怕之後挖出來的眞相也不會是好東西。

一陣羞愧感令我幾乎窒息。

這種情緒好熟悉……而且，幾分鐘前我是不是才在瑟翡雯的臉上看過？她和索珂在我分神期間已經不見蹤影。我站起身甩了甩頭，試圖醒醒腦，然後探頭查看外面的情況。好幾位婦女爬上屋頂鋪茅草，其他人在果樹園勞動，還有一個正在爲馬路更換礫石。在這個年代裡生活，想擠出半日清閒想必都很難。

我注意到屋子前面放了些小碗，碗裡裝著莓果，碗的前方則是各種請願物品。例如壞掉的鞋子、用來織蓆的蘆葦，然後還有牛奶？這單純是供品，還是他們希望將這些東西變成奶油？我實在看不出來。顯然神祕的無形力量也必須工作才能獲得供奉。

突然一股傻勁上來，我開口說：「我去找瑟翡雯，你趁這段時間趕快幹活如何？」

沒回應。廢話，不然呢。

找到瑟翡雯的時候，她正坐在一截樹樁上，盯著陰暗的森林深處。我上前時雙手插口袋、斗篷隨風飄動。這種衣服真方便，保暖我是沒必要啦，但營造出一個颯爽英姿倒是很受用。（四顆星。或許愛扮超人英雄的小鬼會懂我。）

「嘿。」我開口打招呼。她點了點頭。

「李奧夫認爲他見過妳。」我自顧自地說：「然後妳也擔心被城門守衛認出來。來到這裡以後，妳一直神祕兮兮的，就好像……妳有什麼見不得光的祕密。」

瑟翡雯嘆了口氣。她肘撐膝蓋，將臉埋進手掌。我倚靠在旁邊的樹幹上。

「祝詞沒有效用，」她低聲回答：「我們詩客心裡都明白。我想以前應該是有用的，如果胡狄人的詩誥可以辦到，以前的詩客能做到也不奇怪吧？」

「我不知道，」我輕聲回答：「我對這些事情不是很了解。」

「弗文斯，你眞的讓人摸不著頭緒。」瑟翡雯總算抬頭看向我。「變換嗓音那招我想通了。以前我也認識一個很厲害的詩客，他可以讓周圍的物品彷彿在說話，即使他的嘴唇完全沒有動。你也是靠那種伎倆嚇唬胡狄人對吧，大騙子？」

「我不是騙子。」我回應得有些激動，反倒像自己被正中要害。「但的確是類似的技巧。」

「其實我也沒資格說你。」瑟翡雯表示：「是詩客們應該承認，我們根本沒有束祟、送祟的能力，拿遊靈一點辦法也沒有。但……只要大家相信了，生活就能安心。」她說完眉頭一皺。「那都是藉口。說穿了，假如承認的話，誰還肯收留我們？然後我們就只能餓肚子。所以我們別無選擇，只能繼續演下去……」

「那維爾勃里呢？」

「幾年前，我父母被黑熊軍殺死之後，我來過這裡。」瑟翡雯回答：「黑熊王朝這裡進軍，邑宰想找人在附近的村子進行束祟，多一分保護，因爲符文石……你懂的。」

她繼續說：「我盡力獻上了最棒的祝詞，然而心裡很清楚，這一點用處也沒有。阿龍和我收了酬勞後就趕緊離去。」

「那個村子後來怎麼了？」

瑟翡雯朝森林撇了撇頭。「它之前就坐落這裡。」

我順著她視線望進茂密的森林裡，一棵棵大樹粗壯得堪比石柱，少說也都有百年樹齡了。怎麼可能有會人類聚落在那種地方？

但又想想，這有什麼不可能？我不也開始跟空氣、或是空氣中看不見的鬼魂說話了。也許再仔細觀察一下，眞能在草木間發現可能是石牆或地基的遺跡。

「越來越多人察覺到了。」瑟翡雯說：「我說沼魔已被送祟，隔天它又回去作亂。我說防護已經設下，結果毫無作用。死傷越來越多，活下來的親友當然開始質疑供養詩客有何意義，認爲當初就不該相信我們……這麼多年來，我在太多地方露過臉，自己都很難記清楚。」

難怪她一口一句騙子——因爲眞正的大騙子就是她本人。瑟翡雯好比中世紀的靈媒，通靈在我們那邊無傷大雅，但在這裡，鬼神似乎眞的存在，對人們的意義截然不同。用通靈來比喻也不太對，她更像是某種詐欺師，販售無法保護人的劣質強化裝置。

然而這與我無關，我還有黑道老大要對付。只不過……她的語氣聽起來是如此熟悉，而且眼神空洞得彷彿心被掏空了般。她整個人像是廉價的塑膠玩具，被刻意抹上金屬光澤顏料，一拿進手裡就會察覺到觸感不對。

「我已經無比厭倦一直說謊，」瑟翡雯像在喃喃自語般：「還有一直提心吊膽……」

「還有不能在同一個地方待太久，」我說：「否則可能會被揭穿眞面目。與任何人擦身而過都會怕，怕自己虧欠了對方。若非必要，根本不敢睡覺，因為連所謂的朋友……也都不是自己能夠敞開心扉相信的人。」

她凝視著我。那一瞬間，我忽然起了疑心：瑟翡雯忽然示弱，莫非是想引誘我吐露什麼祕密？但最後她只是點了點頭。

如果我之前眞的是個好警察，這時應該能說點振奮人心的心靈雞湯才對。譬如回頭是岸永遠不晚，或者找份正經工作，去糖尿病小貓之家當志工。

結果，我說出口的是：「人生充滿無奈，只能坦然面對。」

「坦然面對不一定得靠欺騙別人。」她回答：「伊斯坦面對的方式是保護大家好好活著。」

「胡狄人面對的方式是燒掉別人的家，」我說：「把別人大卸八塊。相較之下，妳的表現已經不錯了。」

瑟翡雯伸展一下站起來，撥掉衣服的塵埃。「謝謝你，」她開口：「至少沒對我口出惡言。」

「在妳眼中我也一直騙人，我有什麼好口出惡言的？」

「你這樣回答我反而不大確定了呢。」她說：「我認識的騙子，每個都是嘴巴不乾淨的昏脹。」

之前也聽過。頭昏腦脹在這裡是罵人的詞？（兩顆星。但我想至少比腦滿腸肥好一點。）

「仲父有可能認得我，」我們兩人走回小屋，途中瑟翡雯提醒：「但也有可能忘記了。總之，伊斯坦去找他的時候，我不要露面比較好。」

「沒關係。」我回答：「我想本來就是我去接觸最好。」

「你想騙維德熙說你是什麼『萌法師』？」

「是魔法師。」我糾正道：「沒錯，我就是這麼打算，這應該可行。我的書上是這麼說的，而且我對付胡狄人的方法看來也挺有效果。」

「讀了那些字，你的眼睛早就該爆開。」她若有所思。「你這個人的氣運確實古怪。」

「你們的用詞都好莫名其妙。」

「氣運？」她回答：「就是你的命數、運勢，或者……其實那麼說也不大準確。你到底是從哪裡來的？爲什麼這麼簡單的東西都不懂？」

「西雅圖。」我瞥了她一眼。「那裡找不太到你們這種盎格魯撒克遜人。我們有好喝的咖啡、高級的書店。我說的這些都是實話，瑟翡雯。我來到你們這片土地才幾天而已。」

「那你怎麼會說我們的語言？」

「是你們在說我的語言。」

她翻了個白眼。

「少再露出那副表情。」我說。

「我是在看時間。」

「太陽就在我們的背後！」

「不看天上怎麼知道。」

「那裡有一大片陰影，用影子長度就能判斷時間了吧。」

她停下腳步，朝我覷著瞧了瞧。

「幹嘛？」

「看看影子夠不夠深。」

「夠深又怎樣？」

「讓你那張臉更模糊一些。可惜還是太清楚了，要是再暗一點或許還能入我的眼。」

我留意到她嘴角上揚，也感覺彼此間多了分默契。我們各自都有不堪回首的過去，我的那些過往再怎麼不願面對也會呼之欲出。但是兩人這樣並肩前行、開誠布公，尤其在她願意承認詩客已失去靈力之後，空氣似乎清澈起來。

瑟翡雯朝我走得近了些。

我愣了一下。

「等等，」我問：「剛才那是調情嗎？我們是在調情？」

瑟翡雯又翻了個白眼，然後加快腳步前進。

強，你幹得好啊，我心裡感慨，嚇走人家的效率可眞高。看樣子我不太擅長應付女人，要有自知之明。

我趕緊追上去，結果看見很多人正在圍觀。發生什麼事了？

喔……他們正在盯著一堆編織好的草蓆，足足有二十張，還疊得整整齊齊的。

旁邊還有個小小孩那般高的凝固奶油堆。

但那雙壞掉的鞋子解體了，而且解得非常徹底，連鞋帶都被拆解成絲線。遊靈彷彿是想表示：「要我幫忙可以呀，但幫多少是看我心情。鞋子爲證，請笑納。」

李奧夫畢恭畢敬地收好草蓆。「什麼樣的靈能做到這種事……」

瑟翡雯朝我瞥了一眼，將我拉到旁邊。

「幹嘛？」等旁人聽不見後我才開口。

「那是你做的？」她問。

「別說編草蓆了，我連煮拉麵都不會。」

「這裡的遊靈雖然態度友好，」她說：「但力量很弱。早上我問過這裡的孩子，那些靈一次只能做一個簡單工作，而且還得花上好幾天。是你讓身邊的那個靈幫忙的嗎？」

「我說，這也沒什麼大不了吧？也許跟著我的這個遊靈比較重視職場倫理。」

「為什麼這麼強大的靈會束祟於你？」她逼問：「尤其又不是個地點，只是個活人。你身上怎麼毫無道理可循！」

「是啊！」我回答：「妳才知道！零顆星！比健怡可樂加糖還難入口！」等等。

我為什麼會知道那是什麼味道？

過去有些事眞的忘掉比較好。

瑟翡雯聽了皺眉。「那個『零』是什麼意思？」[註]

「剛才那一整段，」我問：「妳有疑問的就只有這個字？」

註：中世紀歐洲的數學尚未有零的概念。

「我勉強聽清楚的只有那個字。」她轉頭望向邊區。「走吧。我們找亞札德商量一下，我想趕快找到弟弟。」

第 19 章

之前他們把維爾勃里說得像是什麼大城市。實際上，它也就比史丹佛大了些，而且四面都有木頭圍牆，這一路上唯一的石砌建築是城門兩旁的哨塔。

我開始懷疑這個次元根本沒有城堡。不過，從一個想侵略的胡狄人角度來看，又高又粗的木樁已經夠難突破。只要圍牆上有人放出冷箭，連跨越護城壕都得賭上性命。

但維爾勃里的位置不夠內陸，我心裡還是有點擔憂。按照伊斯坦的說法，胡狄蠻族有可能發動幾十艘甚至幾百艘的大船隊前來襲擊。

當我在亞札德的信徒們簇擁下，揹著一籃蘋果，沿著大路走上去時，我試著想像這樣的光景——一百艘船、船上坐滿身材魁梧且鬍鬚整齊的猛男。邊區這裡半個能打鬥的人也沒有，碰上劫掠只能趕緊逃命，自求多福。

這些可憐的人，被夾在森林與海岸之間。倘若是在我的世界，就是個蓋別墅的好地方；但在中世紀，這叫做前有狼後有熊，逃都沒地方可逃。敵人來去自如，當地百姓卻因為房子、農地和家族，無法說走就走。從這角度思考，忽然又覺得圍牆木樁不過是比較粗的牙籤，護城河只是一窪積水罷了。

傍晚時分一到，我們開始行動，希望昏暗的天色不容易暴露行蹤。亞札德用一根木棍挑起兩大籃蘋果，走到城門口才放下來和衛兵聊天，並三不五時偷渡阿胡拉．馬茲達的愛與光明。守衛聽了打哈哈蒙混過去，蘋果倒是沒少拿。

我仔細觀察四周。倘若烏瑞克有派人盯梢，應該會躲在暗處伺機攔截褚睿安。然而沒有任何衛兵搭理我們。太陽下山了，城裡依舊熱鬧，有人將牲畜趕進圍牆內的圓形大獸欄裡，也有人則在找鐵匠、運柴火或散步回家。

我的電玩經驗應該不少，知道這種場景的首要目標是旅店或酒館，不過看來看去沒什麼發現。心裡推敲一下後我想通了：這個時代裡，一座城鎮通常只有當地居民，外地旅客若不是親戚，就是像瑟翡雯或索珂這種受百姓信賴的特殊行業人士，而她們依靠服務換取食宿。

許多單層樓的茅草平房緊挨在一起，遠看像密密麻麻的雛鳥，將鳥巢擠得水洩不通，沒多少空間留給街道。只有城牆底下是例外，牆腳架著很多梯子，供士兵爬上去監視巡邏。

關於這個時代，氣味部分我還挺意外的。

本以爲這裡的人會很臭，但我的旅伴們似乎並不比我那些不肯用體香膏的嬉皮朋友差。瑟翡雯甚至通常滿好聞的。

但是這座城裡……空氣瀰漫著農場特有的味道，而且是噁心的那種。我嗅沒幾下就決定用嘴巴呼吸。

以前多少讀過一些講述古人生活的文章，也好奇爲什麼有人願意離群索居而不住進城鎮。就便利性、文化發展來看，城鎮還是比較強吧？有屠夫、烘焙師傅，還有……呃，做蠟燭的？

但是就眼前所見，文化什麼的是我想太多了。誰還有空研究音律呢，除非把蒼蠅的飛舞聲和靴子踩在泥濘上的聲音當作交響樂。不只噪音多，恐怕疾病也多。遭遇盜匪的風險雖然比較低，但我走沒兩步就開始懷念起邊區小屋的靜謐。

然而人種多元的程度令我有點意外。身穿兩層式外衣或罩衫配長褲、皮膚偏白皙的盎格魯撒克遜人比例當然最多，但也有不少外地人皮膚偏褐甚至是黑色，而且衣著各異——有亞札德的那種帽子，也有色彩繽紛的裝飾。我甚至看到一戶亞裔面孔。我之前一直以爲沒有蒸汽引擎和飛機的年代，人類基本上不會遷徙融合。

我們走到鎮上較不擁擠的區域，房舍中間還能騰出小小的田地種植蔬菜和穀物。亞札德帶頭進入倉庫，裡頭除了一袋袋存糧，還有幾隻貓咪到處溜達。有隻貓自己過來蹭我的腿，我正想摸牠的時候卻反被牠咬了一口。貓抱到別的次元還是貓。

「好了，朋友們。」大夥兒放下籃子之後，亞札德開口：「阿胡拉．馬茲達保佑，我們成功進城啦。邑宰維德熙大人現在應該在自己的宅子裡準備晚宴和祝詞。如果可以的話，無論你們下一步打算是什麼，請盡量別牽連到我的族人。」

「我們會還給你袍子。」瑟翡雯脫下外衣。我們穿他準備的長袍作爲掩護。「也不會提到任何關於你的事，亞札德。」

「朋友，你也多保重。」伊斯坦遞還袍子的時候說：「如果你的神眞的那麼眷顧人類……代替我們供奉點東西吧。」

「阿胡拉．馬茲達不要供品，只要人類獻上善心善言和善行。」亞札德表示：「不過我會爲你們禱告。救到弟弟、抓到壞人之後可以來找我，我會向你們證明，不懼怕上天的生活才是眞正的幸福。」

「如果聽你的話，我想我會更懼怕吧。」伊斯坦說：「你的神和故鄉都距離我們太遙遠了，亞札德。」

「心的遠近決定了神的遠近。」亞札德遞來他用來挑擔子的木棍。「弗文斯，你的法杖。」

「謝啦。」蘋果木的長棍觸感光滑，他之所以給我是因爲我曾開口說過想要，亞札德便挑了這根。他覺得「看了聯想到東方三博士」。

「我們就先回去了。」亞札德說：「門口那個德姆（Delm）腦袋不靈光，不會記得我們有多少人。除非少給他蘋果，他才懂得算數！」他上前給每個人一個大大的擁抱。

伊斯坦朝瑟翡雯和我點頭示意，我們拉起斗篷的風帽，齊步走出倉庫——卻發現隊伍多出一個特別矮小的第四人。

我們同時轉身看過去。「幹嘛？」索珂問。

「索珂婆婆，妳和其他人一起回去比較安全。」伊斯坦叮嚀道。

「我自有打算。」老太太說。

「我們要辦的事情很危險。」瑟翡雯也勸阻。

「我知道，」老太太回答：「所以你們沒有我的幫忙必死無疑。何況那個蘋果園多無聊，還是你們這裡有趣。所以別廢話，走就對了。」

我沒立場多嘴，索珂老婆婆肯定比我更明白怎麼在這世界安身立命。只希望自己的獨特優勢足以彌補經驗差距——而且也該是時候了。我要證明自己眞的是個魔法師。

FAQ:

為什麼我的次元明明還沒經歷諾曼人侵略，不列顛的居民卻都會說現代英語？其中包含太多社會學和語言學上不可思議的排列組合，百萬年難得一見，哪有這麼巧的事？

A: 看來就是這麼巧。

第 20 章

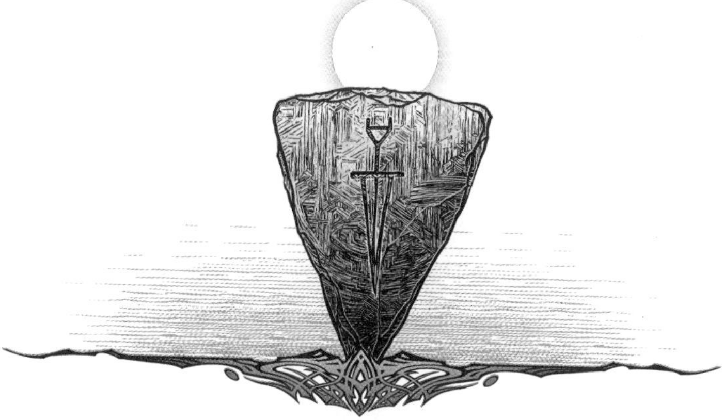

我們直接朝邑宰官邸走過去。計畫的核心關鍵在於我，希望這回能夠順利。可以的話就不要畫符放火了，那樣的安全性我實在不敢恭維。

伊斯坦帶頭，我們盡量走在沒有行人的路徑上。如果是白天，或許很快就有人察覺我們三個形跡可疑。但換作是夜間，伊斯坦的氣勢絕對能夠鎮住人。他看上去就像個有要務在身的公差。

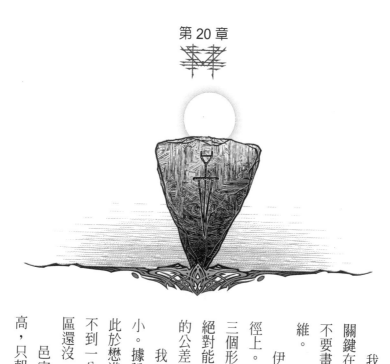

我還是得說，這座城鎮眞是出乎意料地小。據說這已經是這一帶最大的聚落了——僅此於懋港，邑宰的居住地。但我們從倉庫出來不到一分鐘的路程就走到了邑宰他家，整個鎮區還沒一座橄欖球場大。

邑宰府邸和史丹佛那邊的類似。房屋不高，只朝橫向發展，牆壁柱子都是木頭建造，窗戶沒裝玻璃直接室內外通透，壁爐的火光照得到屋外。正門的前方有個女子走來走去擺放供品，開闊平坦的院子中央，有顆符文巨石矗立。石體是黑色，頂端凹凸不平，比史丹佛那塊要大些，目測寬四英呎註、高度約十二英呎。

事到如今，我也不想再否認了——黑石上刻的符號正閃著微弱藍光。

我們躲在暗處看那女子擺完東西。「這裡的符文石，」我低聲問：「力量是不是比史丹佛的強？」

「沒錯。」瑟翡雯回答：「因爲要照顧的土地更廣闊，可以驅趕沼魔、安撫善靈。如果城市遭到攻擊，出沒在附近的遊靈都能幫忙抵禦敵人。」

「那跟著我的靈呢？」我問：「會不會被影響？」

「也許會稍微被削弱吧。」瑟翡雯解釋：「符文石會請遊靈留下來保護百姓，不願意就得離開。你的靈不願協助卻也不肯走，堅持留在你身邊。我不知道它到底是水靈（nicor）、龍靈（draca），還是前所未見的種類，總之非常強大——強得令人害怕。」

「不對啊，」我問：「妳怎麼會知道？爲什麼講得好像能看見我的靈一樣？」

「詩客都看得到。」索珂開口：「連跡象都看不到的話，又要怎麼束祟或送祟？」

好像有道理。我望向瑟翡雯，她的面容藏在風帽的陰影裡。

「話說回來，」索珂壓低嗓音又問了句：「我們幹嘛一副見不得人的樣子？」

「之前說過了，老人家，」伊斯坦提醒：「接下來會很危險。妳要不要先——」

「我管它危險不危險。」索珂打斷：「你覺得我多大歲數了啊？我搞不好沒幾個月能活了，所以擔心個屁！你們到底是來幹嘛的？」

「弗文斯負責讓邑宰說出瑟翡雯的弟弟被關在哪裡。」伊斯坦說明：「知道地點以後，弗文斯繼續分散邑宰的注意力，瑟翡雯和我則去救人。」

這是妥協之下的安排。我會試著從邑宰口中套出烏瑞克和奎恩真正的計畫，同時瑟翡雯和伊斯坦兩人盡快找到阿龍。

「所以我們直接走進去？」索珂問。

「當然不是。」瑟翡雯說：「弗文斯希望——按照他的說法，『排場要夠大』。」

如果指南書上沒說錯，劈頭就把邑宰嚇個屁滾尿流才能方便辦事。這感覺不是警察的標準作業程序，但反正我也越加懷疑自己不是走正經路子的人了。

「時間差不多了。」伊斯坦提醒。放供品的女子已回到了屋內。裡頭一定有效忠貴族的親衛，但當地人應該不擔心暗殺，畢竟要提防的威脅主要來自森林或海上，恐怕連屋子後門都沒人看守。

註：約一百二十二公分。

我們迅速穿越泥巴路去到房子的另一側。那裡與城牆之間有條小巷，巷內沒有人，非常適合我們做準備。那面屋側的上方有扇窗戶，屋內的燈火照得室外一片亮黃。

「老人家，拜託妳就留在角落等吧。」伊斯坦說。

「休想。」她卻這樣回答：「有熱鬧可看，怎麼能少了我。」

索珂跟在我和瑟翡雯的後方，大家陸續鑽進巷內。我發現索珂的動作俐落又安靜，不過在昏暗中沿著房屋背後潛行，倒也不需要什麼特別技巧。

但在同樣條件下，我怎麼就被人往臉上結結實實砸了一板子……

我稍微往窗戶裡掃一眼，基本上和目前為止在這個次元見過的所有房屋一樣，大房間的中央設有火塘。差別是這間屋子有幾張大桌，桌腳都是厚實圓木。屋內的守衛並不少，卻只有我們左前方那張坐了兩個人，分別是一位暗褐髮色的高䠷女子與滿頭蓬髮的老人。老人只剩一隻眼睛，拿著酒杯正在喝什麼會冒泡的東西。

「那人長得好像我哥。」索珂低語。

往右看，我看到了伊斯坦建議我使用的門——有人告訴我那是「辦正事」該走的門。我們目前處於房子東邊，出口卻在北邊，而且應該上了鎖。

「弗文斯，你確定沒問題？」瑟翡雯小聲問。

「不確定。」我回答：「所以記得祈禱，然後隨機應變……」

「祈禱？」索珂說：「我想你們最好不要引來奧丹的關注吧。」

我深吸了口氣，之後開始行動。還好這次索珂知道要躲在瑟翡雯身後不跟出來。我繞到屋子北面，途中經過一條溝渠，那裡的味道比其他地方更噁心。我繼續沿著牆壁移動，終於可以看到院子後門，而且有衛兵戍守。但他們應該只會以爲我剛從茅廁回來。

終於抵達房子正門，我準備好先前跟亞札德要來的小刀和鐵絲。一千年前的門鎖應該沒那麼難破解……

結果根本沒有鎖頭?!

這木門上只有門把和一個小洞。我還刻意試了試——門確實鎖著。究竟都是誰把開鎖說得很簡單？連門閂都沒看到，我最好會知道怎麼弄。

幸好我事前做了其他準備。我將「法杖」靠在牆壁，從斗篷掏出一顆莓果放在地上。

「可以拜託你幫忙開門嗎？」我輕聲詢問後，轉身數到一百。

回頭一看，莓果還在。啊，對了……我從口袋掏出白布，把它鋪在地上再將莓果放好。

「這樣可以嗎？」我重複一次動作，回頭時莓果眞的不見了！想想也對，我自己也不會吃掉在地上的東西。

門打開了。我深呼吸衝進去，拿起法杖在地面重重一敲——

「我是弗文斯，前來揭示凡人的命運！」

維德熙的酒杯停在半空，轉頭瞪向我。

我又敲一次地板，同時以聲帶強化模擬打雷。指南書上說，他們公司申請過專利的大法師™之杖自帶轟雷功能，但我想想，也許靠強化系統也能模擬出差不多的效果。

先靜觀其變。伊斯坦提醒過，維德熙這個人捉摸不定，而且——

維德熙猛地狂笑起來，用力拍了好幾次桌子。「厲害！」維德熙叫道：「女人，去取我最好的酒！那邊的，你還會什麼把戲？」

「呃……」我原本預期他會不滿甚至震怒，誰知道居然就這樣接受了？他旁邊的女子匆匆起身離開，我的注意力全在邑宰身上。「我能預測未來！但首先，讓我來證明——」

「我要看你變把戲！」他指著我低吼：「快點！」

「沒問題！」我回答：「叫你的一位親衛拿斗篷擋住桌子，別讓我看見。」

維德熙又拍了一下桌面。我留意到他的手指蜷曲不動，想必是將自己釘在樹上的後遺症。一名士兵走近，維德熙將自己的斗篷遞給部下後，便不耐煩地揮揮手。士兵立刻高舉斗篷擋在我和桌子之間。

這段等待的期間，我看到門邊有幾塊碎木頭。那應該就是門鎖吧？被我的遊靈分解了。

「接下來呢？」維德熙那一嘴亂七八糟的灰鬍上，麥酒泡沫都還沒乾。

「接下來，」我說：「從桌子上挑個東西，伸手指著，藏在斗篷後方不要讓我看到。我會用魔力直接看見你心中所思。」

指南書的建議是用無人機偷看答案，再將訊號傳輸到視覺強化系統。我的話……改用類比方案。維德熙在斗篷另一邊調換了某件物品的位置。我調高聽力強化，因此柴火啪嚓聲聽在耳裡頓時變得像爆炸聲響。我趕緊下幾個指令將其過濾掉。片刻後，我能聽出聽見瑟翡雯在窗戶外偷偷報答案。

「他的刀，」詩客說：「他從刀鞘裡拿出來放在桌上。刀柄好像刻成了狼頭形狀。」

我閉上眼睛舉起雙手，袖子滑到手肘，做出皮膚上有火舌跳動的效果。這可是我嘔心瀝血的作品，花了好幾個小時調色調出來的。

「嗯……」我將聽力調回正常水準。「看到了，仲父。你挑了自己的刀，刀上有狼的標誌！」

「哈！」維德熙將短刀拋上半空，接住以後插在桌面。「再來！」

「首先你得——」

「再來！」

也罷……我閉眼抬手假裝施法，趁他找尋目標的時候又一次調整聽覺。

「這人怎麼……」瑟翡雯悄悄說：「他……唉，指著自己胯下，臉上一副賊笑，得意得很。」

我好像聽見索珂也在竊笑。

「看到了……」我開口：「雄壯的器官，創造的泉源。仲父，你選擇了自己傳宗接代的地方。」

維德熙一時起身太猛，椅子砰一聲翻倒在地。我還沒調低聽力，被震得臉皺成一團。維德熙又拍桌子笑得開懷。「哈哈！瞧你瘦巴巴的，倒是比之前那幾個異鄉人有趣多了！」

瘦巴巴？

「仲父，我——」

「再來幾招！」他叫道。

我從口中發出雷聲，希望聽起來是暴厲而不是爆笑。先前練習的時候，索珂在一旁的反應……算了不提了。但這對維德熙倒是有效，他終於閉上嘴。

「我此行是要對你的未來示警！」我指著邑宰，手臂上仍舊火光閃耀。「不過你剛才提到還有其他訪客行經這座城，是嗎？都是什麼樣的人？」

「弒君者烏瑞克？」

「沒錯！」我問：「他臨走之前跟你說了什麼？」

「說要去懋港。」邑宰回答：「三天後，還有其他世界的人會到達那裡。」

其他世界？三天？「他是不是留了一個年輕人在你這裡？」

「沒錯，」維德熙說：「我把他扔進堆肥旁邊的地坑了。問他做什麼，這和我的未來有關係？」

「他是個調換兒[註]。」我回答時，隱約聽見屋外的瑟翡雯喃喃道謝。接下來，這邊的任務就是持續分散維德熙的注意力，直到瑟翡雯和伊斯坦將人救走。

兜了一大圈——總算照計畫實行。我調低聽力，準備再露一手，於是走到火塘旁邊。我原本打算徒手拿起燒紅的炭，反正有裝甲保護，不至於燙傷。

然而就在這時，我發覺有人從玄關那頭走進了大廳。方才服侍維德熙的女人回來了。而且帶著另一個人——烏瑞克的左右手，奎恩。

「強尼？」他叫道：「你他媽的怎麼會在這裡？」

註：changeling，西歐民間故事中，超自然生物會將自己的後代易容之後，與人類嬰兒掉包，即稱作「調換兒」。

第21章

噢，慘了。

是奎恩，好極了，還有他的那張扁臉。

維德熙大笑著朝另一張椅子坐下，喝乾的酒杯往士兵那頭扔過去——也不看看人家手裡還幫他拿著斗篷。「你不是說紅頭髮嗎，」維德熙問奎恩：「難道他能易容？」

「這不是我們要找的人。」奎恩朝我走來，他身上穿的並非當代服飾，而是戰術迷彩服。女人停在門邊，看來對方早料到我會露面才安排了這一齣。

但奎恩在等的另有其人，陷阱的獵物是褚睿安，想不到我卻踏了進來。我放下法杖，舉起雙手緩緩退後。「呃，嗨，奎恩……泰希沒一起來嗎？」

「少在那邊裝熟。」他回答：「你知道老大準備閹了你吧。你是腦袋有洞嗎，誰不好偷，竟然去偷烏瑞克的？」奎恩停頓兩秒後笑了起來。「等等……你拷貝了這個密碼？你是要躲在這個次元？強尼老弟一輩子沒走過幾回好運，但這次真的抽到下下籤了。」

慘上加慘。

「而且你還真傻，居然沒毀掉原始金鑰。」奎恩繼續說：「雖然有備份，但結果都一樣。可是說真的，強尼，你跳進來之前究竟知不知道自己在幹嘛？」

「我……和你們不一樣，」我回答：「我是警察。」

「警察？強尼啊，你連去當保全看門的資格都沒有。何況真正的警察我們也能買通，要你這種沒畢業的做什麼？」

沒畢業。

很好，果然如此。

我的腿一軟，扶著靠牆的桌子滑坐在地，感覺記憶中間的大洞被填上。

我根本不是什麼警探，進入警校才半年就退學了。和讀美術一樣，我的程度跟不上，不得不走人。這輩子想做的事情全都虎頭蛇尾……

沒有一技之長，最後只能當扒手或靠訛詐爲生，向下沉淪好幾年以後，我躺進了水溝底——那不單純是個比喻。

然後十年前，我進入了烏瑞克的組織。

這個次元本來應該是場解脫，我模糊地回想起來：我想遠走高飛，找一個自己能夠不再是窩囊廢的地方重新開始……

珍死了以後我想逃避現實，於是偷走密碼，進入傳送門。來到了這裡。

珍一直想到中世紀看看，而烏瑞克爲了預防萬一，屯了好幾百個這種傳送門準備藏身。我當時想著，少一個他肯定也不在乎，甚至不會發現……

奎恩懶得再理我，笑著轉身從維德熙的桌子上倒酒喝。他伸手探進口袋，掏出一件東西——手機？爲什麼他們的手機在這個次元還能使用？

「我們該擔心嗎？」維德熙指著我。「這人和你們一樣擁有奇怪的能力。」

「擔心？強尼嗎？」奎恩本來盯著手機，抬頭望向邑宰說：「你在開我玩笑嗎？這傢伙看起來像是有威脅的人？」

「如果只看外表，你們對我來說都很弱。」維德熙說。

「這個強尼就算在應該要厲害的時候，也只是個廢物。」奎恩用手機指著我。「強尼，等我告訴老大後，你自己看著辦吧。用力求饒的話或許不會被丟下懸崖，只不過他最近脾氣不大好……」

「你們設下陷阱，」我想先拖延時間。「但要抓的不是我？」

「你以前那個室友搭檔也跑進來了。」奎恩說：「我們發現被入侵以後，便封鎖對外進出，可是考慮到他一身的強化，老大覺得還是處理掉比較安心。那傢伙調查我們有……十年有了吧？上星期還出手弄壞一些配備，確實很煩人。

「所以我們來個甕中捉鱉，到處綁架小孩然後把消息散出去。你還記得吧，褚睿安最看不慣綁票，而你也知道老大最看不爽他。尤其居然還帶了支援……」奎恩停頓下來，話鋒一轉冷笑出聲。「啊哈！偵測器在北邊收到的信號不是他叫的支援。那是你對不對？」

「或許吧……」我眨眨眼。「我不記得自己是怎麼過來的了。」

「你的副作用比較嚴重，」奎恩說：「一看就知道。運氣不好的人穿越次元之後腦袋會一片空白。」他想了想，把手機放在桌上，朝嘴裡灌了一大口酒。「如果你肯當誘餌，老大說不定願意饒你一命。畢竟比起老大，褚睿安更想殺你。」

我聽得迷迷糊糊，一時理不出頭緒。記憶正在慢慢回復，但就像是成千上萬的碎片仍然在拼湊著。我進入烏瑞克的黑幫……那後面的幾年呢？還沒想起來，只知道出過大事。然後我……

然後我就變成替烏瑞克看門了。講得好像很能打，實際上是幫內眾人茶餘飯後的笑柄。我感到忿忿不平，想勒死他們所有人。

但我夾著尾巴逃跑了。就像以前一樣，差別在於這次是自己逃進死胡同。我坐在地上看著奎恩那一臉的嘲諷，心中無比痛恨，而且腦海湧出好幾百個類似的光景。

過去的記憶大致串起來了，只差一個很重要的環節。我想起了美術學校，再來是警察學院，之後越混越糟陷入谷底……再來呢？

等一下——奎恩和烏瑞克設局以肉票引誘褚睿安，而現在去救人、正踏入陷阱的是伊斯坦和瑟翡雯。我必須……

必須怎樣？面對胡狄人時我根本不知所措。畢竟以前我就是個懦夫，連替人看門的本事都沒有。

你不能讓她受到任何傷害啊，我心裡忽然一陣驚恐。這次，你可以做到。快！

我或許是個懦夫，但卻是非常、非常厲害的騙子。我有辦法糊弄走奎恩嗎？現在這城裡最麻煩的就是他。

「你……真的覺得烏瑞克會再給我一次機會？」我轉頭望著他。

「看你怎麼替他幹活吧，不都這樣嗎。」

我站起身來，一副侷促不安的模樣，然後咬了咬嘴唇，忽然脫口而出：「我看見褚睿安了。」

奎恩整個人幾乎彈起來。

我走向他，從口袋撈出一粒野莓放在手機旁，低聲說了句：「幫幫我。」

「幫什麼?」奎恩問。

「救我。」我說:「我一到這裡就碰上褚睿安,眞的。他拿刀架著我脖子,差點就砍下去了,最後是因爲顧念舊情才放我一馬。」

「居然有這種事。」奎恩伸手就要拿電話。

「別告訴烏瑞克!」我抓住奎恩的手臂。「先讓我想想怎麼求情。不如……我先設圈套幫他抓住褚睿安如何?不過……奎恩,褚睿安他的目標是老大。這裡是不是有個地方叫做懋港?」

「我們的基地在那裡。」奎恩回答:「白癡,那傢伙大概聽說我們呼叫救援了,想趁更多人進來之前先逮到老大……」

維德熙在旁邊一直沒講話,臉上始終掛著獰笑。這人的精神一定有問題,不按牌理出牌,也似乎不在乎任何人事物。若要遊靈幫忙,有人看著就不好做事,所以當我一看到維德熙拿起新杯子又開始喝酒,我立刻將奎恩從桌旁轉過來,手臂搭上他的肩膀。

「奎恩,」我小聲說:「褚睿安瘋了。他覺得法律管不到這裡,就想乘機殺掉老大。你也知道兩人的樑子有多深。」

奎恩點點頭,面色有點凝重。

「讓我親自告訴老大吧。」

奎恩居然還認眞思考了一下，我相當訝異。他自以爲是那種講義氣的老派黑道——只是效忠錯了人。

「抱歉，強尼，這件事不行。」他轉頭看回桌子。「必須立刻通知老大，讓他掌握實際情況。」

話才說完，他拿起桌上的手機——手機頓時解體散落。

「哈！」維德熙用沒受傷的手指著他。「異鄉人，我早就警告過你了，遊靈們都不喜歡你。」

「他媽的。」奎恩想將機器重新組好，但絕無可能。因爲不只是塑膠外殼和螺絲，連手機的主機板都被分解成基礎元件。

「這些玩意兒眞麻煩。」他嘀咕一陣之後轉頭過來。「我要去懋港，你想跟就跟，但我會自己過去。逃走吧，強尼。你若是能逃去歐陸，那邊天寬地闊，老大應該找不著。」

「謝了，」我說：「沒想到……你這麼關照我。」

「我欠你的。」他說：「還不就泰希那檔事，你知道的。」

不，我不知道。我只能點頭裝裝樣子。

片刻後，奎恩啓程離開。我深呼吸了口氣。他應該也一併帶走了城裡唯一一把現代槍械。好了，既然我都能做到這種地步，是不是也能藉由糊弄維德熙來幫助瑟翡雯？

我拿起法杖走向維德熙。邑宰靠著椅背，腿翹在桌上。「你還有好玩的把戲嗎？」

「能不能帶我去見調換兒？烏瑞克留在這裡的人。」

「不行。」維德熙說完想喝酒，但杯子空了。他嘆口氣將杯子往旁邊扔出去。（杯子耐摔度三顆星。環境整潔一顆星，地板實在太黏了。）看他那模樣其實已經醉意滿滿。「抱歉，雖然你不害人，但你那些朋友只要指著誰，誰的胸口就會開個洞，所以我還是別……」

他說到一半，皺起眉頭。他起身朝兩名親衛揮手示意。剛剛這些士兵們始終一語未發，卻高度警戒。想必烏瑞克和奎恩爲了立威，濫殺不少無辜，他們目睹事情經過留下了心理陰影，我暗忖。同時我意識到另一點：烏瑞克既然能聯合當地貴族誘捕褚睿安，看來他扎根當地、發展勢力的時間比我想像的更早。

現在是什麼吸引了維德熙的注意？我暗罵一聲，這才發覺剛才自己的聽力可能調得太低了。我趕緊開啟強化，便聽到外頭有人高聲叫喊。其中一個嗓音是伊斯坦。

他們被發現了。

第 22 章

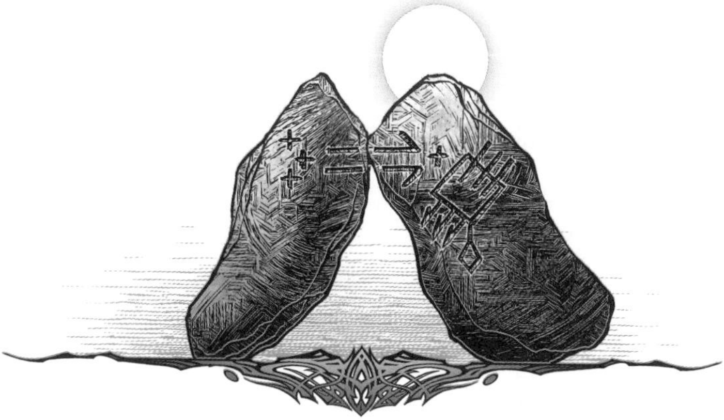

我衝出邑宰宅邸的大門，微醺的維德熙帶著兩名親衛追上。廣場四處有人高舉火炬照明，士兵像是遇敵來犯嚴陣以待。

「仲父，在那邊。」親衛指著城牆下，瑟翡雯背靠著木樁抱緊弟弟，伊斯坦則手執戰斧，不停在面前揮舞想逼退士兵。他們遭到包圍，而且守軍已經派出弓箭手。

這種時候索珂就不見蹤影了。

「請等等，仲父！」我朝維德熙解釋：「讓士兵們退下，這些人是我的朋友。」

「是嗎？」維德熙卻說：「那我倒要看看他們多能打，懦夫。」

幾秒鐘後，圍攻的士兵們迅速散開，弓箭手蓄勢待發——

一枝飛箭掠過半空，貫穿了伊斯坦的腹部。那一箭恐怕傷及脊椎。他發出慘叫向後倒下，傷口爆出鮮血染紅了上衣。

眼前這一幕刺激到我某種情緒，彷彿我的內臟也被一箭射穿。

接著，瑟翡雯的尖叫響徹夜空。

伊斯坦信任我。從那個次元到這個次元，他是唯一沒把我當成騙子或笑話的人。

但他認識的我是假的，心裡有個聲音這麼說。回顧這兩天的經歷，明明那麼多線索指向我眞正的過去，我卻從頭到尾一廂情願地逞英雄。

現在我知道了眞相。

但該死的，伊斯坦看到了我。他凝望著我的雙眼，嘴角微微上揚。

接著又是兩箭射中他。

我丟下法杖，開始奔跑。我往前衝向那群士兵，口中發出雷鳴般的聲響。出於某種很爛的戰術考量，我將其中一位士兵絆倒在地。

我試圖用膝蓋壓制在對方上方，掄起雙拳就要揮拳出擊。

然而這個動作熟悉得讓我爲之一愣。心底的幽暗被喚醒，往事一幕幕閃過腦海。

我有打過拳？

最後一片拼圖完整了。

身上之所以有強化，是因爲烏瑞克出錢讓我去打強化格鬥聯賽。我花了好幾年時間一路往上爬，爬到決賽時的對手正是奎恩。

我的肋骨斷了，站都站不穩。觀眾席傳來怒吼叫囂，很多人賭輸錢。

英雄敗在最後一步。

那些閃光燈，攝影機……

雙拳染紅的奎恩睥睨著我。

而我只能跪在那裡任憑他狠踹。我崩潰了，身心都是。

烏瑞克遠程關閉了我胸腔和顱骨的裝甲，目的是讓我輸得更慘烈，比分更懸殊。後來好幾年，我不斷問他能不能重新啓動，他對此總是大笑。

因爲烏瑞克就想看我窩囊、看我滿身瘡疤。我的爬高是他指示，我的殞落是他安排，我的一切在他眼中就是個笑話。

我恨他。恨這所有的一切。

眼前黑影晃動。我舉起前臂，化作鐵灰色的皮膚格擋住對方的斧頭。接著，我強化全開、縱身一躍，正拳往對方胸口轟炸過去。士兵向後彈出十英呎外，摔在泥巴上。

我不想——

再被人——

說是懦夫！

我也厭倦了這麼想的自己。

過去的訓練仍然有用。六年時間耗在擂臺上，打了無數場最血腥的綜合格鬥——連特製的利器都不算犯規，反正事後可以幫選手修補身體。當然，這些中世紀呆瓜的武器本來就不可能劈開奈米裝甲，而我正好一肚子火。

於是我隨便找了個士兵，一手扣住刀、另一手揮拳橫劈。沒能劈碎刀刃，但刀被震飛的時候，那位士兵的掌骨很可能也裂了。還有人不怕痛從側面撲過來，我讓他稍微體驗了三百六十度旋轉飛行是什麼滋味。等到第三個勇敢的士兵折斷了手臂，其他人總算意識到雙方實力的差距有多大，退避三舍之後，紛紛破口大罵說我也是那夥人的一份子。

說得很對，我的確是。

但廣場周圍還有弓箭手。眼見兩個同袍被我一拳揍飛、不省人事，他們害怕成爲目標暫時不敢出手，儘管事實上他們佔了絕對優勢：弓箭手人在城牆上，我能靠手臂或背部擋住的面積有限，只要多幾箭過來，我毫無生還可能。

「放下武器！」我又發出雷鳴聲：「我便會饒你們一命！」

幾個士兵轉頭望向邑宰。維德熙狂笑起來，似乎樂在其中。「異鄉人，不是說你膽子很小嗎！」他叫道。

「只有烏瑞克那樣以爲。」我吼了回去：「維德熙，我們可以合作。扳倒他以後，那些武器就是你的了。」

邑宰瞇起獨眼凝視我，似乎正在認眞考慮。然而我沒時間了，伊斯坦發出微弱呻吟，瑟翡雯和阿龍正想止住他汩汩的血流。

在弓箭手虎視眈眈的情況下，有辦法轉身救他嗎？

只要我的裝甲能夠全開。我呼叫出輸入密碼的介面。

該死，我在想什麼？記憶還好多小洞沒補上，憑什麼猜得出密碼？更遑論沒失憶之前整整三年我猜了不知道多少次，也被烏瑞克譏諷了不知多少次。

我再次被迫面對現實，面對過去的自己。方才燃起的一腔怒火又冷了下去。

邑宰拿起斧頭身先士卒，其餘士兵追隨他步步逼近、縮小包圍。親眼見我痛擊兩個部下後仍沒有投降的意思，不得不承認維德熙是條漢子。或者說，這時代的人已經習慣打沒把握的仗。

「抱歉了，」他擺好架勢隨時能出招。「如果你有他們那種力量——隔空殺人——看起來應該要更加有恃無恐才對！」

伊斯坦嘴角淌血，望著夜空，氣息逐漸微弱。

我眞的很沒用，什麼都挽回不了。

也沒什麼好擋了。我放下防衛的雙臂，蹲在地上。

「抓我吧，」我低聲說：「至少我腦袋裡有點東西能幫到你們。其他人你留著沒用。」

「這人已經沒救了。」維德熙指著伊斯坦。「可憐，原本挺欣賞他的。」

我渾身一顫，然後，清楚聽見耳朵裡響起陌生嗓音。

「你就這點程度？」那個聲音問：「虧我之前說你孺子可教。」

我只有這點程度嗎？看著伊斯坦的傷勢，我心裡忽然意識到——雖然我沒用，但我身上的奈米醫療系統可就很有用。我趕緊推開哀痛的瑟翡雯，直接拔出伊斯坦傷口上的箭。她弟弟見狀大吃一驚，退開時兩隻手全是血。

我呼叫醫療選單，啟動急救模式。接著，我暫停手掌部位的裝甲，拿起伊斯坦的短刀在自己掌心劃出一道口——然後用力按住他身上的洞。

是否執行醫療奈米系統人對人緊急傳輸功能？視野中閃出這條訊息。我立刻同意，讓奈米機器從我的血液進入伊斯坦體內。壓住傷口時，眼前捲過一大排文字。

微縫合完成，已止血。

奈米機器轉移百分之三十。

開始殺菌。

奈米機器轉移百分之七十。

開始組織重建。

奈米機器轉移百分之九十，請中斷連結並聯絡醫療單位。請注意您的個人奈米系統需要重新供給，後續約四十八小時內效能低落，建議接受輸液並做好防護，盡快補充碳元素。

緊急傳輸結束。

看到伊斯坦的肌肉長回來，我這才鬆口氣。他仍在呻吟著，因為急救模式下，資源和時間不能浪費在減少痛覺上，因此奈米系統跳過神經末梢麻醉這個步驟。一個個小機器正忙著轉換有機形態，化作血球或肌肉組織。

對於那種痛楚我可是過來人。參加強化格鬥聯賽常常被打到需要復甦急救——有時是字面意義上的大卸八塊。但無論如何也比血液一滴一滴流光，死得又慢又苦要強。

伊斯坦的呻吟慢慢停下來，他復元之後坐直身子，輕輕戳了戳身上的傷口。奈米機器結束治療時，會形成修補組織的藥膏，乾掉後看上去就像一層結痂。但現在還沒脫離包圍，談不上真正得救，不過伊斯坦望著我的神情充滿敬畏，瑟翡雯和她弟弟也瞠目結舌。

我再度擺出打鬥架勢，但已經沒那個氣勢，心裡清楚下場將會如何。我頂多只能再擋幾下……遲早會有人砍中我的要害，甚至弓箭手會直接放箭。醫療奈米機器人數量過低，我已束手無策。大家一起等死。

但是……維德熙就只是一直盯著我，下巴甚至合不攏。

「你會療傷？」他輕聲問。

我朝伊斯坦瞥一眼。他掀開外衣，將方才三處箭傷亮出來

「可以。」我盯著維德熙的雙眼，大剌剌地撒謊：「雖然我沒有隔空殺人的能力，但可以將垂死之人救回來。」

「那你能不能……」維德熙問：「復活已死之人？」

「不行。」我回答：「但你可以在自己手掌劃個傷口試試。」

他果然禁不住誘惑立刻照做。我的手還在出血，直接按住維德熙那道傷口，忽略奈米資源不足的警告強制進行治療。因爲傷口小，癒合也不太費力。但即使如此，做完之後系統資源只剩百分之五，是系統規定的最低門檻。接下來我再怎麼想也無法啓動急救模式了。

但這個舉動奏效了。維德熙縮手一看，完好無缺。反倒我自己這邊得花些時間了。奈米機器得先自我複製再做治療。希望我運氣別差到這段期間正好感染黑死病，或這個次元獨有的隱藏版怪病。

維德熙盯著手笑得異常開心，指頭一根接著一根試著彎曲……呃，該死，原來他是拿廢掉的那隻手來給我治。奈米系統照顧的不止是新傷，連舊疾也會一併處理掉。

「擁有這種能力……」維德熙說：「上戰場再也不用擔心兒子和兄弟會喪命。可以對抗胡狄人，好好過日子……」

眾人竊竊私語低頭稱是。烏瑞克拿現代槍械只能做到威嚇，讓大家相信逆他者亡，但其實這個次元的英格蘭居民早已習慣被人欺壓，每天都對外來侵略者提心吊膽。

正因如此，殺戮的異能可以逼迫他們服從，卻無法打動人心。

能觸動他們心弦的，是延續生命的力量。

我試著重新理解維德熙眼神與行爲的狂妄不羈。他既非瘋子也並非不知輕重……恰好相反。

坦。

「幾個？」我問：「你有幾個兒子死在戰場？」

「七個。」他小聲回答，「我七個兒子全死了。」維德熙轉頭望向慢慢站起來的伊斯坦。「我想我還是很高興你沒死。感覺如何？」

「很有精神，」伊斯坦回答：「你呢？」

「很寂寞。」維德熙看著再度完好的手。「非常寂寞。」

「我懂那種感受。」伊斯坦輕聲說。

「就算想博取奧丹的恩寵，」維德熙繼續說：「卻一點用也沒有。」

「奧丹已經在痛苦和失落之中失去理智。」

維德熙悶哼。「我也試過放棄理智。效果有限。」

我轉頭朝瑟翡雯笑了笑，她卻一臉驚恐地低語：「我……我一直說你是騙子。明明你做了那麼多，我卻不願正視和接受，只因這不符合這個世界的運作方式。是我見識淺薄，不敢去相信、去承認自己不了解的事物。」

說完後她深深鞠躬，額頭甚至觸到地面。「請原諒我，偉大之人！」

按照指南書的內容，一開始就該讓當地人有這種反應。可是伊斯坦這態度我無所謂，現在她也要這樣？我莫名有股嘔吐感。

「瑟翡雯，其實我……」

唉，我真不知道怎麼和女性相處——

等等。我現在記憶幾乎完整了，而事實真相是，我很懂女性心思，深諳各種搭訕技巧與關係中取得主導權的手法，而且……而且我標準太高，所以去酒吧常常空手而返。應該說，總是空手而返……

偶爾失憶一下才會重新審視自己的人生，這也算是不錯的心理療程？

而現在，我忍不住嘆了口氣，重新啓動手掌裝甲之後望向維德熙。「你也看到我有什麼力量了，」我說：「想殺我們毫無意義，受了傷我治好就行。」說這話的時候，我沒忘記將手藏起來。腎上腺素退掉之後傷口疼得要命。

維德熙的視線掃過一干部下，沒人敢出聲。

「我放你們走，」良久之後，他開口：「那兩個人就不會放過我。」

「錯。」我說：「你放我們走，我會去收拾他們。不僅如此，你會多一個盟友。一個不但懂得殺人，還能幫你救人的盟友。」

「烏瑞克能召喚雷鳴閃電，」伊斯坦幫腔道：「但從前那些東西根本沒拯救過我們。維德熙，我們應該相信弗文斯，這樣才有活下去的機會。」

「也罷。」邑宰終於鬆口：「那你揍我吧。」

我皺起眉頭。「你說什麼？」

「揍我，」他重複一遍：「揍了我再走。這樣烏瑞克和奎恩回來的話，我身上有傷才能理直氣壯說你們一路殺出去，就看他們相不相信我們盡力了。」

維德熙閉上眼睛，繃緊神經。

我聳聳肩，於是賞了他一拳。別怪我，其實整個晚上我都想這樣做了。但我當然控制了力道，雖然這會造成嚴重瘀血，卻不會有什麼大礙。這種拿捏在常常需要打假拳的環境裡，很快就能上手。

這次輪到維德熙躺在地上呻吟。「殺掉他們，」他對我說：「然後記住是我今天放了你們一馬。這裡的人要的不多，只想好好活下去。」

我點點頭，拾回法杖，帶著三個夥伴朝城門邁步。

「他們把你當成廢物，」維德熙的聲音從背後傳來：「是因為不知道你的眞本事嗎？」

「沒錯。」

「哈，那些蠢蛋！不知道什麼正在等著他們。」

我昂首闊步繼續前進。我再次說了謊，但至少現在知道爲什麼自己很會騙人。當你在那種環境求生存時，磨練這門技術的機會多不勝數。

第二部完

第三部

巴格斯沃（又）來亂

如何成爲魔法師

以下內容摘錄自《真相的真相：冒險的呼喚》，作者為賽熙爾·G·巴格斯沃三世，世界首位跨次元魔法師™。（勤儉魔法師™出版社，2098年發行，售價39.99美元。勤儉粉絲團™訂閱會員獨享之作者親筆簽名版。）

我為金雀花王朝統治者亨利二世擔任王室顧問時，終於意識到自己的魔法對整個次元造成多大的變動。

以前能進行次元旅行的人僅限於我這類專業的探險家，必須等我們確定目標次元安全之後，才准許歷史學者在嚴密保護下進行研究調查。當時很多人認為，多重次元這種事永遠只能供在專家學者的書架上生灰塵。

然而仔細想想，魔法師在我們自己的世界其實也發揮了巨大影響力。這時候一定會有人說：根本沒有魔法師，所謂的巫術就只是神話和魔法。但事實上，魔法師的價值未必侷限在魔法，他們常常是君主身後的智囊。

帕爾加勒·易卜拉欣·帕夏的外交智慧引導了蘇萊曼統治下的鄂圖曼帝國。湯瑪斯·克倫威爾徹底改變西方社會裡教會與政府的關係。考底利耶所著《政事論》本身就是重要政治文獻。妖僧拉斯普丁或許是個騙子，但說他是俄羅斯君主體制衰亡的根本原因並不為過。

這些人改變了整個世界。如此簡單卻不可思議的事實，帶領我窺見新天地：只要得到機會，任何人都能像他們一樣。

1960年代早期，亞瑟·查理斯·克拉克在科幻小說中提出了他最廣為人知的見解：科技足夠先進，便能與魔法無異。此見解則更進一步導出巴格斯沃法則™：教育充分的現代人回到過去，都能成為神。

今時今日的標準下，平平無奇的人佔絕大多數。然而每個人從小接受關於自然、科學、醫學的基礎教育，這些知識在歷史上足以建立朝代，拯救數百萬人，扭轉世界局勢。

而且次元無窮盡，每個人都擁有自己的次元也不成問題。

強烈建議各位購買本書姊妹作《魔法師科學讀本》™，裡面講解了關鍵技術諸如製造火藥、施打疫苗、文化融合等等。此外，大家一定要記住的是：多數古代神話的體系中，神明也會死。

基礎醫療奈米系統對人體的保障已經十分齊全，不僅能夠在水中攝氧甚至過濾二氧化碳，也可以修補傷口並容許人類將幾乎任何東西當作食物。然而若是被一群騎士切成肉塊，我們還是會死。

手頭闊綽的人或許負擔得起肉體強化與裝甲，但這兩樣東西無法造就不死之身。假如地方百姓用鐵鏈將你捆在牆上，日子久了，體內碳元素耗盡，奈米機器無法自我複製，結果還是會死。

因此，首要之務是震懾那裡的人民，讓他們完全不敢生出與你作對的念頭。之後也絕對、絕對不能透露真相：即使是他們，只要接受足夠訓練，都能變得和你一樣。

朋友，古代社會很殘酷。你若願意就去改造它，但改造之前必須馴化它。

第23章

大約一小時之後，我們敲了邊區小屋的門。應門的是亞札德，他正背對著屋內的火光，朝天空高舉雙手。

「啊，朋友！我們整個晚上都在爲你們祈福，看來禱告應驗啦，你們一個個全都活著回來了！」接著他瞇起眼睛。「索珂呢？」

「她應該沒事，」瑟翡雯立刻回答：「她當時笑著逃走了。」

「挺像她的作風。」亞札德表示。

身邊的眾人交換了一個眼神，我覺得自己也該要理解的眼神。

「總之，」亞札德轉移話題：「這位就是小阿龍？」

「就是我。」阿龍笑著低聲回答。回來的路上瑟翡雯幾乎不肯放手，前前後後抱住他至少六次。「聽說這裡有吃的？」

「燉蘋果你們覺得如何？」

「好，麻煩你了！」阿龍回答。

亞札德帶我們進去裡頭圍著火塘坐下。我稍微觀察了下阿龍，不知是不是心理作用，才兩天不見，總覺得他整個人更消瘦了。而且他被救起時渾身惡臭，還被大家逼著先跳進河裡清洗。

此刻坐在火邊，亞札德的那些信徒給阿龍、也給我們不停歡呼，彷彿我們是遠征冥界還順利回歸人間的大英雄。伊斯坦開始說起他不可思議的生還歷程，室內空氣瀰漫著興奮和期待。

亞札德爲我們端來數碗的燉蘋果。阿龍接過碗開始狼吞虎嚥，伊斯坦低頭道謝。我想獨自靜一靜便避到角落。瑟翡雯靠了過來，欲言又止，最後深深鞠躬。

「謝謝您，」她喃喃地說：「眞的太感謝您，偉大的親王。」

「別這樣，瑟翡雯。」我說：「我還是我，妳不必這樣恭敬。」

結果她頭垂得更低。

「不翻個白眼給我看嗎？」我問：「我還挺想念的？」

「以前是我太失禮，」她的聲音越來越小。「以後不會再犯了，眞的很抱歉。」

說完後，她急急忙忙地轉身躲回火塘邊。我本想伸出手拉住她，但轉念又將手收回來。

唉，一路上我努力想說服她自己不是騙子，現在卻覺得，如果能回到之前那樣，要我做什麼大概都行。曾有短暫幾小時的溫馨時光中，我們彼此產生過共鳴，卻在她相信我眞的擁有超凡力量後全走了樣。

我無奈嘆息，找了一張板凳坐下。發生太多事情，我心裡還一團亂，尤其記憶幾乎完整了，目前最後一條資訊是我居然當過拳擊手。當然，諸如上星期早餐吃過什麼這種小細節想不起來——有人記得住嗎？——重點是我已經知道自己過去是誰、來自何方，以前做過或沒做到過什麼。

我也想起自己與珍相處的時光。其實我們兩人的關係……談不上平順，有時打得火熱，但更多（幾乎）都是爭執甚至對罵。再來是褚睿安，在我們二十好幾歲、步入三十大關的那幾年，他對我越來越失望。接著，我去幫烏瑞克打假拳，欠了他很多錢。之後……

我在決賽敗給奎恩，從此淪落爲大家瞧不起的門房。該死，絕大部分都是不值得回憶的事情。往前追溯的話，我與父母、妹妹之間還曾經有過幸福時光，但他們都住在亞特蘭大——我很多年沒看到他們了，因爲後來我很難正視父母的眼神。

丟失記憶時，我幻想自己是睿安的搭檔、出生入死的英勇警探。而如今的眞相是：我有難得一見的零顆星人生。女友被我氣走然後死了，摯友放棄我不再聯繫，連家人都不打電話給我、不在社交平臺上提到我。

我好累。也好餓。明明是人類最原始的感受，對我而言卻如此異樣。沒了奈米強化，我還有存在的價值嗎？

亞札德端著碗走過來。「你要吃東西嗎？」他問。

「今天要吃。」我接過碗，溫度隔著木頭傳來，還有與瑟翡雯身上相同的香味。我再次看了看她，又轉頭回來。她聽伊斯坦講故事聽得很入神，雖然她自己說起來會更加生動。

「所以，」亞札德在我旁邊找到板凳坐下。「你到底是什麼呢？」

「你覺得我是什麼？」

「在我家鄉，」他回答：「沒有遊靈的概念。倒是有風靈，不過更加危險，只能靠祈禱驅退；不會威脅人類的靈非常少見。我們總覺得，或許在人類接受阿胡拉·馬茲達的光明之前，那些靈體主宰了太古時代的沙漠。」

我邊撥弄著燉蘋果，邊點頭。既然英格蘭的遊靈眞實存在，中東民間傳奇的生物又有何不可？

「一開始，」亞札德繼續說：「我以爲你是類似的東西，異國神祇之類的。畢竟呢……說來失禮，其實我不相信『淨靈』眞實存在。我旅行過很多地方，所有的靈都是一般人肉眼看不見的呀！」

「我的確不是淨靈，」我回答。「我想，最簡單的解釋是：我來自未來。」

「啊！」亞札德的掌跟用力往額頭一拍。「這就說得通了。」

「什麼？」我問：「你相信？」

「很合理啊！」他說：「你擁有不可思議的力量，卻好像什麼都不懂。你那個時代的人類，一定發現了很多東西是我們不懂的吧？」

「非常多。」

「我們的教義說，阿胡拉．馬茲達會持續將光明與知識帶給人類。」亞札德說：「我祖父那個年代還沒有風車，現在在我家鄉已經隨處可見。到了這裡地方，我想蓋一座風車，但光是解釋風車的原理，就讓本地人聽得迷糊。

『風怎麼能操縱呢？』他們這樣問我。『風也是一種遊靈嗎？』『供品要用什麼才好？』『你做那種裝置，它們不會生氣？』」亞札德重重嘆息道：「有些東西，沒親眼見過就是難以理解。你們那個時代應該更多這類的東西吧？」

「嗯，都很不可思議。」我將法杖放在腿上。「說實話，我在我的時代裡一點也不特殊，活得比普通人還不如。」

「所以阿胡拉．馬茲達才派你過來我們這裡。」亞札德的眼睛閃閃發亮。「在這裡，你能成就以往做不到的事，而我們也能因此得救！」

「但我覺得自己像個大騙子。」我低下頭。

他輕輕戳了戳我的手臂，然後指著瑟翡雯。瑟翡雯正在笑，開朗、眞摯的笑。相遇以來，我第一次看她露出這種表情。她好幾次伸手摟住弟弟，似乎在忍不住想確認阿龍是不是眞的被救回來了。

之前總是神情嚴肅的伊斯坦也變得不同，在火光照耀下，那張臉龐充滿情緒，說起故事好像自己就是詩客，同時還多了幾分童稚歡愉。阿龍則坐在旁邊不停傻笑，已經吃光第三碗燉蘋果。

「這些人看起來像是覺得自己有被騙嗎？」亞札德問：「還是衷心感激你的救命之恩呢？」

「我只不過救了三個人，」我說：「結果大家就一副要膜拜我的樣子。」

「『只不過』三個人？」亞札德欺身過來，說：「弗文斯，朋友啊，阿胡拉．馬茲達的愛會顯化在我們心中，當你感受到那份愛，也就感受到了何謂無限。善良喜樂與數量沒有關係，再微小的分量也與宇宙同等；從地坑拯救一個孩子的價値，遠超過一個國家的國庫。」

他用指尖朝法杖一點，指甲輕輕敲出聲音。「在此時、此地，你是特別的，這樣就夠了。你的知識在同胞之中不足爲奇又如何？在這裡依舊罕見。說不定阿胡拉．馬茲達派遣來教育、引導和保護我們的聖人個個都與你一樣，只是懂的比別人多一些，心地比別人善良一些罷了。」

亞札德在我手臂上拍了一下，接著起身收碗，繼續替客人和族人盛湯。

該是做抉擇的時刻了。既然已經救出瑟翡雯的弟弟，也恢復記憶，我知道自己之所以出現在這個次元，根本不是爲了阻止烏瑞克。

那麼……下一步該怎麼走？

奎恩說我可以逃去歐陸。靠著醫療奈米、肉體強化還有多加鍛鍊，我的確應該能找個部落之類的地方稱王。雖然沒有付費觀看的運動頻道，日子總不至於過得太差才對。

然而烏瑞克會就此放任我不管？別傻了，他對這次元有更大的野心，畢竟這裡存在眞正的魔法。就算在他們眼中我是個窩囊廢，至少我窩囊得有腦袋。腦子正常的人不會和烏瑞克作對，在他的魔法師個人次元™裡稱王稱霸更不可能不走漏風聲，屆時，我將再也別想安穩度日。

我必須去懋港。找到傳送口，回到屬於我的現實之後，設法存錢買個普通的、無聊的次元躲進去別出來，最好把導標和傳送門都砸掉會更保險。

但也更加孤獨。

「那個，」我彷彿自言自語地輕聲說：「在維爾勃里的時候，多謝了。」

沒反應。

「我都聽見你說話了，」我說：「就別玩捉迷藏了吧？」

「我不接受使喚。」那個聲音又直接在耳中響起，害我嚇一大跳。「交易可以，但今天晚上我沒興趣，來自西雅圖的強。」

這個遊靈……連我的本名和居住地西雅圖都知道？眞可怕。

「——然後我就這樣死掉了！」伊斯坦大聲說道，還伸出手指在上衣那個染了血的洞戳一戳。「但是我有幸死而復生！然而重返人世以後……」他沉吟道：「我也不知道接下來該做什麼。」

他和瑟翡雯朝我這裡望過來，整個屋子陷入沉默。

我深呼吸。「接下來，」我說：「你應該回家陪伴妻子和族人，伊斯坦。」

「那您之後要去哪裡？」他問。

「繼續南下，找到郡侯住的懋港。」我老實交代。

「您是打算解救郡侯，阻止烏瑞克的陰謀！」伊斯坦說。

「我……我其實打算逃走。」我說：「烏瑞克那邊有我離開你們這世界、回去自己家鄉的唯一管道。」

「偉大之人，您不必瞞我。」伊斯坦坐著朝我鞠躬。「想必您是擔心我的安危，才想將我趕回去。然而孟父（highfather）有危險，我怎能坐視不管？儘管我用處不大仍想盡一份力，只要您不嫌棄就好。」

我嘆了口氣。

「那個叫做烏瑞克的人應該有其他陰謀。」瑟翡雯開口：「維德熙是怎麼說的？他三天後會與其他異鄉人會合？」

的確，奎恩也提到他們有找人救援。難道他們其實是被困在這個次元？如此一來，就能解釋爲什麼烏瑞克尚未徹底掌控這個國家。既然他們暫時處於孤立狀態……

代表他們資源短缺、人手不足。至少接下來兩天是如此。

瑟翡雯望向伊斯坦，並點了點頭。糟糕，她也打定主意要加入對抗烏瑞克的任務。

問題是，從頭到尾就沒這個任務。我只是想開溜。我是想開溜對吧？雖然此刻我的雙眼盯著幾乎沒動過的燉蘋果，實際上我凝視的是自己。而我不喜歡自己看到的模樣。這十五年多來，我每次照鏡子都覺得噁心。

無論做什麼，我最後總是會失敗。所以瑟翡雯和伊斯坦的那種態度才讓我緊張？我知道他們最後一定會對我失望？

但會不會……這一次例外？

嘗試阻止烏瑞克？嗯，這念頭眞的蠢。但跑去救伊斯坦也很蠢，我卻不僅衝了過去，更重要的是還成功了。或許這次也該試試。

而且，有何不可？我那麼厭惡原本的人生，回去做什麼？

「嗯。我要去阻止他。」

或許大家都會死。但在斷氣之前，至少我知道自己努力對抗過烏瑞克‧史綽梵。

第24章

隔天早上，我終於得去洗澡。奈米機器的殘餘量光維持免疫系統就已用盡全力。這對我而言是個很新鮮的體驗，尤其跳進冰冷的河水是唯一選擇。

這種時候珍在身邊就好了，她一定知道歷史上是何時發展出能夠提供熱水的室內管線和水龍頭。當我向亞札德抱怨時，他笑著說波斯那邊還眞的有，但當地這群北方民族寧可凍掉耳朵。

一小時後，我幫忙其他人將行李搬上馬背。亞札德依舊用他誇張的語調祝我們一路平安、保證會替大家禱告。瑟翡雯不出所料要弟弟先留在這裡——換作是我那個時代的年輕人，一定不肯錯過精彩刺激的大冒險，但大部分青少年沒有被關在地坑兩天的經驗。阿龍只是擁抱了姊姊，聽她交代了三遍要如何過活後，姊弟倆才揮手道別，我們也終於上馬啓程。

坐在馬上兩小時後，我已開始渾身痠痛。沒有奈米系統重建肌肉組織、緩和重複動作所造成的疲勞，騎馬這件事忽然變得不愉悅起來。此外，我的身體上下正毫無道理地四處發癢，牙齒黏黏的很噁心，沒過多久就過敏發作、不停流鼻水。人們怎麼能夠活在這種狀態？零顆星。拜託快點讓我重新當個半神。

爲了打發時間，我過去與瑟翡雯並肩騎行。「那個……」

「尊貴的淨靈，有什麼吩咐？」

「妳不能像以前那樣說話嗎？」我問：「我又沒生氣。」

「那樣太失禮了。」她回答：「您已經知道我是什麼樣的人，而我也明白了您的眞實身分。」

「其實妳還沒明白呢。」我說。但她不講話，只是逕自往前。

我嘆口氣。「好吧，既然妳這麼尊敬我，麻煩講解一下，爲什麼妳知道有遊靈跟在我身邊？之前妳說——」我抬頭瞥了一眼。伊斯坦正意氣飛揚地騎在前方，用詞還是斟酌爲上。「妳說對自己的能力有點沒把握，但在我看來，妳還是擁有厲害的能力？」

「我……生來就有夜痕（Night Marks）。」

「那是什麼？」

「一種胎記，會出現在背上。」她解釋：「三顆深藍色的圓點，代表是被奧丹選上的人。」

「或是被祂詛咒的人。」伊斯坦補充道：「尊貴的淨靈，這兩件事對我們來說，常常是同一種意思。」

「擁有這種胎記，就能看見遊靈？」我問。

「沒有人能直接看見遊靈。」她回答：「若是看清楚了，不是見者死，就是遊靈消散。有些人將遊靈想像成是帶著紅帽的小不點，也有人認爲是有著迷霧身形的森林妖精，但其實沒人能肯定。」

「那你們怎麼……」

「尊貴的淨靈，我能看到影子。」瑟翡雯小聲回答：「那些影子會從眼角餘光閃過，影子大小對應了靈體的力量高低。靈幾乎無所不在，我常擔心自己某一天轉頭太快，不小心把它們看清楚，那麼，我的生命也走到了終點。」

「這聽起來……」我說：「似乎很辛苦，瑟翡雯。我都不知道這些。」

「是祝福，」伊斯坦表示：「也是詛咒。」

我打了個冷顫，決定不要認眞想像那種日子。餘光總有東西飄過？話說回來，知道那些東西一直都在、自己卻看不見這點也滿恐怖的。

「瑟翡雯，」我輕聲說：「但那不就代表……妳真的有特殊能力，而不是個……」

「騙子？」她回答：「我是被選中之人這點其實更難堪。那代表奧丹看中我，但我辜負了天神的期許。」

我感覺自己像個大傻蛋。每次想和她正常說話，但每條路都走不通。旅途才這麼短時間就連續踩了幾個地雷，好不容易洗乾淨，又染上一身煙硝味。

我決定換換手氣，往前騎去和伊斯坦同行。我感覺自己慢慢抓到了騎馬的訣竅。有點像是自動駕駛的摩托車，雖然還會放屁。

「但我不懂，」我開口問：「既然奧丹給你們下了一大堆詛咒，你們為什麼還供奉祂？」

「人要學會耐心！」瑟翡雯在後頭聽見了，回答：「苦難總有一天會過去，天神會再度眷顧我們。」

「某方面而言，詩客沒有說錯。」伊斯坦輕輕抓住轡繩，身子隨著馬蹄節奏擺動。「這是上天給的懲罰，因為我們敗給敵人，還害死了芙芮婭。而且錯誤從很久以前就開始，洛基娜從奧丹那裡竊取了文字送給人類，祖先居然接受了。那一刻起，代表我們對奧丹的信仰不足，因為洛基娜而動搖。」

「那個『黑熊』又是怎麼攪和到這件事裡？」我繼續問：「瑟翡雯說他竟然還活著？」

「黑熊王還活在他那片黑暗的森林王國，」伊斯坦點頭。「洛基娜產下的魔獸子嗣也住在那裡。我祖父在芙芮婭死亡的時期參戰，他以爲末日來了，世界會隨著諸神一起殞落。」

「黑熊王，」瑟翡雯附和：「弒神之人、魔獸之主，爲了在巴頓戰役中釋放巨狼芬里斯去對抗芙芮婭，他透過詛咒，將自己的靈魂與土地束祟、合而爲一。直到現在，他的魔犬仍在森林中作祟，而且從未放下擴張的野心……黑熊王不死不滅，唯一弱點是他自己的子孫。」

唉，這個次元的神話實在亂七八糟。還是該說歷史？兩者之一，還是兩者皆然？註

「奧丹是我們僅有的希望與防護。」瑟翡雯說：「如果沒有神明插手，黑熊王早就葬送所有韋斯瓦拉人了。」

「可是奧丹害怕了。」伊斯坦接著說：「眾神不願意戰鬥，因爲害怕魔獸與末日。祂們認爲原本犧牲的應當是提兀。」

「人類本就不該擁有文字。」瑟翡雯說：「那是芙芮婭的遺產！」

註：現實的歷史文獻中，在公元四九〇年前後，布立吞人與盎格魯撒克遜人（即多重次元裡的魏爾斯人與韋斯瓦拉人）之間爆發巴頓山戰役，民間故事認爲是亞瑟王（King Arthur）贏得此戰。部分學者認爲，「亞瑟」這名字可能源出自凱爾特語的「熊神」（Artio）。亞瑟王傳奇中，他獲得王者之劍（王者之劍與石中劍是否爲同一把劍，隨故事版本而有出入），其劍鞘的魔力確保他永不受傷流血，但魔法師梅林預言他將死於自己子嗣之手，而發動叛變的圓桌武士莫德雷德（Mordred）便是亞瑟王的私生子。

「誰有辦法和詩客辯論歷史呢？」伊斯坦回答：「我沒辦法。至少今天辦不到。」

意思是……他們崇拜一個怕自己被殺死，並且將妻子之死怪罪於人類的神。這個神根本希望全人類死亡算了。大概是這樣。

「奧丹來自什麼地方？」我問。

「祂母親的子宮啊，不然呢？」瑟翡雯回答。

「所以神是被生出來的，」我繼續說：「然後也會死。那爲什麼祂們是神？」

「那些雷霆閃電，」她說：「還有燃燒的文字，質疑祂們會直接被劈死。這些你不都親眼見過了？」

聽她語氣慢慢回復正常，我偷偷瞄了她一眼——結果她馬上尷尬地低下頭。

「那麼，第一個神是從什麼地方來的？」我改問伊斯坦。

「一隻牛從石頭上舔出來的。」他一本正經地回答。

「呃……」

「那是一隻很特別的牛[註]。」

感覺再問下去也得不到什麼有用訊息，我試著放鬆身體，享受騎馬樂趣。說不定這是最後的寧靜時光了，畢竟此行目的是要阻止外號「屠夫」的烏瑞克。

然而，我依舊有著千頭萬緒在翻攪。確實，這個國度很美，經過林間空地或眺望翻湧大海時的景色更加驚豔，卻也更凸顯本地人的心酸無奈。森林那頭有黑熊王，海洋這頭有胡狄人，神又不憐愛他們，還有來自未來的惡徒想稱霸為主，進退兩難的同時雪上加霜。

而我們三人正騎著馬，朝最麻煩的地方一路前行。我這是做什麼？不是應該往相反的方向，去——

等等，那是什麼？道路前方的一塊大石頭後方躲了一個人。伊斯坦看見了，但立刻放下戒備還朝我搖頭。意思是……沒威脅？

一行人經過那塊石頭時，一道矮小身影從後面竄出來，加入了我們。是索珂。瑟翡雯現在才看到她，嚇得差點跳起來。她不斷東張西望——似乎沒想通這老婆婆是怎麼蹦出來的——但仍舊沒說什麼。

「伊斯坦，」我忍不住問：「為什麼大家常常故意不理她？」

「嗯？」他接著露出一副恍然大悟的模樣。「喔，守火人也來了嗎！老人家，歡迎妳。」換作我的時代，伊斯坦這種身分應該會將馬讓給索珂，但他並沒有這麼做。當然，我們騎馬騎得並不快，而且索珂以年紀而言，她倒是十分健朗。

「我想順路跟你們一陣子，」索珂回答：「路上好有個照應。這一帶有強盜出沒。」

註：北歐神話中，母牛歐德姆布拉（Auðumbla）與巨人尤彌爾（Ymir）是天地間最早的生物。巨人喝牛奶、母牛舔舐岩鹽。經過三天三夜，藏在岩石中的布利（Búri）出現了，他是北歐神話中亞薩神族之祖。

「好的。」伊斯坦只是點了個頭。

我蹙著眉頭看看他，再看看瑟翡雯。這氣氛太荒謬了。我設法讓馬兒先停在原地，接著索珂似乎看出我神情不對，也跟著放慢腳步，最後我們與前面兩人拉開好一段距離。結果伊斯坦和瑟翡雯竟然也一起停了下來，還裝作毫不在意的模樣。

我彎下腰，小聲問索珂：「夠了，妳究竟在搞什麼鬼？」

「只是出門散個步呀。」她回答。

「先前我都看見妳躲在石頭後面了。」我說：「妳根本是埋伏起來等我們，以爲能趁我們不注意的時候跳出來，讓大家以爲妳神出鬼沒。」

「你在說什麼，我怎麼聽不懂。」

「而且每次提到妳，其他人總是會互拋一種眼神，到底什麼意思？」

「那是什麼眼神呢？」

「妳知道的，就像這樣。」我先給了她緊張的一眼，俯身在我的馬旁，然後朝她煞有其事地點點頭。

「喔，那個呀。」索珂回答：「那代表他們肚子不舒服。」

「索珂……」我說：「這兩天已經夠煩了，能不能至少這件事情別讓我猜？」

老婆婆笑了笑，揹著一籮筐的柴薪隨我前進。「你果然都沒聽過這裡的故事對不對，外地來的？」

「故事？」我反問：「哪種故事？」

「口耳相傳，一代傳一代的那種故事。不是什麼英雄或聖賢的偉大事蹟，就只是人們平常怎麼過活、善惡有報之類的故事。」

「噢，」我說：「就像是童話。」

「我沒聽過那種說法，」索珂表示：「但感覺應該一樣。要是你聽過這類故事，不妨告訴我：老太太在故事裡都扮演什麼角色？」

「這個嘛，」我沉吟道：「通常是巫婆吧？或是巫婆假扮的。再不然就是美女被詛咒以後，外表變得像巫婆……」我又皺眉。「那種故事好像一定要有個巫婆？」

「我們這邊叫做『禁婆』（wicce）。」索珂回答：「名字不同但內容大同小異！我小時候出門都得找人跟著，年輕姑娘不能一個人走太遠。只有詩客例外吧，因爲就算是強盜，也要找她們幫忙。至於其他女孩子呢，可沒辦法啊！」

她繼續說：「但上了年紀後情況就不同了，大家看到我會變得怪裡怪氣，不知道在尊敬個什麼勁，有時還很害怕我。年紀越大越明顯，最後呢……」

我笑了。「他們以爲妳是巫婆？」

「不然就是樹妖。」她回答：「或者哪個神明假裝成凡人，不管是哪個他們都怕呀，哈！久而久之所有人都覺得我太過古怪，不相信我就只是個到處溜達的普通老太婆。」

「於是妳乾脆配合演出。」

「這樣很棒啊，」她笑起來意外地滿口牙齒都還在。「出門也不必提心吊膽。活這麼久第一次能好好享受，到處旅遊、看看自己能捅多大的簍子。爲什麼只有年輕小夥子能有那些傻念頭呢？我覺得不公平啊。反正被抓到也無所謂，哪有德高望重的老太太會做那種事情？大家想到就怕，不會爲難我。」

「挺聰明的，」我說：「而且眞的有效？」

「有啊。」她回答：「但跟別人一起走的時候就沒用了，看起來又變回普通的老太婆。所以你要心存感激，我爲了與你們結伴同行，放棄了很多呢。」

「我們……沒有要妳跟啊。」

「這話眞過分，」她說：「那別指望我帶你們避開強盜設下的陷阱。」

「強盜？」我一聽立刻緊張起來。「什麼強盜？」才一問完，我便留意到附近樹木間人影竄動。我們已經被對方包圍了。

「那些傢伙，就在那邊啊。」索珂回答：「我老早就警告你，還警告了兩次！」

FAQ:
等等，這樣算不算是殖民主義？

A:

勤儉魔法師股份有限公司®致力於傾聽並推動邊緣族群的訴求。針對當今BAIIHPOC 譯註 面對的各種艱難問題，我們透過企業意識，以及真實且真誠的討論提供支持，期望達成社會真正的改變。

此外，本公司也經由回饋計畫贊助各種開創美好明日與未來的專案，幫助所有聲音都能被聽見。我們與北美地區「不干涉運動」合作後已經捐贈超過一千個次元僅供保存不做他用，這些次元每一個都對應了歷史上遭受壓迫之族群的重要文化議題。

同時，我們強烈建議顧客避免在個人次元內旅遊至美洲或非洲。若您想我們一起協助所有次元的邊緣族

譯註：目前常見的說法爲BIPOC（黑人、原住民、有色人種），用於表示與白人霸權相對的族群概念。此處多出的A、I、H尚不確定是指涉何種族群。

FAQ:

群，請購買「我拒絕使用™」腕帶，所有收益都會用於爭取平權。

若想以更個人化的方式對抗壓迫，本公司獨家推出~~白人~~不限定族裔救世主方案[註1]，您有機會幫助不列顛群島的人民擊退羅馬帝國的侵略。成為解放者，為弱勢者而戰！

[註1] 本方案經過十位獨立客觀且高敏感度的專業人士審核，確保「任何層面都毫無爭議」。[註2]

[註2] 根據2045年的《真實廣告法案》，本詞彙為合法行銷用語。

第25章

那群人包圍住了我們。他們外表不怎麼像強盜，衣著比我預期要體面多了——從斗篷到罩衫到褲子都乾淨整齊，甚至有幾件顏色還挺鮮豔的。

沒看到弓箭，好事一樁，再遇上一次我可受不了。但不得不說我內心有點小失落。提起英格蘭森林裡的盜匪，腦海自然會浮現出弓箭手。

我輕輕踢馬腹前進，但這隻笨動物就是不肯跑。無奈下馬的同時，我心裡擔憂起來：現在伊斯坦可不能再受致命傷——體內計時顯示，至少還要三十三小時才能救別人。

只能先從馬鞍取下法杖，看看裝神弄鬼能不能蒙混過關。

「小心這種窮途末路的人，」索珂低聲提醒：「他們一無所有，所以不畏懼死亡。他們既已拋棄了家人、土地和神明，而且早就活得提心吊膽，所以嚇也嚇不動。」

我一聽，抓著法杖的手猶豫了。「那……妳有什麼建議？」我悄悄問。

「先安靜。」她悄悄答道。

我心想索珂在外行走的經驗多，聽她的應該沒錯，於是先關掉聲帶強化。接著，我們兩人一起走向伊斯坦與瑟翡雯，那匹蠢馬見狀終於願意跟上，但牠為了和夥伴窩一塊兒差點擠扁我。

伊斯坦的手搭上斧柄，但沒有抽出來。對方總共十二人，即使身邊有個淨靈，伊斯坦大概也自認勝算不高。事前我有私下告知他，治療別人的能力好幾天才能再用一次。在這個前提下，他應該不會莽撞行事。

盜匪之中的一人在我們周邊兜圈。他披著深紅斗篷，腰帶與斗篷別上銀扣環，那身打扮相較於其他人更顯得……貴氣。他的山羊鬍幾乎修出一個尖端，深褐色長髮不僅茂密也梳理得十分整齊。這個時代的強盜每天是有一半時間泡在美容院嗎？

（而且盎格魯撒克遜時代的英格蘭人都是用什麼產品？河狸香？雖然不情願還是得給四顆星。）

那人停在一棵特別粗的樹木旁，指節在樹幹敲了幾下。「很棒的一棵樹，」他開口：「你們不覺得嗎？」

伊斯坦朝我們瞥一眼，滿臉疑惑。我搖頭示意自己也不懂。

反而是瑟翡雯呼出一口氣。「確實很棒，」她大聲回應：「看起來非常重要。」

「它是從世界樹的種子長出來，」對方繼續說：「所以才能這麼高、這麼粗，值得人類的欣賞與感激。」

「沒錯，」瑟翡雯又答腔道：「如此的大樹就算花錢看也值得。」

那人張開雙臂望向他的同伴。「看吧？我就說總會有人聽得懂。」

「你們是哪個鎮出身的？」伊斯坦問話時，手仍然搭著斧柄。「雖然淪落至此，你應該曾經是個季父吧，隸屬哪個氏族？」

「季——」我才要出聲，索珂的手肘立刻戳過來。看來她要我安靜是認眞的。

「沒錯，人家以前是貴族。」她壓低聲音說：「你以爲老百姓想幹壞事，就能變成強盜？異鄉人不懂，武器可是很貴的。」

唔，好像有道理。想想我自己將近一半人生的歲月都跟在西雅圖黑幫老大身邊，感覺邏輯差不多，連勒索手法也差不多。

「不僅樹漂亮，」戴著手套的盜匪頭目指著一旁。「這條路也是由我們照顧。不然，你有在附近看到其他人拿著武器，保護過路的旅客嗎？」

「趁百姓水深火熱敲詐罷了。」伊斯坦指責：「孟父沒有餘力派人鎭守，你們自甘墮落魚肉鄉里，連羞恥也不要了。」

強盜頭目嘆口氣，拇指往伊斯坦一比。「他的過路費兩倍，自己一份、膨脹的自尊一份。」

「我——」伊斯坦還想爭辯，但瑟翡雯出面打斷。

「伊斯坦，」她輕聲提醒：「他們懂的。無論你想說什麼、罵什麼，他們都懂……相信我。」

他一聽沉默下來。

強盜頭子瞥她一眼，點了點頭。「聰明的女人。」

「我是個詩客。」瑟翡雯直視對方的眼睛回答。

周圍有幾個人立刻退後，開始竊竊私語。

「那妳的過路費免了，」頭目說：「隨時歡迎妳，有機會給我們說個故事吧。」

瑟翡雯朝對方點頭示意。她果然對自己的身分和職業十分自豪，但也是因爲這份自豪，才很難接受失敗。

「這樣的話，有三個人要付過路費。」頭目繼續說：「有錢人的過路費更高，有鄉紳大人在場，想必各位過得挺優渥才對。那就把馬留下來吧，既然有四匹，你們可以留一匹——留給詩客。」

「以前這片土地上的所有人會團結合作，抵抗外敵。」伊斯坦問：「那個時代結束了嗎？」

「問問詩客啊。」強盜回答之後，揮揮手要伊斯坦下馬。

他遲疑一陣之後還是乖乖配合。

我其實躍躍欲試，想知道自己能把多少人轟去撞樹幹。但當然那是空口說白話，沒有胸腔裝甲要怎麼打……我偷偷叫出裝甲控制介面，試試看密碼會不會是強尼窩囊廢，可惜還是不對。

索珂說得沒錯，反正馬並非必要，走去懋港也不過一天路程。我到現在還是不習慣這個次元的規模概念，一切都比想像中的小：小鄉鎮、小城市，整個郡就一丁點大。

話說回來，這群強盜的敲詐方式和我學到的一樣，重點在於不要榨乾對方，得讓對方活下去，否則未來沒機會當「回頭客」。本來還擔心他們會不會殺人滅口，但想想既然局勢糟糕到老百姓報官了也沒人過來處理，對強盜而言，滅口反而是找自己麻煩。

一旦大家知道這條路有去無回，沒必要就不會再來，否則就會找保鏢隨行。以過路費的名義打劫，消息傳開後，大家反而知道花錢能夠消災，一開始就會將這筆開銷算進旅費。

他們還同意讓我們轉移馬鞍之外的行李——我們決定留下馱馬。搬東西的時候，強盜頭目留意到索珂，開口問了句：「妳也是詩客？」

「她——」伊斯坦張開嘴巴。

「她自己能回答。」強盜頭目打斷他。

「我還有什麼故事可說？」索珂說：「都這把年紀了，和死了沒兩樣。」

頭目冷笑之後，轉頭看向我。

「這是我侄子，」索珂立刻幫我掩飾。「腦子不靈光，也聽不懂人話。」

有必要說成這樣？但我也沒抱怨，趕快遠離這是非之地才是上策。東西搬完後，強盜也眞的讓出了道路。眞有趣。兩千年以後，黑幫還是以同樣的技巧幹同樣的勾當。有些人覺得偷拐搶騙源於在位者無能，或對當權者的打擊。實際上，這些髒錢背後自有另一套權力結構。

「眞好笑，」重新上路以後我說：「想不到來這裡以後，就這件事我最進入狀況。」

索珂立刻嘆了口氣。

「幹嘛？」我問。

下一秒，有東西從後面打中了我。

眼前頓時一黑。

第26章

當奈米系統重新啓動時，我發現自己從黑暗中醒過來——我立刻明白是怎麼回事。

有人他媽的居然拿暈眩彈砸我！

暈眩手榴彈的機制是藉由能量暴衝，將指令強行灌入奈米系統，於是體內那些超微型機器一個個發出微弱電擊，導致中彈者瞬間失去意識。奈米系統隨後重啓，但因爲我的系統效率只剩百分之十二左右，因此昏過去的時間特別久。

這種暈眩彈不僅成本高，還無法重複使用，只在必須生擒目標的時候才偶爾拿出來。多數情況下，暈眩彈並不實用——畢竟，足以癱瘓強化系統的能量，也可以直接在你身上開個洞。

總而言之，我不知道自己是怎麼來到現在這地方，當然更不知道這地方是什麼地方。進入這個次元後，我根本是無知界的奇才！先前學到木板迎面而來時要躲開，下一課或許就是別亂蹚渾水，別再想證明自己的滿腔熱血不足以對抗跨次元而來的黑道老大。

我又等了一會兒，等到視覺強化機能恢復，這才發現自己被關在一間房裡，像是放工具的小棚屋。我從身下的墊子上滑了下來。既然對方用了暈眩手榴彈，代表有和烏瑞克扯上關係……

那群強盜！他們一聽到我開口講話就從背後偷襲。如此說來，他們是用口音來判斷找人。這下糟了，不知道其他人是否平安？一陣短暫的心慌襲來，我的呼吸變得急促淺薄。

*但他們沒殺我，就只是把我關起來。*所以他們可能並不想要其他人的命。再者，雖然機率不高，或許那群盜匪根本不懂強化系統如何運作，所以才將我隨便丟在小屋裡，給了我重啓系統的機會。說不定暈眩彈是偷來的，而且他們只知道要找來自我的世界、口音奇怪的人，抓過去向烏瑞克索要贖金？

線索太少了，想破頭也想不出個頭緒。但我也不能貿然露臉，此時屋外或許很危險。於是我先開啓聽覺強化——結果聽到柴火的啪嚓作響聲，一群人有說有笑。屋外的夜風吹過樹林並晃動了門板。所以這裡是森林深處？不是說這種地方很危險，有什麼魔犬和黑暗力量，跟殺死奧丹他老婆的魔王有關係？

我將聽力調整回正常水準，開始去調查房間的後側。身爲一個窩囊廢的好處，就是能學到很多逃亡祕訣。果然，我稍微使了點力氣，便成功掰開一片木板，當然這歸功於腕力強化的幫助。

溜出去以後，我發現小屋緊貼森林的邊緣。另一頭是一望無際的原野，原野上有許多巨石正靜靜沉眠。原本大自然的古老深邃應該看得人背脊發涼，但在視覺強化的情況下，這種神祕感大大削弱。畢竟以前又不是沒看過樹木，只不過都是人工栽培的單棵行道樹。這時我才意識到，樹這種東西居然和不良少年一樣：群聚起來就會很可怕。

好奇心使然下，我關掉強化，視野當場變得一片漆黑，所有物體都沒入濃得化不開的陰影中。但同時，我卻察覺那片幽暗中有什麼東西正潛伏蠢動。

該死。我立刻重新開啓強化，結果反而更加恐怖——只要啓動夜視，藏在黑暗中的東西就隱形了。

「這也太卑鄙了。」我嘀咕道。

如今我仍然有股想竄進森林、逃避一切的衝動。找個地方躲好就行了。失憶期間，我僅憑零碎片段編織了整個虛假人生，其中一大半都是誤會：爲什麼會以爲自己曾經與搭檔開警車在街上巡邏？因爲以前褚睿安會開車接我一起去午餐，邊吃邊聊他工作接觸的案件。爲什麼會以爲自己幫過人、救過人？因爲警察學院的培訓中有角色扮演的環節。

所以眞相是，我逃避自己的失敗、自己的過去。此時此刻也一樣，逃避已成爲我的習慣。

我壓抑下那些念頭。儘管自己不是想像中的大英雄，也沒必要眞的淪爲烏瑞克那群人眼中的笑話。我沿著森林外圍移動，慢慢接近附近唯一的火光，只見十二名強盜在夜空下正談笑風生。然而眼前情況有些詭異：伊斯坦同樣坐在篝火旁的圓木取暖，姿勢異常端正，雙眼凝視前方、神情非常凝重。他可能是在感慨發生在……呃，鳥類身上的不幸？

但至少他還活著。不過十二個搶匪守著一名人質是怎麼回事？這種情況下，警察會怎麼做我倒是很清楚：不要輕舉妄動，先呼叫支援。問題是哪來的支援給我呼叫？我的那些魔術伎倆恐怕也吃不開，畢竟對方都能辨認我的口音，然後癱瘓我的奈米系統了。所以……

所以什麼？我沒主意了，不當廢物的這門技藝我才剛入門啊。但我留意到篝火邊站著一個奇怪傢伙，他背對著我、帽子特別華麗還插了一根羽毛，看那架勢似乎是眞正的幕後首領。擒賊先擒王，逮住他或許就能把夥伴們交換回來？

這麼做似乎不是很英勇，但英雄應該也是慢慢磨練出來的？趁自己還沒打退堂鼓，我一鼓作氣衝向篝火——卻馬上察覺情況完全超乎預期。

其實伊斯坦手裡拿著一碗湯正在喝。而瑟翡雯坐在不遠處，剛才正好被遮住了沒看到她。她和另一個女子聊得似乎很起勁。

最關鍵的是，我剛剛想抓住的人一聽見我靠近，便轉身過來。

是褚睿安。

FAQ：

這感覺還是很像在不列顛群島建立殖民地、操控全人類的歷史發展，這些疑慮如何排解？

A:

首先請容我們重申一次：完全不需要擔心。《次元規範法案》、《倫理聯盟之跨次元人權決議書》，以及超過一千位的知名哲學專家都同意，我們世界的道德倫理與法律並不適用於多重次元，因為其他次元有可能（但機率極低[註1]）連物理法則都有所不同。

許多人認為這些法案或決議書代表我們不應該干涉多重次元，但實際上，更精確的詮釋是不應該以我們的法律、風俗和觀念來看待多重次元。換言之，我們在原生次元的一切判斷都不適用於其他次元。

哲學界對相關議題做出大量討論和辯論，然而最終決定掌握在您的手中。次元無窮盡，您如何與自己的次元互動也理所當然有著無數選擇，我們無權告訴您怎麼做才是對的。踏進傳送門以後，您離開了原生次元，在新天地中唯一指標就是個人信念。

若在購買（對您而言）完美的次元之前仍有猶豫，或許您可以參考其他魔法師是如何處理！我們推薦勤儉魔法師™編輯部的精心力作《希望無限的個案研究：在魔法師個人次元™內改變世界的十個人》（勤儉魔法師™出版社，2099年發行，售價39.99美元，勤儉粉絲團™訂閱會員獨享之限量插圖版）。

該書中介紹的阿萍亞．潘女士在個人次元內建立了一座「自由都市」。她不以征伐的手段強逼他人加入，就只是在都市裡提供完善的醫療照護、現代化的食物供給鏈，以及許許多多的先進措施，然後邀請該次元居民共襄盛舉。數百萬人在她打造的現代化大都會裡享有安全和平，可謂黑暗時代裡的一片理性綠洲！

您可以效法她，也可以實踐自己的想法。在您的次元之中，您做的一切決定都正確，旁人無權置喙。原生次元與衍生次元從根本上無法共存，正如您無法將個人次元的人事物帶回這個世界，在前往個人次元時，您也可以卸下僅在此處成立的社會期望與包袱。

畢竟您前往的新世界很可能會從根本上加以否定那些事物。[註2]

FAQ:

[註1] 請參考「FAQ：到底**為什麼**不能有一個長滿香蕉、香蕉還會講話的次元？」。

[註2] 若讀者有興趣了解不同觀點，我們推薦勤儉魔法師™編輯部另一部誠意之作《令人敬畏的個案研究：在魔法師個人次元™內統治世界的十個人》（勤儉魔法師™出版社，2099年發行，售價39.99美元，勤儉粉絲團™訂閱會員獨享之限量插圖版）。

第27章

我急急忙忙刹住腳步。摯友穿得像羅賓漢、站在在盎格魯撒克遜時代的森林裡，這種光景可不是每天都能看得到。

褚睿安，出色的警探、西雅圖警署反黑幫與非法強化體調查處的明星成員，生得高大卻又親切且自信，無論做什麼都表現出眾，連流行品味也無可挑剔。

最令人煎熬的是想討厭這傢伙都難，他太會照顧別人了。睿安原本正在和索珂聊天，他轉身過來時我才看見那邊有人。老婆婆笑呵呵的，似乎被他逗得很開心。褚睿安這人生來就是討喜，也難怪我記憶不齊全的時候想要變成他。他和我從來就不是搭檔，那只是我一直以來的夢想。

我想要和他一樣優秀。更重要的是，我希望找到歸屬。睿安很早就立定志向投身警界，也一帆風順考進了警校。珍也一樣，高中就決定研究歷史，而且成績優異。為什麼就只有我連自己應該做什麼都搞不清楚？

奎恩那些人以為我與睿安鬧翻、勢如水火。那是我刻意營造的假象，這麼做才能避免黑道因為我們有交情而利用我來對付他。睿安並沒有恨我，只是對我失望，或許再摻雜一些對珍的不甘罷了。

如今，在這個夜晚裡，跟索珂聊到一半的他轉身放下杯子。他開口說：「啊，強尼你醒了。」

「呃，嗨。看起來我昏迷了有段時間？」

「是我的不對。」尖鬍子那人主動舉手。「我對你用了可以打暈淨靈的東西，沒料到害你昏迷這麼久。」

「聽說你昨天救了那個男人的命，」睿安指向伊斯坦。「所以奈米系統才會花很多時間重啓吧？你人沒事就好。」

「我每次以為自己搞懂了你們淨靈那些小祕密，」尖鬍子又說：「結果你多說幾句又聽得我迷糊了。」

其他強盜笑了起來，不過氣氛還是有點緊繃。我朝瑟翡雯使眼神，她看上去不太自在，手臂縮在身前、捧碗的手非常僵硬。但她見狀便對我點了點頭，意思大概是我們都沒事。

「強尼，」睿安朝旁邊撇下巴。「我們單獨談談？」

離開篝火的時候，我心裡恍如隔世。褚睿安已經像是上輩子的事，比烏瑞克那幫人都還遙遠。

「話說，」他率先開口：「眞沒想到會在這裡碰面。」

「我……」嗯，這次說實話就好。「還記得上個月我們一起午餐的那次吧？你提到正在調查次元穿越的案子？我聽了之後，想到烏瑞克手裡有一大堆備用次元，便覺得借一個應該不會怎樣才對。他應該不會發現，而且發現了又怎樣？反正我早就躲到沒人找得著的地方了。至少原本以爲事情會這樣發展……」

「偏偏你挑了這個次元。」睿安平鋪直敘地說：「那麼多的次元，隨便一挑就中獎。」

「是啊。」

「你挑了歷史上唯一一個疑似有魔法存在的次元，也是烏瑞克要用來打造犯罪帝國的次元。」

「我得爲自己辯護一下，」我說：「烏瑞克把所有次元全塞在一個大檔案裡，我哪看得出來誰比較特殊。」

「唉，強尼……」睿安揉揉額頭。

「幹嘛？」

「那是故意的啊。即使被人破解系統、調出次元清單，有上千個假次元分散注意力，誰也無法一眼找到正確目標。」

「哼，」我說：「小聰明。」

「當然，前提是打開清單的人沒有強尼．韋斯特的招牌狗屎運。」

「走運走久了遲早踩到屎。」高中時代我們就常拿這兩句對話互相揶揄。起初我在高中拳擊聯賽打得還挺順利，運氣這種東西耗光之前總誤以為用之不竭。

睿安的臉被篝火照亮，從眼神能察覺出他仍然沒有全盤相信。他懷疑我剛剛是說謊，實際上是烏瑞克派來的奸細。這也怪不得他。

其實我們兩人之間早就有一層隔閡。最初，他以為我是自願參加強化格鬥聯賽，但畢竟人家是警察，還正好負責調查黑幫集團。

後來，他總是希望我提供關於烏瑞克的情報，而烏瑞克則希望我誤導睿安。拉扯一番的結果是，兩邊都覺得我沒用處，但人生還是繼續下去——只是我和他的關係再也回不到從前。就像情境喜劇裡會有的設定：警察、警察的混混好友，加上兩個人都喜歡的女孩。

問題是，我經常覺得自己不是男二，而只是個配角，那種髮型糟糕、臺詞愚蠢的隔壁鄰居。

「睿安，我之所以在這裡，是因為想遠走高飛。」我輕聲說：「某一天早上我醒過來，忽然發現自己感到厭倦。」

「厭倦什麼？」

「一切。人生，工作，世界。還有……珍。」

他別過臉。珍對於我們雙方都是未癒合的傷口。而我這輩子唯一勝過睿安的，就是兩年前她選擇了我。

因此我也很清楚：睿安對我有怨懟。要不是我沒能與珍好好相處、分手分得轟轟烈烈，或許珍就不會想去歐洲散心。沒去歐洲，她就不會出意外。

我低頭看著自己的腳。

「你眞的救了那個鄉紳？」他問：「衝過去擊退敵人、用奈米系統把他救回來？」

「現場只有我有裝甲，打幾個中世紀士兵也沒什麼好得意的。」

「你的裝甲還是僅限於手臂嗎？」

我聳聳肩。「一直猜不到密碼。」

「聽詩客說，你們目的是要阻止烏瑞克和拯救郡侯。」

我抬頭望向他，笑著說：「嗯，我算是稍微被他們的天眞淳樸感動了吧。」

「只是稍微而已嗎？你剛剛應該是想撲倒我吧？你根本沒認出我對不對，以爲自己眞的被強盜抓住了。」

「對。」我坦誠。

他認眞打量我好一陣，最後笑了出來。「強尼——」

「別做那種表情。」我說。

「什麼表情？」

「那種『我就知道其實你心地善良』的表情。你又不是我奶奶。」

「這個嘛，你奶奶總是說比較喜歡我。」

「還不是你假裝自己喜歡聽歌劇，」我說：「要是她知道你對那鍋匈牙利燉牛肉是什麼評語的話……」

睿安又笑了起來，我也跟著傻笑。我們兩人不知有多久沒這樣毫無芥蒂地相處了——感覺就像將時鐘倒轉了十年，但其實只要一起關進多重次元就解決了。

「話說回來，」他問：「別人都以爲你是個精靈？」

「當然，」我反問：「你不是嗎？」

「我也是。本來以爲是當地人沒見過華裔長什麼模樣，看起來還是跟超能力比較有關。」

「以我的情況來說，古怪的言行也會加分。我過來之後，起初幾乎什麼都不記得。」

「你沒吃藥嗎？」

「什麼藥？」

「次元穩定劑啊？」他揉額頭的模樣彷彿他是我爸什麼的。「天吶，強尼。」

「這不能都怪我，」我說：「我買了一本破指南說會解釋怎麼在這種世界過活，結果一穿越過來整本書就爆炸了。而且我被丟在荒郊野外，花了四天才慢慢進入狀態。」

「等一下，」睿安問：「四天？你才進來四天？」

「對啊。怎麼了？」

「一星期前，我破壞了烏瑞克那邊的硬體設備，」他說：「其中包括他的次元導標，所以你根本不可能過得來。沒有導標就無法穿越次元——至少無法準確選擇目的地。」睿安來回踱步，握拳擊向自己的手掌。「以前他設法說服教授打好看一點的分數時，也是這種動作。走著走著他停下來望向我。「所以他們有另一個導標！這樣很多事就說得通了！」

「我……不是很懂你在說什麼。」

「你進入傳送門之前眞的什麼功課都沒做？」

「因爲指南書被炸掉了啊！我以爲過來之後再研究就好。」

「想抵達特定次元，需要一種叫做導標的裝置。」睿安解釋：「導標必須設置在目標次元的內部，它會發送訊號傳回我們的地球。如果從地球搜尋不到持續回傳的訊號，理論上要找到這個次元是不可能的事。」

嗯，這部分我還有印象。

「然而一星期之前，」他繼續說：「我炸掉烏瑞克的導標和傳送門，把他困在這個次元裡。」

「連同你自己……也一起困住？」我問。

「那倒沒有。」他回答：「我自己準備了另一個小型可攜式導標，原本是要用來呼叫支援，或至少有人能通過傳送門接應我回家。結果卻沒人回應。我一直不知道爲什麼。」

「難道你不能直接聯繫嗎？」我說：「用導標開開關關、打個摩斯電碼之類的？」

「導標不是這樣運作的。」睿安解釋：「訊號往上游傳送途中會遭到扭曲，我們地球那邊的設備無法精確判斷導標開關的時間，只能粗略判斷有無訊號。而且，鎖定導標的位置也需要花時間。總之重點是，應該要有人支援才對，卻沒有人過來。我之前擔心是不是自己的導標故障，那就眞的回不去了。但現在……我終於明白原因。」

我看著他，試著假裝自己沒有那麼笨。

睿安嘆口氣。「強尼，一個次元只能發送一個訊號，弱訊號會被強訊號覆蓋。烏瑞克手上恐怕有備用的大型導標，我這邊的訊號送不回去，支援當然也就不會過來。」

「但……我又是怎麼被傳送到北邊郊外的？」

「這就不清楚了。」他坦白說：「也許是……雖然我弄壞了他的設備，但訊號還是存在，只是傳送坐標不精確？如果是這樣那眞抱歉了啊，我動手時並不知道童年摯友也要過來湊熱鬧。」

我聳肩道：「反正沒掉在烏瑞克的附近也好。他顯然是察覺有別人進入這個次元，而且一開始就認爲是你，所以親自過來搜查。睿安，他怕你，是眞的怕。」

「那很好。」

「那不好。」我說：「是眞的不好。睿安，烏瑞克那個人——」

「強尼，我花了十年想逮到他，他是什麼作風我心裡有數。」

說得也對。「我知道，但……昨天我碰上奎恩了。他們覺得你打算對烏瑞克下手，所以已經叫了援軍。奎恩說救援隊後天就會到。」

「等等，『救援隊』？」睿安低聲罵了一句，這才繼續說：「那他手上絕對還有能用的導標。這樣一來，破壞傳送門只能勉強困住他一半。本來還指望烏瑞克那種疑神疑鬼的性子，不會給別人進入次元的權限。不過確實，爲了預防萬一，次元穿越的探視團隊本來就很常見。」

「不對。」我說：「正是因爲他疑神疑鬼，才一定會留後手。」指南書也提過，安排定期訪查是一種保險手段。當然，烏瑞克那傢伙不可能委託外頭的公司，但一定會安排他信任的人馬。

「必須把導標弄到手。」睿安說：「呼叫支援、將他困在這裡，一石二鳥。我們該行動了。」

「『我們』？」

睿安指著篝火邊那一大群人。「我和我的『歡樂夥伴』[註]。能用的資源都得用上。」

聽了這句話我忍不住挑眉，然後朝他那頂花俏的帽子瞥一眼。也許我應該修正對他服裝品味的評價。

（兩顆星。而且他的夥伴們都不夠歡樂。）

「我在英格蘭中部的森林裡率領盜賊團，」他察覺我的眼神之後試圖解釋：「我必須扮演這個角色。說不定羅賓漢的故事講的就是我呢，只是那麼多年過去，內容被加油添醋。」

「這不是我們的次元，根本沒有那些傳說。」我提醒。

「好吧，」但他不死心地說：「那或許是多重次元裡另一個版本的我，在一千五百年前進入我們的世界，收拾了多重次元裡另一個版本的烏瑞克。誰知道呢？」

「你之前說到魔法，」我扯著他的手臂小聲問：「那又是怎麼回事？」

「我認爲那是涉及機率場塌縮的奇怪量子波動。」

「褚睿安！」我叫道：「你什麼時候也變得這麼科學家了？你不是最討厭你爸媽這樣子講話嗎？」

「呃，這個嘛……有些事情就算當了警察還是逃不過。總之，我猜想這會不會是機率物理受到了集體認知影響。當地人相信有隱形生命體偷偷幫助自己，結果這種認知改變了整個次元的機率法則。爲了滿足人類期待，不可能的事情也變成可能。」

現在他講話可眞像是當初他爸解釋爲何自由意志不存在的模樣。話說褚家人……性格是很好，但他們基本上不想理解物理之外的任何事情。或許身上流著十六分之一的諾貝爾獎血統，長成這樣也是理所當然。又或者，維持這種說話方式才容易認識到身上有八分之一諾貝爾獎血統的另一半。

「睿安，」我說：「你跳過了最簡單直接的答案。說不定那些無形力量眞的存在？也許我們的世界原本也有，否則哪來這麼多神話傳奇？」

「神話傳奇都只是人類想像出來的，不需要揣測太多。」他回答：「你該不會眞的認爲，這個次元裡有什麼小妖精之類的存在吧？」

「那你有見過文字自己燒起來嗎？我的那本書甚至直接爆炸了！」

睿安搖頭。「強尼，你總是喜歡簡單的答案。所謂的無形力量比你說的更複雜，所以烏瑞克才這麼積極想要掌控它。」

註：merry men，英國民間傳說人物羅賓漢所率領的一眾夥伴，在古英文的語境裡也有不法之徒或綠林好漢之意。

「他到底打算幹嘛？」

「你不知道？」睿安問：「你想去阻止他，卻對他的陰謀一無所知？」

我臉頰發燙起來。「不就是敲詐勒索之類的嗎？」

「我還以爲你當初是跟他們一夥。」

「我只是個看門的，誰會跟看門的講解自己征服另一個次元的計畫？但話說回來，他征服這個次元有什麼意義？東西又帶不走，就算有魔法也不能拿回去用。」

「他不需要拿回去。」

我蹙起眉頭。

「在這個次元裡，運氣和機率運作的方式很奇怪。烏瑞克拿了一整疊空白彩券過來，靠著這裡的神奇力量——本地人所謂的『氣運』——他可以選出中獎號碼，然後帶回我們的世界。」

「什麼？眞的嗎？」

「眞的。」

該死。這下糟了。

尋常老百姓對烏瑞克那種人常常有誤解，我想這得歸咎於電影總愛拍一些末日雷射、口袋核彈、超級反派「奪取世界」的主題。在我的個人經驗裡，從來沒有哪個惡勢力首領會將目標放在直接宰制地球一事上。因爲一旦大家都知道你要做核彈，你要應付的就不止是褚睿安這些警察，還有會派無人機炸沉你遊艇的大國領導人。烏瑞克沒那麼蠢。

所以，聰明的黑手黨想要什麼？錢。有錢就能收買政客，能開後門。現在你只要有錢，連其他宇宙都能買得到。烏瑞克的財源主要是在黑市販賣肉體強化，不過這樣的生意風險很高。不必洗（這只是個比喻）的錢才理想。拳賽作假就很有用，上了法庭很難舉證，就算眞的被判刑也判不了多重，要脫身很容易，缺點是賺大錢的機會並不多。

爲了賺飽財富，烏瑞克因此鋌而走險多方發展，以高風險高報酬的黑市生意爲主軸。但如果能夠控制機率……除了現金源源不絕，獎金低的彩券可以給部下當酬勞，要整垮賭局和賭場業界的對手都不成問題。

更進一步來說，他可以決定哪些股票會上漲，哪些小國會被叛亂份子推翻，哪些政客可以支持……

只要錢夠多，烏瑞克的影響力就和理論容許的次元數量一樣——趨近無限大。

「太危險了。」我低語道：「這個次元落在任何人手中都太危險。」

「那種事就讓聯邦政府去操心。」睿安說：「當務之急是得加速計畫行進。我們必須趁烏瑞克孤立無援時趕快拿下他。」他凝望著我。「強尼……你心裡還有警察的信念，願意幫忙嗎？」

我只稍微遲疑了下便點了點頭。反正原本就打算陪瑟翡雯、伊斯坦一起阻止烏瑞克的陰謀，有了睹睿安和他的「快樂夥伴」，成功機率只會更高。

但不知爲何，我卻冒出一股失落感。

沒錯，我原本的行動都是有勇無謀、明知不可爲而爲之……但至少是屬於我一人的奮鬥，只爲了證明自己不會一輩子被烏瑞克踩在腳下。

現在能幹的人攪和進來，我反倒覺得跟自己沒那麼大關係了。其實待在睿安身邊，我一向是這種感受。他才是瑟翡雯和伊斯坦期待的救世主，他……

等等。

我可以利用這一點嗎？

腦海中浮現出一個計畫。不是怎麼對付烏瑞克，也不是怎樣搞清楚遊靈的眞面目，而是更加個人、卻也更重要的——那個坐在火邊，一頭鬈髮閃閃發亮的女人——我想改善與她的關係。

爲了這個目的，就必須大破大立！而難能可貴的是：人生中終於有一次，我的目標與自身專長居然搭上線了。

第28章

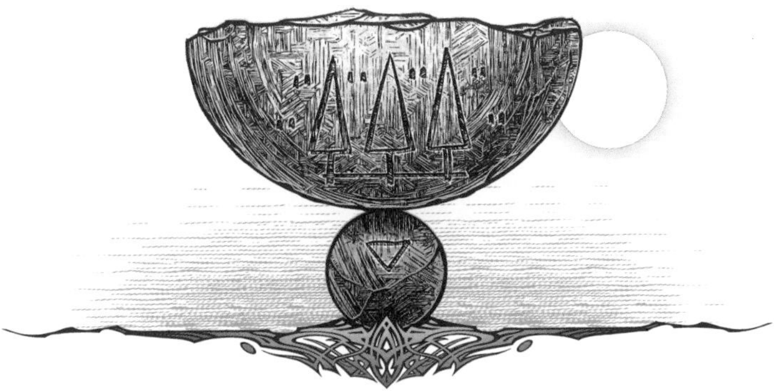

我跟在睿安的身後走回篝火，重新觀察並發現他帶了些現代科技過來。一棵樹上架設了太陽能光電板，只是天色黑了之後不容易辨認出來。附近搭了帳篷，旁邊的樹椿上擱著一臺闔上的筆記型電腦。另一棵樹下放著多功能折疊鏟斧，軍方的最愛。

看來他爲中世紀生活做了不少準備。此外，睿安深諳如何與地方居民合作。他能放下身段融入族群，所以不那麼像外人，甚至教大家如何對抗黑幫那種社會問題。能招募這麼多人的盜匪團爲他效力，我並不意外。

褚睿安有魅力。不僅是完美的警察，也是完美的人類——可靠、正直得好像有病。

正因如此才有我利用的空間。

「嘿，瑟翡雯、索珂和伊斯坦。」我朝他們三人說：「有好消息，睿安可以幫我們對付烏瑞克。」

「時間緊迫，」他正從帳篷旁的陰影裡拉出一個黑色移防包。「我們明天必須到達懋港，所以一大清早就出發。願意幫忙的人我都相當歡迎。」

「我們兩個在家鄉是搭檔，」我伸出拇指朝他一比。「就好比我是季父、他是親衛那樣。」

睿安聽了歪著嘴苦笑，每次他覺得我在胡說八道時，就會做出這副表情。「這是不太精準的說法。」

「好吧，我們算是平起平坐。」

「他是個學生，」褚睿安對其他人說：「我就帶他跟著我一天而已。那次的任務很輕鬆平靜。」

「你對我在學院的好表現印象深刻，」我繼續進逼：「覺得我一定能成爲厲害的警察——呃，戰士。」

他以同樣的表情搖搖頭，似乎不想當眾駁斥，但看得出來他受不了我一直顚倒黑白。相較於以前，其實睿安已經變得很沉得住氣了，可惜現在我需要他以前的那副脾氣。我只好再次進逼。

「因爲有我的鼓勵，他才成爲了戰士。」我告訴伊斯坦：「沒我的話他根本不會去鍛煉。」

「夠了吧，強尼，」睿安開口：「你這話就太離譜了。」

我故作無辜地望著他。

「強尼以前根本是個小偷，」他對大家說：「當然，現在我們團隊的人也幹過強盜——」

「叫做『更生』，」其中一人大叫：「你教過我們，對吧？」

「對。」睿安繼續說：「因爲環境不好所以鋌而走險，我覺得這沒什麼。但強尼的話，我們從小就認識了。他可不是環境問題，而是自甘墮落。話說，我也應該先把話說清楚——他曾經是烏瑞克的手下。」

我聳聳肩別過臉，假裝不以爲意。篝火周圍一時沉默。然後，感謝老天，她眞的先開了口。

「他以前是怎樣的人？」瑟翡雯問。

「他……」睿安猶豫了。

「很好的人，所以珍才選擇了我。」我故意打斷他。這樣利用珍的名字，我心裡有點過意不去。但她已經離開了，而且只有這招能有效挑釁睿安。

果然睿安嘆了口氣，立刻反唇相譏：「強尼就是個做什麼都不行的人，無論什麼事，做一做不得他意就會跑掉。所以他根本也不是什麼偉大戰士，只會吹牛騙人。我唯一一次以爲他終於爭氣了，結果居然也是場騙局。」

他繼續說：「在我們家鄉，很多人願意花錢看兩個人打架，還會賭誰輸誰贏。可是強尼辜負那些觀眾的信任，會故意敗給對手，讓他朋友從賭局中賺到錢。他就這樣越輸越多次，輸到再也沒人想看他打拳。更好笑的是，強尼自己根本沒賺到錢，錢都被烏瑞克拿去了！」

雖然挺傷人，但我就是想逼他說出這番話。接下來——

「強尼對身邊的人而言簡直就是寄生蟲。」睿安卻還沒說完：「每次見面都想跟我借錢。難得談個戀愛不好好經營。把自己爸媽和妹妹逼得避不見面是爲什麼，因爲欠妹妹太多錢啊。和他相處起來只會心力交瘁。」

呃，這好像超乎預期了，或許之後不要再提起珍——

「還有，」睿安激動得舉起雙手，在半空中比劃。「不管我做什麼事，他都像個跟屁蟲陰魂不散。我說要上美術學校？他先跑去註冊了。我剛從警校畢業？下星期他就登記入學。我說我有喜歡的女孩子？他當天晚上就約人家出去。我都跑到另一個次元了，結果竟然還會見到他！」

面對一連串狗血淋頭的指責，我杵在原地眨了眨眼。

睿安粗聲地呼吸著。

這才是他心底眞正的感受？

這才是他一直以來的感受？我是個寄生蟲？我的失敗……成爲他的負累？

其實我並不感到意外。我內心深處早就察覺了。從我沒記憶、什麼人也不是的時候居然更覺充實這一點，就可見一斑。

只是親耳聽人說出口……

而且還出自睿安……

我掉頭走回那片沒人看得見自己的深邃森林。我並沒有太深入林中，只是單純不想面對別人。或許也是不想害他們非得面對我。

又或者，我只是個懦夫。

我找了塊岩石當靠背坐下。睿安心裡應該也不好受。眞慘，我逼他出口傷人，結果卻也讓他毀了我的一天。我仰頭頂著石塊，呼出又長又緩的一口氣。我關閉夜視功能重新睜開眼睛，這才眞正看見森林有多暗、夜色有多黑。黑暗彷彿具有生命和獸性，是我來到這個次元之前從未見過的品種。

樹枝顫抖、樹葉窸窣，整座森林彷彿甦醒了。樹冠與灌木叢沙沙作響，不知後頭藏著什麼。縫隙間吹來的風冰冷但清新，味道很複雜——有土壤、葉片，也有死水與腐水的氣息。附近彷彿能看到影子晃動搖曳，是我在幻想還是眞有其事？好像能看出形體。「能讓我加入你們嗎？」我朝它們低語：「我不想再被人找到。這也是為什麼我過來這裡。」

那些影子朝我竄近。從森林外看見超自然的形體讓我害怕，但走進林子後再接觸它們，反而讓我沒那麼畏懼了。它們似乎不帶惡意，就只是……好奇。影子在周圍停留片刻，接著一個一個逃回樹幹後或矮樹叢內。

「你的存在對它們是種傷害。」耳裡響起聲音，音色如同晚秋時節的樹梢葉子乾枯零落。

「連它們也不能倖免？」我自嘲道。

「也不止是你，」靈體解釋：「另一個世界過來的人都會。你們身上那種特殊的靈氣會傷害我們，久而久之能奪走我們的性命。你們那個世界慢慢滲透這裡，對靈體而言就像是毒藥。」

「你不怕嗎？」我又問。

「我也會受到影響，」它低聲呢喃：「只是我的力量夠強，毒性輕微就沒有大礙。」

從我世界過來的人……會傷害到靈體？指南書上好像有提到……「我們具有實質，」我表示：「那個世界可以顛覆這個世界。」

「那不是實質，就只是毒藥。與我們相對的存在，對我們而言足以致命。」

「所以，烏瑞克在這裡設置永久基地會有什麼結果？」

「游靈的死亡，」它耳語說：「不再有氣運，也不再有神明。」

「眞是太可笑，那這樣他也沒辦法再控制機率了，對不對？他只是親手把想征服的東西給摧毀罷了。」

「沒錯。」

幾道小影子在我身邊繞來繞去，靠近一下下又彷彿在害羞般地迅速溜走。我聯想到野生的小動物——對人類好奇，但又很緊張。我望著它們，聽著森林彷彿在對它自己說話般地沙沙作響。

一旦烏瑞克得逞，這些小東西將不復存在。

我必須阻止他。至少得盡力一試。

而且這代表我眞的能做點什麼，還有繼續存在的意義。

背後傳來樹葉的沙沙聲，我嚇一跳轉身探頭。隔著岩石，我看見瑟翡雯站在森林邊緣與我這位置的中間處，一根小蠟燭的火舌被捧在她手裡呵護著。

她張大眼睛，但壓低聲音說：「弗文斯？你在那邊嗎？」

「嗯。」我一開口，那些影子連忙退開。

「回篝火那邊去吧，」她勸道：「這裡不安全。」

「空地就安全？」

「是啊。」她還是很小聲。「應該是另一個淨靈的關係，你稱爲睿安的那個人。」影子靠近她時，琵翡雯東張西望。「遊靈和其他無形事物都不敢靠近他。」

「它們也不願意靠近我。」我說：「我們那個世界的人會對它們造成傷害。」

「沒這回事，不是有個遊靈就跟在你身邊？」

「就是它告訴我，我們會傷害靈體。」

琵翡雯端著微弱火光走過來。「它和你說話了？」

「沒錯。」

她又靠近了些。「那是怎樣的聲音？」

「就……很大自然。」我回答：「我不知道怎樣解釋比較好。」

我示意她也坐下，琵翡雯將銅製燭臺放在旁邊的小石頭上。我們兩人面對面，起初無言以對，許多影子在距離大約十英呎外圍成一圈。

「你和淨靈睿安，」琵翡雯最後主動開口：「好像有很多糾葛。」

「他最了解我，可能比我父母還了解。」

「淨靈也有父母？也對，畢竟神都有父母了。但我不大確定遊靈有沒有。」

「睿安和我其實並不是妳想像的那個種族。」我說。

「但你們那些力量……」

「妳會因爲自己看得見靈體，就覺得高人一等嗎？」

「是不會。」她說：「但這不一樣吧？」瑟翡雯打量我一陣。「我看得出來，」她繼續說：「他那些話傷到了你。」

「是我故意激怒他，」我說：「就是希望妳能明白，眞正的我是什麼模樣。」

「所以，他說的都是眞的？」

「對。」

「你欺騙了將賭注下在你身上的人？」

「沒錯。不過眞正做決定的人也不是我。」

「是那個叫做烏瑞克的人，你只是傀儡。」

「我被他榨乾價值之後，」他說：「他還要我去看門，就只爲了笑話我。」

「你在淨靈裡是最卑微的階級……」

「是啊。」

「幾乎就是個凡人。」

我笑了。她也笑了。

「所以你之前說自己不是騙子……並不算錯，」她又說：「但也不大對。」

「我同時處在這兩者之間，」我附和：「一種量子機率的狀態。」

「那是什麼東西，我聽不懂。」

「喔，這個眞的很深奧。」

「是嗎，」她翻了下白眼。「今天很多星星呢。」

「明明隔著樹葉根本看不見。」

「反正是眞的有星星。」她起身，猶豫之後朝我伸出手。「我們的故事都說要避開淨靈，尤其是英俊的淨靈。」

我嘴角微揚，抓住她的手站起來。

「從這角度來看，」她說：「你就不是特別危險了。」

「鄭重告訴妳：我在我們那邊可是大家公認的美男子。」

「眞的？」

「當然，我媽可以作證。」

瑟翡雯一展笑靨，卻又隨即斂起。「你眞的和父母斷了聯繫？」

「他們在亞特蘭大養老，」我說：「所以一半一半吧，」我掐掐她的手。「瑟翡雯，睿安說的都是眞的——但我不打算回去當從前的自己。在你們的世界裡，再卑微的淨靈都能派上用場。」

我們兩人一起走回篝火。一路上她緊握我的手——說不定是顧忌那些影子，但我不介意。我牽她的手是出於不一樣的理由。我已經好幾年沒有爲自己的際遇慶幸過，想不到窩囊的經歷還能用來修補人際關係。

說不定一直以來，我只是需要同樣覺得自己很窩囊的人陪伴。

（全新推出！）

比真實人生更美好體驗™

與本指南修訂版一起隆重推出的，還有本公司最新力作：次元對抗挑戰賽™！[註1，註2]（本公司仍持續提供「比真實人生更美好體驗™」的標準服務[註3]，請見下一部分。）

受到本公司最受歡迎的真人實境秀《魔法師對魔法師：征服不列顛》啓發，「次元對抗挑戰賽」需要兩位以上的魔法師一起參加。每個挑戰賽次元都會安排一位客觀中立的裁判，賽期為一年（可延長）。裁判觀察後，會根據次元特有的地形、文化、政治提出勝負標準。（泛用規則包括：不可直接傷害其他魔法師，除初始裝備外不可額外攜帶武器和資源，遊戲期間不得離開指定區域尋求其他國家支援。詳細說明可來信詢問。）

次元對抗挑戰賽分為四種類型。

【經典征服賽】

玩家分為兩個陣營，開場時獲得定量資源與勢力範圍。遊戲目標是奪取城市政權、培養軍隊，誰先征服對方領土誰就獲勝！

【奪堡大賽】

奪旗比賽的實境版本，參賽的玩家或隊伍爭逐戰略要地。通常不會自行培養整支軍隊，而是聘顧當地傭兵。

【加冕大賽】

限兩名玩家。開賽時為雙方指定目標區域，進入時不可攜帶任何資源，獲勝條件為搶先奪得完整政權——其定義為受到當地所有百姓奉為君主。（此賽制中不可對另一玩家宣戰，但可透過其他手段妨礙。請參考官網的現行規則說明。）

【強化狂潮】

最瘋狂、最終極的戰爭競賽！各玩家或隊伍隨機獲得不同的現代科技優勢，例如現代武器或短效奈米注射，將這些資源提供給當地人之後，看看誰能用兵如神、百戰百勝！

別錯過《魔法師對魔法師：戰火連綿不列顛》第4季——三支隊伍將角逐不列顛王者大位，絕對精彩刺激！這一季的次元還在石器時代，外頭有活生生的猛獁象出沒！

[註1] 任何方案皆可加入次元對抗賽內容，但不推薦次元旅遊新手直接參賽。

[註2] 次元對抗賽提供85折熟客價給持續參與的玩家。祝您旗開得勝！

[註3] 我們萬分遺憾：由於「致變原科技」終止營運，大獲好評的奈米致變喪屍戰™也必須暫停。本項體驗將在接洽新的喪屍奈米供應商（或待致變原科技的團隊出獄）後重啓。

第29章

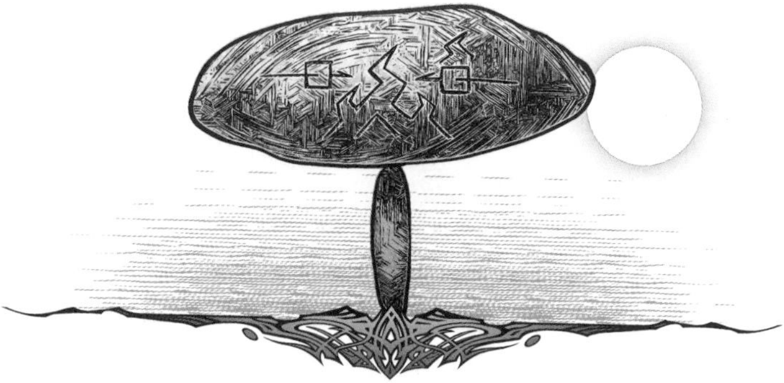

回去強盜營地時，大家正差不多要準備休息了。他們將睡袋聚集在一起，伊斯坦也在他們旁邊設法弄了一個床位——不過索珂提議瑟翡雯和她去室內，就是我被暈眩彈打昏時休息的小棚屋裡。

我發現自己尷尬地站在篝火旁。奈米系統重啓，訊息說今晚不睡覺無妨，但不睡就得面對褚睿安。他正坐在帳篷外面打電腦，留意到我視線便抬起頭。

「嘿。」我出聲。

「所以，嗯，」睿安說：「我們先專心收拾烏瑞克？」

那些讓人不自在的情緒就先擱置是嗎？正合我意。我坐在地上，他將電腦稍微轉向給我看螢幕。

「這是懋港的情報。」他調出一座小城市

的詳細地圖。

「就這樣？」我故意說：「就只是一張整個地方的完整地圖？」

「我還對郡侯宅邸和周邊建築物做了3D建模。」他又按了按鍵。「郡侯被關在這個地坑裡——這裡的人對於監禁的技術毫無概念。我在這裡標出了衛兵巡邏的路線，就是綠色的部分。」

我用視覺強化將地圖拍照存檔。他對宅邸隔壁一棟像是集會所的大屋子也做了額外標記。

「這個是？」我問。

「烏瑞克的據點和設備室，」他回答：「換句話說，傳送門也會在這裡。整座城只有這棟建築安裝了現代保全，所以我認爲導標應該也藏在裡頭。除非是可攜式型，那他大概會帶在身邊。」

我緩緩點頭。

「保全包含微動作偵測系統，」睿安繼續說明：「我已經盡量推測偵測範圍，用藍色標示出來。收訊範圍延伸到懋港內牆，身上有奈米機器或強化裝置的人一走進去就會觸發警報。上次我就栽在這裡。」

「你的能幹程度有時候眞的很噁心。」我說。

「要是你知道我準備得多不周全，肯定說不出這句話。」他說：「其實本來的任務只是勘察，所以我只帶了最低限度的裝備，槍也沒幾把。砸你的暈眩手榴彈是最後一顆，現在只剩下兩把槍、一臺筆電、那些太陽能板、一支無線電電話機，還有我身上的防彈背心。很慘，我知道。」

「我只拿了斗篷、快用光的圓珠筆、內容九成是廣告的指南書就過來了。」

「也是，」他回答：「強尼．韋斯特總是這麼天眞可愛！」

「你是要說愚蠢無知吧，睿安。直說無妨，剛才也沒看你有在顧忌。」

避免不自在的情緒我很在行，但在最不恰當的節骨眼說出最尷尬的話，這才是最經典的強．韋斯特。

「強尼，」他說：「我不是那個意思。」

「不，你是。我們都心裡有數。」

「我確實有那些感受，」睿安說：「但我知道自己說得過分了。大概是因為壓抑過度吧，你懂的？」

嗯，隨你說怎麼說。「我們有辦法阻斷他的電源嗎？」我指著螢幕問：「那樣偵測系統也會停擺才對？」

「那不容易。」睿安回答：「那個集會所裡有核融合發電機，是抽取氫氣產出黃金的那一型號。」

能想像人類花大錢買黃金的那些年代嗎？

「得趁他的援軍抵達前先處理掉導標，」他繼續說：「期限是奧丹日（Wodensday）。」

「……奧丹日？」

「抱歉，」他改口：「就是星期三，當地人的說法。你應該聽過吧，英文的星期三就是以奧丹為典故。」

「喔，當然。」其實我完全不知道。「你確定他的探視團隊會被傳送到導標位置？我就被落在相當北邊的地方。」

「烏瑞克的人馬是一定有備而來。」

這麼說也沒錯。「那我們該怎麼做？」

「明天一大早我們穿越森林，」睿安放大地圖，展示周邊地形。「抓緊時間的話明天晚上抵達。然後，奧丹日的一早便分兩路進攻。我用無線電聯絡那邊的線人，雖然對方沒辦法幫忙關掉警報裝置，讓我走後門潛入還是可以才對。同時你——」

「等等，你在烏瑞克那邊有線人？誰啊？」

「抱歉，強尼，這我不能透露。」

「總不會是奎恩吧？」

「不是他。」

我目前見到的只有奎恩與烏瑞克，但對方陣營不止兩人也很合理。儘管烏瑞克是黑幫老大，而且本身戰力就很強，他卻非常明白肉盾在關鍵時刻的重要性。

「所以你走後門進去，那我們其他人呢？」

「調虎離山。」睿安說：「帶我的人走前門，警報會集中在你們那頭。」

「等等，所以我去觸發陷阱，你趁沒人的時候溜進去？不能換我溜進去嗎？」

「你知道導標長什麼樣子？」他反問：「能在不破壞的前提下關掉訊號？還有用這幾張地圖潛入內部？」

確實不能。就算當過賊，我也只是技術平庸、不值一提的小賊。拳擊也一樣，才能不過中上而已。睿安身上同樣擁有強化，而且是警用等級，性能更好，還能全程錄影、紅外線掃描等等。

除此之外……睿安也不敢將成敗關鍵託付給我。從肢體動作和他盯著螢幕不敢正眼看我這兩點就能明白。

意思很明確：讓你砸鍋的風險太大，我擔不起。

他從口袋掏出一個黑色菱形金屬物體，有點像是手榴彈多了幾個角。

「這就是次元導標，」睿安解釋：「要是我在行動中出意外，就得由你找出來。烏瑞克的那個導標體積會更大，處理掉他的再啓動我的，警方支援應該很快就到。」

睿安又伸手朝旁邊睡成一團的那夥人比了比，然後輕聲說：「他們人並不差，淪爲盜匪是不甘心看到自家郡侯被異鄉人把持，所以聽到能夠保衛家園時便立刻答應一起奮戰。我對此感到佩服。問題在於，他們遇上現代武器能怎麼辦？全都只是炮灰。」

他繼續說：「有個身體經過強化的人跟在旁邊，我會安心很多。只要一關閉導標，我們就立即撤退，並不需要跟烏瑞克決一死戰。切斷他的後援，呼叫我們自己的人，一切就大勢底定。這是很重要的任務，而強尼你扮演的角色也很重要。所以這一次，我要很認眞地請求你：撐到最後。」

我點點頭。我暗忖自己能想出的計畫，恐怕沒有人家一半的周全與有條理。

「我懂，」我回答：「只是不大喜歡當誘餌。考慮到時間緊迫，給分寬鬆些——三顆星。」

「你打分數的習慣還沒改啊？」他搖搖頭。「強尼，如果你眞的希望人生有所改變，就得先丟掉筆記本，別再給大家評頭論足。否則你只會覺得什麼都看不上眼。」

「筆記本早就不見了。而且也不是每個人我都會給評價。」

「你才剛給我的計畫做評分。」

「對。但那是——」

「我敢打賭，你剛認出我的時候，一定心裡也偷偷對羅賓漢的造型評了分。」

我轉頭望向森林。夜視沒開，所以看得到黑暗中的遊靈翻湧攪動。「所以在你眼中我是這樣啊？覺得是我……看所有人不順眼？」

「強尼，」睿安說：「每次你有了新目標，一旦發現自己的成績不如預期就會很快放棄，但是轉換目標以後也只是再度放棄。因爲你的標準太不合理了。而且你要求身邊每個人、每件事，卻獨獨不要求你自己。」

「我只是在做決定的方面有障礙。」我低頭，知道自己兩頰發紅。「失憶期間，我也在想爲什麼自己會習慣給每樣東西打分數，還想說難道我以前是做藝術評論、美食評論之類的人？後來……」

「後來才想起來那其實是你的怪癖？」

「是想起來我以前過得多憂鬱。」我說：「大家好像天生就知道自己喜歡什麼。我在警察學院表現不理想，所以才開始記錄自己喜歡什麼、不喜歡什麼，一開始的動機是覺得詳細記錄的話，或許能有比較基準。我本來希望……透過比較的過程，能慢慢釐清自己到底是什麼樣的人，喜歡和適合什麼。」

睿安困惑地搖搖頭。「強尼，哪有人不知道自己喜歡什麼啊？」

他不懂。不過當然了，某部分是因爲我一如往常地解釋不清。所以我才需要做評分。我想從紀錄裡找出自己沒察覺的傾向，這樣或許就能了解自己、了解世界。

結果原本的目的沒有達成，但……我發現自己喜歡評分。那些分數不一定代表什麼，常常沒有意義。我出於目的才開始給事物打分數，之後就只是因為有趣而成了習慣。我樂在其中。

五顆星。這就是我，我就是這種人，而且沒必要對褚睿安解釋太多。

篝火暗了下來，睿安走過去加了幾根柴薪。火光變亮了些，我這才看見有些人在旁邊擺了供品，還有想請遊靈幫忙的東西，像是壞掉的鞋子或沒磨利的刀。

「他們平常也是這樣供奉嗎？」我小聲問。

「不會。是跟你一起的那個小姐說有遊靈跟著，所以……」他搖頭。「我一直叫他們不要迷信。」

「但遊靈眞的會幫助他們，一早醒來事情就做好了。這你如何解釋呢？」

「不是說過了嗎，這只是量子機率操作。」

「鞋子修好這種事也算量子機率？」

「在我們的原生次元裡，像這樣誇張的現象很少見，」睿安解釋：「因爲很多事情的可能性雖不爲零，卻無限趨近於零。舉例來說，理論上，一個房間裡的氧分子經過碰撞後會集中到房間某一側，導致留在另一邊的人窒息，問題是這種現象的機率微乎其微，因此在我們那邊等同於不可能。但在這個次元裡，類似事件成眞的機率會高出非常多。

「鞋子自行修好這種事，跟你說的自然現象似乎不大一樣，這已經脫離可能性的範疇了。」

「或許吧，」睿安說：「但一定有合理解釋。現在我們能確定的是，這個次元會干擾機率運作，否則烏瑞克根本懶得過來。」

「合理的解釋就在眼前，所以當地人學會和遊靈做交易。」我反駁他。

睿安聳了聳肩，不想再跟我繼續爭辯。他轉頭在行李翻找一陣，先取出能夠射穿裝甲的高威力手槍，接著丟了一包軟綿綿的白色東西給我。

一包……棉花糖？

「我當初預期會露營就帶來了。」他解釋：「一直捨不得打開，但反正是最後一天了……」

「不分給他們嗎？」我指著那群熟睡的壯漢。

「你有沒有給他們試吃過現代人的點心？」

我搖搖頭。

「總之，他們對糖的接受度遠低於我們。」說完，他丟了根木籤過來。

此刻感覺像是回到童年，他父親帶我們露營的美好時光。隨著火焰啪嚓作響，棉花糖烤熱的香氣四溢，很熟悉的幸福感。跟以前一樣，我又把棉花糖烤焦了，睿安也和以前一樣，把他烤出完美焦糖色的那串換給我。

我凝視著燒紅的木炭，它們隨著夜風忽明忽暗，彷彿會呼吸。「睿安，究竟是哪裡開始出錯的？」

「大概是從你加入黑幫開始吧。」

我搖搖頭。「那時我已經在谷底了，睿安。加入他們是走投無路、迫不得已的選擇。」

「那你不應該休學的。」

果然是褚睿安這種人會說的話。「我不是自己休學，」我低聲說：「而是被警察學院退學的。」

他這才轉頭望向我。

「他們說我的態度不對，」我繼續解釋：「是什麼……失敗者心態。我試過了，睿安，我一直都很努力。有什麼指令就盡力達成，然後也試著模仿你。不是說只要努力就會成功嗎？但這句話在我身上好像不成立。」

「你這樣說是逃避責任。」睿安回答：「生涯並不是建立在運氣上。」

「哦？」我低語道：「那為什麼明明是奈米系統強制更新而導致故障，我卻因此被操作模式測驗當掉了？還記得嗎，是系統將我的時鐘往後調了一小時，害我錯過課堂時間。」

「也就一次而已啊。」

「而你卻和凡妮莎（Venessa）同班，所以有機會參加她父親的派對，」我繼續說：「順利進入她父親擔任主管的部門。」

「良好的人際關係很重要。」

「幸運的人際關係更重要吧。」我說：「睿安，既然你說房間裡的所有原子集中到同一側這種現象都有可能發生，爲什麼一個人無論做什麼都因爲意外而失敗，反倒成了不可能的事？我並不是打算將自己身上的一切怪在命運頭上，但至少那是部分因素。」

「一小部分而已。」

「一塊小石頭也足以引發雪崩。」我繼續說：「人生又不是賭桌，每一把輸贏機率都一樣。現實世界裡，僅僅一次小失敗，人就會懷疑自己不夠好，然後開始緊張，緊張了便更容易犯錯和矯枉過正。結果每況愈下，一次又一次失敗，最後積重難返……」

我重重嘆息。我在做什麼？幹嘛又何苦給自己找理由？難道還想將過去那些糟糕的選擇，歸咎於沒有天時地利人和嗎？

不對，我意識到，你並不是不想爲自己負責。你只是一直以來都認爲自己毫無價值。不是別人將我推下懸崖。只是雪球越滾越大。

「你說的也不無道理。」睿安又烤好一塊棉花糖。

「哦？你居然同意我？」

「聽你剛剛那樣講，」他表示：「我也不禁懷疑自己能有現在的自信，是不是因爲以前做什麼都很順利？當我看見別人的失敗——不是針對你——我總告訴自己那是他們不努力。如果不這樣思考，就會害怕有一天我們會立場對調。」

我點點頭。

「話雖如此，」他話鋒一轉：「責任感還是很重要的，強尼。我們唯一能控制的，就是自己如何面對逆境。」

「你確定這能控制嗎？」

「必須如此，否則人就眞的失去選擇權了。」

「事情眞有那麼單純嗎？」我嘆道：「或許就只是一團剪也剪不斷、理也理不清的糊塗帳罷了。」

我們都沉默下來，耳邊剩下火焰啃噬柴薪的滋滋聲。

最後，我壓低嗓音開口：「珍走了以後，我意識到自己在逐漸荼毒身邊的所有人。但糟糕的日子像病毒自我增殖一樣不斷延續。留在那個世界裡，我沒有辦法活出別的樣子，只好想辦法離開。」

「所以你就只拿一本書跳進次元傳送門？」

「我當時沒有想太多。」我喃喃低語：「我害死了她，睿安。」

「不，你沒有害死她，別說那種話。」

「是我逼走她。」我閉上眼睛。「如果當初她選擇你，一定會過得很幸福。我們心裡都有數。」

「或許吧，」睿安說：「但強尼……我沒有因此埋怨你。」

「每次提到她，你就會情緒失控。每一次。」

「那是別的原因，」他回答：「和你想的不一樣。」

我望向他，有點困惑。

「你或許犯過很多錯，」睿安說：「但珍的決定不必你替她負責，我也從來、從來沒有因此怪過你。認真說起來，和珍交往或許是你比較體面的事蹟之一吧？」

我迎視他的雙眼。該死，他是認真的。

「你想在這裡展開新人生，」他繼續說：「這麼嘛，我想不是沒有機會。我們會一起逮到烏瑞克——而功勞永遠都有你一份。你也真正證明了自己。」

「證明什麼？」

「證明你能從雪崩底下爬出來啊，強尼。再大的難關你都能挺過去。」

第 30 章

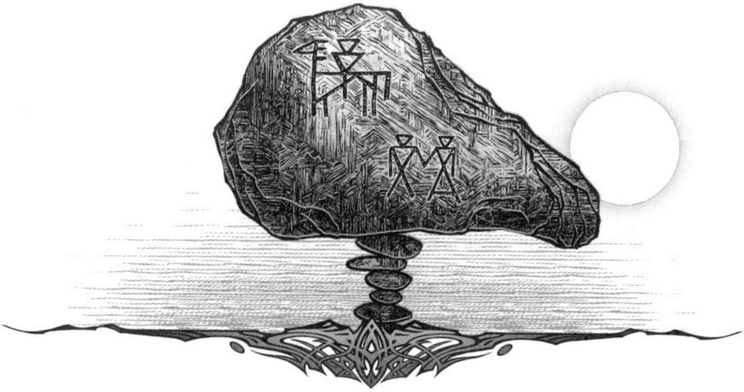

「畫人物沒妳想的那麼難。」我坐在馬背上說。

「奇術沒我想的那麼難，」走在旁邊的瑟翡雯表示：「好喔。」

「這不是什麼奇術。」我說。

「就像血肉之軀擋住鐵做的兵器『不是奇術』一樣。」

「那是另一種『不是奇術』。」我笑道：「想像一下，如果妳回到過去和穴居人聊天，他們是不是會以爲妳懂得用火就跟法術一樣。」

「當然。」她說：「……『穴居人』是什麼東西？」

「呃……」我想這個詞需要現代考古或人類學的背景知識才有意義，而且瑟翡雯不算見多識廣，面對她，不像面對亞札德那樣容易解釋得清楚。

我在一匹性格溫順的老馬背上思考。多數的馬匹都被用來運送裝備，但大家堅持「淨靈」得有馬騎，還有一匹讓給索珂老婆婆。

理論上需要坐騎的不是褚睿安和我，奈米系統對持久力幫助很大。然而實際上又得考慮到其他人都已習慣長途跋涉，就算我有強化系統，不代表步行速度跟得上。爲了確保及時抵達懋港，我便沒有推辭。

隊伍直線穿越森林，白天的樹林不像夜晚那樣陰暗，而且幸運的是，這個地區的樹木巨大而使得灌木叢很少。我試著不去意識到自己要與烏瑞克做最後對決，但實在很難。我眞的準備好了嗎？我還是當初那個任他羞辱的人，那個總告訴自己下次就要反抗的窩囊廢。

我不斷對自己說著。

恐怕還沒準備好，我這麼想著，然後伸手進鞍囊裡翻找，翻出睿安給我的一本白紙和一枝鉛筆。一枝完美的鉛筆！果然失去過才懂得珍惜。話說回來，鉛筆是什麼做的？木頭，當然了。但筆芯是石墨吧？石墨到底是什麼東西？我想查詢，但當然系統連不上網路。

「其實，」我一邊說，一邊將紙轉過去給瑟翡雯看。「畫畫件事就是兩個基礎觀念，」我解釋的同時，啓動了手部穩定功能來抵銷馬匹的晃動。「形狀和光影。」我以粗厚清晰的線條簡單描出她頭型和五官，加上一點陰影再修飾眼部，整個感覺就出來了。畫臉我還行，別叫我畫手。

「我之前也看過這類東西，」她語氣充滿好奇：「但爲什麼你畫出來的特別眞實？」

「我們那邊把這種技巧叫做『透視』。」我繼續解釋：「有的東西遠，有的東西近，對吧？而人的身上、臉上也一樣，有的部位離妳近，其他部位就稍微遠一些。在畫面上表現出這種遠近差異，就能營造出眞實感。」

我說：「總之不要當作平面來畫。像我可以加一些陰影——然後眼睛跟著弧線——再用一點前縮透視技巧……」至少對我個人來說，將一幅圖變得眞實有幾個關鍵時刻。眼睛是關鍵要素，還有瞳孔反射的光點，但嘴唇也不可忽視。完工。

「這就是奇術。」瑟翡雯依舊很讚嘆的口吻。

「就算是好了，」我回答：「這是一門妳也能學會的奇術。」我將紙筆遞過去。

她接過去之後似乎感到頗有興趣，在我鼓勵下，她拿著鉛筆邊走邊畫些簡單圖案。「你們的羊皮紙好光滑。這枝筆……墨水都不會用完，而且一畫下去線條就乾了……」

明明看過我皮膚變色、口中發出雷鳴、赤手空拳擋住兵器，結果鉛筆和白紙居然才是她眼中最神奇的現代科技。瑟翡雯畫了一些螺旋花紋，之後我又說動她練習人臉和減輕力道上陰影的手法。

畫到一半，瑟翡雯忽然原地僵住，我趕快拉住馬兒等著。她的指尖顫抖，接著將紙筆遞向我，小聲說：「拿回去，免得我做傻事。」

「妳是說寫字？」我問。

她點點頭。畢竟她是負責留存傳奇和故事的人，認得符文字母也很正常。「奧丹禁止人類書寫。」

「奧丹只會嘲弄我們。」伊斯坦走過來。「我們越軟弱，祂笑得越開心。」

「這是祂給的試煉。」瑟翡雯反駁。

「那祂怎麼不去試煉一下胡狄人呢？」伊斯坦問：「為什麼祝福胡狄人，卻詛咒我們？」

「他們的信仰更虔誠。」

「他們只是比較能打，」伊斯坦說：「奧丹看誰強就獎賞誰罷了。祂有什麼理由不管他們禱告，反而來聽我們求什麼？祂有什麼理由站在我們這一邊？」

「我們可以奉獻更多，」瑟翡雯回答：「祂喜歡人類的奉獻。」

伊斯坦陷入沉默不再多言，點點頭，便繼續往前。索珂騎馬跟上他——但她稍微放慢速度朝瑟翡雯搖搖頭，特地咕噥了句「傻瓜」才揚長而去。

瑟翡雯低頭不語。我明白她那種羞愧的情緒，於是跳下馬，牽著牠走一段路。我厭倦了這樣高高在上地俯看她。「嘿……」我開口：「你們這個世界我是了解得不多，但我知道妳不傻。」

「可是她說得沒錯。」瑟翡雯將手搭在我的手臂上。「我明明沒有能力，卻總是自稱詩客。我一副精神導師的口吻去斥責說出事實的人，但眞正的我哪有資格對伊斯坦大放厥詞？所以我確實很傻。」

「或許妳只是不放棄希望。」我將她拉近，她幾乎挨著我一起走。「我覺得那樣很棒。」

我們靜靜走著。就……只是走著。我還不大確定彼此間若有似無的火花究竟代表什麼，只知道自己喜歡這個氣氛，無論是否來得太突然。反正我沒打算鬆手，儘管兩個人緊靠著並不是很好走路。也許她和我都察覺到前方等著的是殊死一戰、前途茫茫，而我覺得我們——至少我個人——的生存能力還比不上那位以別人錯誤爲樂的八十歲老太太。

一抬頭，我看見睿安正在前面的大樹下等候。伊斯坦也守在那裡，似乎在提防出亂子。其實就只是我們兩個落後隊伍太多，睿安想確認狀況。怎麼騎個馬他也能騎得英姿煥發？他的韁繩輕握手中，步槍立於後背，斗篷飛揚得充滿戲劇效果。明明和我一樣與這世界格格不入才對，褚睿安就是能像個電影主角般走出螢幕。

「我們得加快速度。」他吩咐。

我點點頭，但沒放開瑟翡雯也沒回到馬背上，只是步伐密集了些。

「睿安大人，您背上的武器，」伊斯坦開口問：「可以殺死您的同胞？」

「可以。」他拉扯韁繩開始移動。「不過有設定奈米認證——總之別人沒辦法使用，恐怕就連強尼也不行。」

「烏瑞克和他的部下也有類似的武器。」伊斯坦說。

「我聽說過這樣的武器，」瑟翡雯加入討論：「黑熊王的劍別人也拔不出來。」

「強尼，」睿安朝我說：「你還是騎馬吧，速度比較快。」

「我跟得上。」

他的視線落在我和瑟翡雯之間。

「活在每個當下，」我告訴他：「才能全力以赴，一條魚的力氣——」

睿安哀號道：「別再說那個不遺『魚』力了。」

「幹嘛，很經典啊？」

「強尼，那是我聽過最冷的笑話。首先，你得知道那句成語——」

「不就是很普通的一句話嗎？」我朝其他人掃一眼。「大家……應該都知道吧？」

「誰能想到那邊去。」睿安駁斥：「何況這樣改根本說不通。那句話原本的意思是不保留自己的力氣，你改成不保留魚的力氣要幹嘛？願者上鉤嗎？」

我一直覺得很好笑，但被他這麼分析完又無言以對。

瑟翡雯掐掐我的手臂。「你們兩個講的話都好難懂。弗文斯，你們的世界究竟是什麼樣子？」

「爲什麼你們都那樣叫他？」睿安發問。

「因爲他要求我們用這個名字稱呼。」

「這也很荒謬，」睿安忍不住說：「他有名字啊，大家都叫他強尼。」

「弗文斯，」瑟翡雯重複了一遍：「你們的世界是什麼樣子？」

睿安嘆了口氣，策馬向前與手下會合。伊斯坦沒有跟過去。

「他有著王者風範，」鄉紳開口：「但眞的和您是朋友？」

「是我配不上他。」我回答。

伊斯坦悶哼一聲。「這個嘛，我也對你們的世界很好奇。反正還要走好幾個鐘頭，您就跟我們說說吧，尊貴的……弗文斯？」

稱謂在平時似乎無所謂，可是伊斯坦如此鄭重地說出口，瑟翡雯也堅持尊重我，我心裡忽然有點激動。睿安看似知道我經歷過的每件事，卻沒察覺我從未自稱過強尼。我的名字是強，我都是用這名字做自我介紹。

反倒瑟翡雯和伊斯坦將我的個人意願放在心上。如果他們在乎我希望別人怎麼稱呼自己……或許就代表他們在乎我這個人。

「我的世界嗎？是個很奇怪的地方。」我回答：「人能將閃電的力量化為己用，例如放在玻璃球內，撥一下開關就能讓它發光、照亮房間。」

「『開關』是什麼？」伊斯坦問。

「類似小木桿吧。」我說：「然後我們不騎馬。話說你們有馬『車』嗎？」

他們搖搖頭。

「戰場上也沒有戰車？」

繼續搖頭。

「至少你們有船。」我說：「那就想像是一艘船，底下裝了輪子，能在陸地上移動。閃電給予它動力，坐在裡面就能去很多地方。」

「為什麼不用船帆，讓風吹動就好？」瑟翡雯這麼問。

「它上面沒有裝船帆。」我拿著鉛筆搔頭。「我直接畫給你們看好了。」

接下來大約一小時內，我都在畫畫。邊走路邊畫圖眞的很難，所以雖然不情願，我還是抽離瑟翡雯，回到馬鞍上去畫。第一幅是房間裡有燈泡照明、冰箱裡儲藏著食物，還有一台微波爐能加熱。第二幅是摩天大樓，我在無數的窗戶裡畫出一間特別明顯的房間。西雅圖的都市天際線景觀衍伸出去，就像以太空針塔[註]為主的明信片那樣。在這個畫面裡，我的摩天大樓成為海灣沿岸眾多巨大陰影中的一部分。

瑟翡雯看懂之後瞪大眼睛。

「所以，」伊斯坦指著天際線。「你們每個人都住在這麼大的建築物裡？這是在彰顯種族的榮耀？」

「不對。」瑟翡雯小聲說：「每個窗戶是一個房間，裡面都住了人。每棟建築物有好幾百個這樣的房間，一塊土地有幾十棟這樣的建築……」

「還有成千上萬的小房子。」我補充：「我們那邊隨便一座都市的面積，都大過從史丹佛走到這裡的距離。」或許得把市郊算進去，不過這種細節我現在不想解釋。

「天啊……」瑟翡雯說：「感覺好……」

「擠？」我問。

「是好和平。」

和平？這個評語出乎我預料。

「這麼多人住在一起，」她說：「卻不會打起來。在你們那裡，打鬥是種表演，是給人看的競賽。所以或許你的有些同胞……從來沒見過死人。」

「確實大多數人連怎麼打架都不會。」我說：「從伊斯坦的角度來看，應該會覺得大家

註：Space Needle，位於美國華盛頓州西雅圖的景觀地標。

都弱不禁風。」

「弗文斯您誤會了。」伊斯坦開口：「殺戮展現的不是力量，而是無奈。能夠沒有殺戮、好好地生活……那才是強大的社會。要是靠殺戮能夠解決問題，我們這裡又怎會如同乾涸的田地逐漸凋零呢……」

老天，這人的內涵真是深不可測，雖然憂鬱了些。五顆星。很適合給類似車諾比爾事故那種災難紀錄片當旁白。或是我的戀愛故事也可以。

不過伊斯坦還真沒說錯。這個世界有真實存在的靈體、符文和氣運，非常奇幻瑰麗，但仔細想想，卻又沒有什麼值得羨慕的地方。指南書裡一直宣稱中世紀如詩如畫、淳樸美好，人與土地緊密相連，展現出農業時代的原始智慧……天知道到底是什麼智慧。

總之，書上都是騙人的。我沒看到淳樸美好，只看到殘酷暴戾扼殺了所有人的靈魂。或許撇開那一票嗜殺的維京人，其餘居民還算乾淨友善又好相處，甚至聰明得超出我想像，說話發人深省。但是時代整體的氛圍呢？

太糟糕了。即使不考慮外敵虎視眈眈、鎮日提心吊膽，他們活得還是很艱苦。若沒有現代化醫療，身邊這兩位朋友會是什麼下場？瑟翡雯會不會在分娩時死亡？伊斯坦會不會撐過無數惡鬥，卻死於被釘子刮傷感染那種小事？

我好想保護他們、幫助他們。如果能給他們科技就好了——這一點指南書說得倒是沒錯，即使動機不同，但結果都對當地人有好處。問題是我敢嗎？那樣做會不會破壞了僅存於這個世界的魔法？

有辦法兩全其美嗎？我開始思考，指引他們開發出疫苗與抗生素之類的，但不摧毀遊靈？但那些技術需要教授或工程師那類的人，不是我一個窩囊拳手轉行黑幫沙包的人能辦得到。而且想著想著，我總覺得好像忘記了什麼該顧慮的事情——

腿被輕輕碰了一下，我回過神。

「你竟然丟下這麼美好的生活，」瑟翡雯拿著我畫的圖文。「過來幫助我們對抗惡徒。」

「妳最好別又給我一副畢恭畢敬的樣子啊，瑟翡雯。」我說：「不然這次我就要採取極端手段，讓妳理解到我有多蠢。」

「被你這麼說我還真是躍躍欲試，倒想看看你有什麼本事。」

「小心我褻瀆神明。」

「你不是早就那麼做了嗎。」她回嘴。

「是嗎？那我就去說服伊斯坦弓箭有多好用，」我又說：「斧頭太單調乏味了沒有變化性。」

「不，不，」伊斯坦站在我馬匹的另一側，說：「別把我扯進去。不信神是一回事，侮辱羅溫娜我可不接受。」

「等等，」瑟翡雯問：「你替自己的斧頭取名字？」

「嗯，對。」伊斯坦說完別過臉。

瑟翡雯噗嗤一笑。

「這很少見嗎？」我問：「不是你們這邊的風俗？」

「以前沒聽過有人這樣做。」她回答。

「而且羅溫娜不是你夫人的名字嗎？」我追問。

「是啊。」伊斯坦的口氣依舊很正經：「我愛我的妻子，所以用她的名字稱呼另一件我喜歡的事物，這不是很合理嗎？」

「沒想到你也這麼怪裡怪氣……」我嘆道。

「怪裡怪氣？」瑟翡雯忽然說：「怪氣，是指怪的氣運，所以就是說一個人內在怪，連帶氣運跟著怪，對嗎？我喜歡。」她望著我。「你三不五時就會冒出很有趣的說法。」

「本人就是如此超凡脫俗，」我說：「而且英俊瀟灑。」

「對那些以為自己可能是人類的小動物來說，你的確是挺超凡脫俗的……或許也確實很英俊瀟灑吧。」說完她還朝我咧嘴一笑。我是不大了解盎格魯撒克遜時代的英格蘭人，但他們認得的字沒幾個，卻這麼會拐彎抹角罵人也眞是出乎意料。

出乎意料的還有……現在這種感覺。她輕拍我腿的觸感、聊天時的自在，我心裡的那份愉悅。

與珍相處起來不一樣，因爲我們總是氣氛緊繃又爭執連連。以前，我覺得談戀愛或許就是要吵架，但此刻卻體驗到截然不同的美好。

是我不夠好。我在心裡對珍說：對不起。

「尊貴的弗文斯，」伊斯坦開口：「我不是想窺探隱私，但您也曾經當過戰士，是否已看慣人的死狀？」

「很遺憾，」我回答：「我和人打鬥幾乎都是在比賽場地裡。」

「類似訓練對打是嗎。」他點點頭。「我們也有類似的活動，不過……聽起來不像你們那邊那樣非常正式。」

「在我最風光的時候，曾聚集過好幾萬名的觀眾。」

「都是人嗎？」他大吃一驚。「這種數字……完全超出我的理解。不過……」他遲疑地改口問：「但您負責打輸？作假賺錢？」

「對。」我小聲答道：「雖然實際上我只做過那麼一次，而且就是烏瑞克要求的那次。」

「爲什麼你會願意呢？」伊斯坦繼續問。

「那時候，我幾乎等同於他的財產。」我解釋：「那些特殊能力都是他花錢給的，只不過……打最後那場的時候，他把我很多的能力收回，我被打得頭破血流。所以我現在雖然能用手臂擋下斧頭，卻會被人一板子打臉打暈。」提起這事還是覺得很丟臉，明明我沒那麼脆弱才對。但話說回來，正式比賽還是有禁用木板這類東西，所以被板子搧臉一事上我還是新手。

「既然烏瑞克都命令你作假輸給對手，爲什麼他非得奪走你的力量？」瑟翡雯問。

「他想要場面更加震撼。」

「我倒覺得，他是想逼你別無選擇。」她說：「因爲你說以前你並沒有作假故意輸，所以烏瑞克用這種方法讓你沒有勝算。」

我不覺得這思路特別有理，畢竟一開始我就知道會是那種結局，選擇配合的是自己。更何況，那時的我本就別無選擇。至少我不覺得有。

還沒來得及釐清思緒，只見睿安在前面已等得有點不耐煩。我們三個又將隊伍拖長了。

「我們會追上去，」我朝他喊道：「我——」

接著，我的腦袋短路了幾秒，因爲瑟翡雯直接跳到馬背上、坐在我前面。她扯了一下韁繩之後，馬兒稍微加快腳步。「他還不太會騎馬，」瑟翡雯告訴睿安：「我會幫你看著他。」馬鞍沒那麼長，所以我們不得不緊緊挨著彼此。說白一點——這實在太棒了。

「弗文斯，你要抓好。」她提醒：「免得摔下去了。」

我摟住她的腰。

「不抓緊一點？」她小聲問。

我樂意得很。

睿安見狀搖搖頭。「你們兩個根本沒專心在任務上，活像青春期的小鬼……」他策馬回轉追上前面那群人。

我臉一紅，但也沒鬆手。明明大半輩子餐風露宿的人，瑟翡雯身上為什麼那麼香？

伊斯坦加快腳步跟著，過一陣子後，他快追上隊伍時忽然開口：「不必因為幸福而感到羞恥，」他語氣很正經：「無論淨靈睿恩怎麼說，那不是應該羞恥的事情。我為了自己的幸福而戰，我的兒子為此喪命。絕對不要為此羞愧。」

這種話能說得這麼自然的也只有他了。生活在新世界還有很多隱憂，但摟著瑟翡雯、得到伊斯坦的認同，朝著信念前進而不是背負恐懼逃避，我知道自己此時此刻的快樂是前所未有。

但是，人生總有個但是。

我知道自己先前在害怕什麼了。真相由不得我否定，那就像一把抵在腎臟、劃過皮膚的刀刃。

我根本沒辦法與她長相廝守，甚至不能留在這裡。我的存在會毀了她的世界。
尋找了那麼多年，最後尋得的是我留不住的美好。
我若不鬆手，就會粉碎這一切。

第三部完

第四部

不可退費

FAQ:

如果我不喜歡個人次元怎麼辦？可以退費嗎？

A:

很多人會擔心個人次元不如預期。請別擔心！本公司對提供的次元都很有信心，相信大家一定會喜歡。若不滿意，我們也提供百分百超級魔法師保障™！[註1]

[註1] 本公司百分之百保證，您無須基於合約限制，而必須在社交媒體公開讚揚個人次元。相對地，您將失去提及個人次元的權利，且依據合約書第2003節之規範，不得以任何方式詆毀勤儉魔法師股份有限公司®。商品售出概不退換[註2]。

[註2] 很遺憾，使用過的次元沒有市場價值，且本公司已經

FAQ:

提供最低價格，無法再有更多折扣，因此不可能提供現金退款，敬請見諒。然而有興趣的朋友們根本不必顧慮，拿起法杖就對了！相信只要體驗過個人次元的自由、刺激和精彩，根本沒人會想離開。

聲明：未滿足三大承諾的次元，可以在合約第131項目後進行更換。買方須同意若有不滿意之情事時接受仲裁而非提出訴訟，並接受仲裁將在本公司選擇的次元內進行。本契約在所有簽訂《次元規範法案》的國家皆具強制效力，請勿挑戰勤儉魔法師股份有限公司®的底線。

第31章

入夜後，我們短暫休息了三、四個鐘頭讓大家歇一會兒。同時我和睿安最後一次確認計畫細節，不久便叫醒眾人趕完最後一小段路。

奈米系統已經回到能夠全力運行的狀態，連緊急功能都能重新開啟，也就是說，即使受到重傷我還有機會苟活。知道這點我心裡踏實不少。少了奈米系統總是有種赤裸感。

太陽剛出來時，我們已經到達懋港。靠近城郊的樹木逐漸稀疏，但我們找到足夠隱蔽的制高點好好觀察。睿安爬到了樹頂，利用視覺強化偵察了一番，我則在伊斯坦、索珂和瑟翡雯陪同下鬼鬼祟祟溜到森林邊緣。

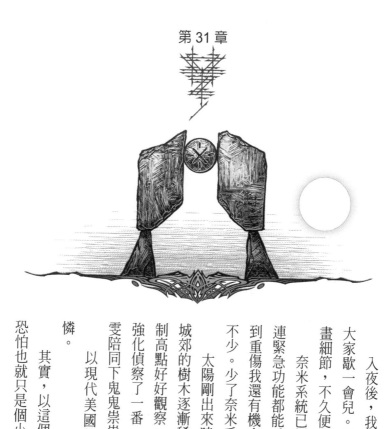

以現代美國的標準，懋港實在是小得可憐。

其實，以這個次元的全球規模來看，懋港恐怕也就只是個小漁港吧，畢竟還有羅馬那種地方。不過考慮到當地人資源有限，懋港已經算是繁華大都會了，至少整座城區——大約有兩百棟建築物——都有石頭圍牆保護。

當然，房舍絕大多數還是以茅草搭建，所謂的城牆也沒超過八英呎[註]高。但牆外有港口，主幹道還鋪了夯土，懋港算是貨眞價實的城市。

晨霧自海面席捲而來，不過到了市區附近便已散去，沒有影響我們的視線。睿安指著往北延伸的道路，我開啓強化一看，看見好幾十人慢慢朝懋港移動。

那些人垂頭喪氣步履艱難，有些揹著包袱、有些推著車，還有些攜家帶眷要進城，怎麼看都是難民。「那是什麼情況？」我指著問：「怎麼那麼多人……」

「遭到胡狄攻擊，」索珂解釋：「胡狄人對沿海地區發動大型侵略。」

我與跪在一旁的伊斯坦交換眼神。

「所以，」他開口：「我們之前遇上的胡狄人並不是單獨行動。擔心的情況成眞了，蠻族擴大劫掠規模。」

「那我們現在做的有意義嗎？」瑟翡雯說：「就算阻止烏瑞克，最後還是敗給胡狄人。」

我按按她的肩膀。我很想安慰她說，只要另一個世界的人都離開，符文石應該就能再起作用。不過韋斯瓦拉人的困境已持續很長一段時間，似乎無法單靠我們的闖入來解釋。

睿安咚一聲從樹上落地。「運氣不錯，」他轉頭告訴自己的追隨者：「雖然有另一座鄉鎮被維京人攻擊，但代表你們可以混在難民裡進城。不需要的裝備都別帶，馬拉一匹去就好。東西交給韓德（Hend）保管，要是意外走散就回這裡集合。」

大夥兒點點頭。韓德是盜匪團內年紀最小的一個，還是個青少年。至於之前那個尖鬍子叫做葛綴克（Godric），他解開幾匹綁在馱馬背上的木條分給大家。這些人動手將木條折彎，拿出一條線……

合體成一把把短弓。高招！除了木條和弓弦還有……這東西叫什麼？箭匣？弓箭全被集中在一匹馬身上，外頭蓋上布幔遮掩住。除此之外，他們又取下斧頭藏進斗篷內。

「妳可以留下來陪韓德，免得他惹上意外。」睿安對索珂說。

「你腦袋不大好對不對？」

「老婆婆，」褚睿安說：「對方都是殺人不眨眼的壞蛋啊。雖然我聽大家說一般人不會對妳動粗，但那是因爲他們……敬老尊賢？烏瑞克那些人沒有這麼好心，對妳一樣會痛下殺手。」

「讓他們試試！」索珂回答：「搞不好他們眞辦得到，不就是這樣才好玩？」

註：約兩百四十公分。

「但——」

「別攔我。」索珂堅持：「小心我詛咒你，年輕人。你心地不錯，就是昏脹了點。」

又來了。昏脹？罵人很昏很脹？到底——

噢。

混帳，是混帳，這樣就說得通了。我對這地方的理解又多了一分！

睿安嘆口氣，他轉頭望向我、瑟翡雯和伊斯坦。「你們準備好了嗎？」

「準備好了。」我說完，他們兩個也點頭。

「謝謝你們。」睿安又對所有人說：「除非任務所需，否則請大家都別冒非必要的風險，狀況不對就撤退。尤其烏瑞克和奎恩現身的話，請交給強尼對付。再次提醒，此行目的是『導標』，能除掉導標就斷了對方的援軍，往後烏瑞克也成不了什麼氣候。」

我之前曾擔心自己被睿安當部下使喚會不會心生不滿。但我現在對這個次元開始有了使命感，也因此反而慶幸有他這樣能幹的人指揮部署。而且說老實話，我心裡期待過今天這種場面：這次我真的與他是夥伴、是搭檔了。

動身前，睿安過來與我確認：「你的內部時鐘時間準不準？」

「它顯示為六點零三分。」

「很好，我的也一樣。我需要你們在七點十五分準時吸引守軍的注意力。」

「明白。」

他又湊近說：「確定吧，強尼？這次眞的得靠你。」

「這對我自己也很重要，」我回答：「比你理解得更重要。所以別擔心我這邊，你專心找到導標、關掉它。」

睿安點點頭，從腿上的槍套取出搭載反裝甲彈的P-330，握把朝向我並遞過來。猶豫一陣以後，我收了下來。雖然我的槍法談不上百發百中，但至少有在靶場練過。

「密碼一九二九一九三，」他對著手槍下達指令：「控制權轉移至目前的奈米簽章。」

「進行轉移程序，」手槍發出語音：「奈米簽章登錄完畢，武器重新啓動。」

「謝了。」我說。

「烏瑞克身邊不會只有奎恩一人。我記得過來第一天就看到賈妮絲。」

我點頭。「但他的人手應該不多，否則早就將整個郡封鎖了。我們還有機會。」

「同意。」睿安附和：「所以這次一定要把握機會。」他要握手，我直接給了他擁抱，拍拍他的背。

接著我們便分道揚鑣。睿安從他口中的突破口潛入，與潛藏在烏瑞克陣營的線人會合。我帶其他人走了將近半小時，在城外混入難民群以後戴上風帽、彎腰駝背並放慢速度。

我一直有種被人盯著的不安感。但在恐慌湧起之前，我便提醒自己：被發現就是計畫的一環。

製造騷動，替睿安爭取完成任務的時間。我辦得到，對吧？話說瑟翡雯和索珂反倒毫無懼色，兩人身上連武器也沒有。接近目的地時，我偷偷牽起瑟翡雯的手。

「其實妳不必跟來，」我說：「妳本來就不是戰士。而且要是有個萬一，誰照顧阿龍？」

「亞札德會幫忙。」瑟翡雯回答完，轉頭過來在風帽底下露出微笑。「我很習慣這種場面了，弗文斯。這個世界的凡人沒有治療傷病的魔法，也沒有不知血腥殺戮為何物的巨大城市。這是我的選擇。即使不是戰士，我好歹也是個詩客，不至於成為累贅。」

我懷疑烏瑞克的手下根本不會在乎她是不是詩客。但多言無益。

我有盡量控制前進的速度，大約七點時已經接近城牆。總覺得周圍難民都在觀察我們，這麼說來，當我們抵達時恐怕衛兵會立刻察覺。最佳逃跑的路線……該沿著大路，還是穿過原野更快回到森林？

撐到最後，我提醒自己。這輩子頭一次覺得必須堅持到底。看到城門時，我假裝舊疾復發，在原地乾咳好一會兒，拖延了幾分鐘時間。之後，我朝其他人點頭示意。

七點十五分整，隊伍踏進懋港。

我的最後一搏開始了。

第32章

城鎮的中心點傳出巨大鈴聲，想必是保全裝置偵測到我體內的奈米系統了。一聽見警報，睿安的部下立刻從馬背抽出弓箭，瑟翡雯與索珂則直接低著頭，鑽到旁邊僞裝成難民隨時支援。伊斯坦東張西望挑選對手，視線落在城牆上的衛兵。

那些衛兵持有弓箭。伊斯坦低聲罵了幾句後，居然跑去找瑟翡雯和索珂一起演難民。他是不是有別的盤算？

沒時間多想了，我立刻拔出手槍，站在褚睿安盜賊團身邊。好像應該直接朝守軍開槍，但這樣感覺很沒武德啊？最後，我還是選擇先觀察局勢。

找到了！一道身影迅速穿過人群逼近，還眞的是賈妮絲・佛特（Janice Vault）。她一發現是我，停下腳步之後立刻舉起槍。

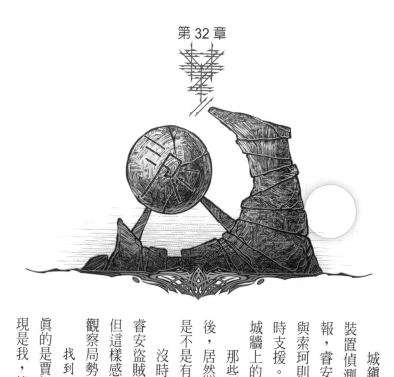

但是我開槍的速度更快——她立刻噴血倒地。

該死。我有槍戰經驗，但沒殺過認識的人。雖說賈妮絲奉烏瑞克的命令幹過什麼髒事，我清楚得很，殺她談不上罪惡感，但心裡還是有些波瀾。這一切發生得太快，快到來不及消化。

動起來，直覺提醒自己，要確保她不再構成威脅。

於是我跑向遺體，毀掉她的武器、朝胸口再補幾發子彈。可惜沒有插進屍體引燃奈米機器並順便火化的解體焰筒可用，不過打壞武器已經一定程度保障了安全，不必太擔心她靠強化熬過危險期跳起來偷襲。

這機率本來就不高。賈妮絲在組織內階級很低，連全身裝甲都沒有。

回頭一看，睿安的弓箭手們利用難民拋下的行李當掩護，周圍已經插滿了箭。此時我才意識到，懋港守軍完全沒朝我射箭。應該是很怕惹怒我。

幾個我方的人跟門口守衛打了起來，其餘人則朝城牆頂端開火（應該說開弓？）反擊。烏瑞克的士兵分左右兩側聚集在牆上幾處大平臺，佔了高度與夾擊的優勢；反觀我軍在廣場暴露身形，十分不利。雖然睿安的計畫本就是要我們調虎離山，但——

忽然，一道人影如狂風暴雨橫掃牆頂，敵軍不是斷了胳膊就是直接墜樓——原來伊斯坦看準了機會，直接衝上去發動突襲。

然而我嘴角這才剛上揚，伊斯坦身旁的石磚卻猛然爆裂。他趕緊伏低身子，但仍被弄得滿身碎石礫。

可惡，那絕對是子彈。儘管我想聽音辨位，但現代兵器都有消音功能，很難直接鎖定敵人的位置。不過換作是我，一定會躲在左手邊窗戶特別大的那間屋子裡。

爲了測試自己這個假設，我直接對準窗戶射出一發。子彈其實沒有瞄準，只削下外牆一小塊，但果然！朝伊斯坦那邊的攻擊停下來了。現在地面廣場上只有幾個衛兵，再來就是滿滿的箭矢和屍體；難民撤離的速度快得驚人，瑟翡雯與索珂也不見蹤影。附近一條路衝出手持長矛的部隊，我軍有些人見狀便放下短弓，拔出斧頭或刀。伊斯坦收拾一邊的牆頂之後，雙方的人數已變得很接近。

這時，伊斯坦還立刻蹙著眉頭站起來，試圖觀察底下情勢。我忍不住替他捏把冷汗，方才偷襲的人應該還在附近，他是個很大的靶子。

「你右手邊的那條小路。」如枯葉般的嗓音在耳內響起：「兩棟屋子中間，對方正在接近。」

「謝了。」我低語之後過去守株待兔。果然，有個人竄出來讓我槍口瞄頭，我一撥扳機他就死定了。

但我遲疑了。

這人是奎恩。

我心裡湧出很多複雜情緒。恐惶悚懼、欣喜若狂、無地自容。那天的一切歷歷在目，我倒地之後，奎恩站在一旁接受大家的喝彩。他贏了面子，也贏了裡子。

奎恩愣在原地。「哦，強尼，嗨——」

「把槍丟掉。」我命令道。

他乖乖將手槍放下。

「腿上的那把也丟掉。」

他苦著臉取出武器，小心地擱在地面。

「奎恩，方向錯了。」我語氣帶著警告。

本來指向我的槍口轉到背面，然後我率先朝它們發射。畢竟是反裝甲彈匣，奎恩那兩把槍幾乎直接蒸發。現代子彈非常穩定、不易走火，此外考慮到語音控制功能，留下敵人的武器已不是明智之舉。

奎恩高舉雙手。「然後呢，強尼？你要一槍斃了我？」

幾秒鐘後我便梳理完情緒，並確定自己的想法——奎恩之前放我一馬，而且他也打拳，所以我們是同一類人。

「我不會殺你，」我回答：「否則要怎麼跟泰希交代？該死的，奎恩，難道你以爲我想讓你的孩子們失去爸爸？」

聽我這麼說，奎恩明顯鬆了一口氣。「那我是不是可以……」他撇了撇頭，示意想原路折返。

「不行。」我說：「你，呃……被逮捕了。」

奎恩露出死魚眼盯著我。

「我是認眞的。我找到褚睿安了，等他解決烏瑞克，你就一起進傳送門。」

「和警察一起？」奎恩說：「強尼，你要我去吃牢飯？」

「少來了，奎恩，反正弗拉納根（Flannagan）會想辦法保你出來。」我說：「你頂多被關幾個月，別唉唉叫。」

「問題是很丟臉，」他回答：「要是被大家知道我竟然栽在你手上——」奎恩望向我。「實話實說而已，你別生氣啊。」

我嘆口氣，暗忖現在怎麼辦。把他綁起來嗎？而且我發現，烏瑞克的那些中世紀小兵紛紛低著頭從牆上撤退，明明警鈴還響個不停吵死了……

所以這代表我們贏了嗎？這麼快？這計畫不止成功，還取得超乎預期的結果。

畢竟是睿安的點子，好像不必意外。但我總感覺不太對勁。我斟酌著該帶大家出城，還是攻進裡面支援。目前爲止遇上的兩個現代人都被我制伏，其他的上哪裡去了？

這時，伊斯坦朝我這頭狂奔而來，或許他有好主意。沒想到瑟翡雯竟然也鑽進了巷子，從奎恩背後跑到我面前。

「弗文斯！」她抓著我手臂大叫。「出事了！」

「什麼情況？」我問。

「敵軍逃跑以後，我追過去想知道是怎麼回事，」她神情非常凝重。「結果他們是在面向海灣那一側重新整隊，因為——」

伊斯坦喘著氣趕到。「是胡狄人！」他說：「胡狄人攻過來了！」

第33章

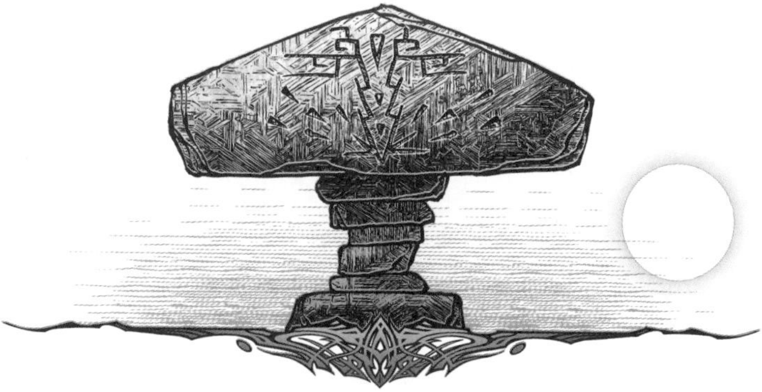

我們押著奎恩爬上樓梯，走到城牆頂端延伸的木架上。這裡高度足夠，看得見霧氣中有好幾百艘胡狄人的戰船。

好幾百艘。

我太過震驚，一時難以接受眼前景象。那些船艦乍看像是風暴過後的漂流物，散落在海面上。第一批船隊已經抵達懋港，大批士兵正在登陸。他們手持戰斧盾牌，戴著簡樸實用的頭盔，而且很多人身上穿戴鎖鏈甲或硬皮甲。

該死。

我的腦中生出無數思緒。維京人並不是流行文化中描繪的那種無腦野蠻人，他們既不亂竄也不號叫，反倒排著整整齊齊的隊伍。他們是有紀律、有裝備，甚至連帆船都佔有科技優勢的敵對組織。幸好港口和城牆之間還有距離，只要緊閉城門——

一道晴天霹靂從空中劈了下來，閃電如一根長矛般射向城門，隨後迴盪的雷鳴差點震倒我。我眨眨眼，一時說不出話來。

城門沒了。

「奧丹站在他們那邊，」瑟翡雯喃喃自語：「而且人數太多了……」

「淨靈奎恩，」伊斯坦望向奎恩，而我雖然被雷電嚇呆了，槍口也仍然對準著他。「我們必須說服烏瑞克暫時放下鬥爭，共同對抗更大的威脅！」

奎恩聽了也眨了幾下眼睛。「這傢伙，是認眞的？」

「他一直都很認眞。」我回答。

「這樣嗎，好吧。」奎恩又說：「強尼，槍可以放下了吧，反正你又不打算射我。」

我遲疑著。

「強尼，外頭的維京人人數多到太扯了！」他嘀咕：「憑你一個人能做什麼。就算有奈米有裝甲也撐不了多久，得把其他人都叫過來才行。」

「但怎麼叫？」我問。

「褚睿安不是在這裡嗎？」奎恩說：「他一定有帶導標吧？有導標就能呼救。」

等等。

這什麼意思？

「強尼，專心聽我說！」奎恩叫道：「再不讓我走，這座城就完蛋了！」

我試圖想反駁他，但腦袋已糾結在胡狄軍多得離譜這一點上。我們這是捲入眞正的戰爭裡了。於是我放下了槍。

奎恩見狀便一溜煙跑走。我懷疑自己鑄下了大錯，而且……他剛剛什麼意思？導標？

睿安猜錯了！我赫然驚覺：烏瑞克根本沒有備用導標，他想呼救就需要導標，所以——

許多事情終於串連起來。烏瑞克之所以親自前往史丹佛調查異鄉人，奎恩之所以興沖沖要將睿安的事情回報給烏瑞克，是因爲他們需要另一個導標。

睿安有危險了。

不止是他，所有人都命在旦夕。瑟翡雯的國家即將崩潰。在胡狄人的全面侵略下，其所經之處必成焦土。

「就算是烏瑞克也不可能抵擋這種攻勢。」瑟翡雯小聲嘆道：「是奧丹指引胡狄人，祂故意這麼做。」

我朝天空瞥了一眼，夾帶電光的烏雲不斷閃爍翻騰，以超自然的速度翻湧而來。這回我不打算再質疑了。是神在幕後策劃這一切。

「但爲什麼？奧丹爲什麼要這麼做？」瑟翡雯繼續低語：「摧毀自己的子民有什麼意義？只因爲我們不夠努力？」

「奧丹從來不犒賞努力之人。」伊斯坦說：「一次也沒有。祂想要鮮血、殺戮和征伐作爲祭品。」

瑟翡雯忍不住閉上眼睛。

「無論烏瑞克還是奎恩我都信不過。」我告訴兩人：「想阻止戰亂，需要與西雅圖的菁英合作……呃，就是我故鄉那邊的勇士。」

「那將會換來我們的滅亡，」聲音直接傳進我的耳朵裡：「另一種形式的入侵……」

該死！我不知道該怎麼辦！我最後說：「我們先去找睿安。」

瑟翡雯還是閉著雙眼原地不動，接著連伊斯坦也陷入長考。我朝他皺起眉頭，問：「怎麼了？」

「可能得靠血祭爭取奧丹的支持。」他解釋：「我自願犧牲，也許能說服祂回心轉意。雖然我不是郡侯，但現在這裡只有我擁有貴族血統。挖出我的心臟……或許會有用。」

我盯著他，不知該說他這番話是可怕還是可笑。他怎麼會和維德熙一樣，以爲用那種瘋狂的手段能夠力挽狂瀾？

不對。他眞實的感受不止這些。我從伊斯坦眼中看到窮途末路的絕望痛苦，儘管他願意爲同胞犧牲奉獻，卻仍在一次次失去中面對自己的衰老無力。

一個男人被榨乾之後，他能給的也只剩下生命了。既已別無選擇，他眞的會動手。

他認爲已別無選擇。

「先跟我走，」我說：「找找其他的辦法。請你相信我。」

「弗文斯，我這條命，史丹佛所有人的命，都是您撿回來的。只要您開口，就算是地獄我也會陪您前去，吾友。」

這種話他也能講得發自肺腑……換作平日我一定嫌他狗血煽情，但現在只想老老實實表達感激。「謝謝。」

「我去找符文石。」瑟翡雯指著靠近入口處一塊凹凸不平的黑色岩石，體積明顯比我們先前看到的還大上許多。

但它沒有發光。

「或許祝詞能保護這座城，」她繼續說：「只要遊靈肯幫忙……」

我偷偷瞥向伊斯坦，他毫無信心地搖搖頭，但沒多說什麼。睿安帶的人馬已經和懋港軍連成一氣，對他們而言，只要同爲盎格魯撒克遜人，就是抵禦外侮的夥伴，先前什麼仇恨都能先擱置。

當務之急是找到睿安，再來則是找找這裡有沒有像樣的武器。不過仔細分析起來……即使從胡狄人手中守住這個國家又有什麼意義，結果也只是改落入現代人的掌控中。烏瑞克固然不會放棄，睿安代表的勢力其實也一樣。

哪條路都很糟糕。它們像在我體內不斷向內擠壓，讓我喘不過氣來。

但我總得做點什麼才行——「你們有沒有看見索珂？」

兩個人又在那邊面面相覷，欲言又止。

「夠了，別演了。」我叫道：「她說別人都把她當巫婆看，所以她順著大家的想像，所有人也就這樣信以爲眞了。我是不曉得她在神神祕祕個什麼勁，但你們那些都是無端的恐懼。」

「話是如此，」伊斯坦回答：「但如果我們眞想幫忙的話，就必須趕快行動。胡狄人一開始會先搶奪財物，而搶完以後還活著的人將會生不如死。」

我們爬下階梯，奔向烏瑞克的基地。我用可視化圖層的介面在前方領路。街道上空蕩蕩的，所有人都集中到港口抵禦入侵，遠處傳來戰吼咆哮和武器劈砍盾牌的悶響。這座城有多少兵力我不清楚，但就算所有房子都住滿士兵也沒用，這些人面對胡狄人依舊是寡不敵眾。

沒花多久時間我們便跑到了集會所，這裡被烏瑞克當作據點使用，位置處於城鎮中樞，距離符文石不遠。瑟翡雯轉頭跑向中央廣場。

伊斯坦和我在屋外壓低身形。雖然窗戶被遮住還緊緊上鎖，但我早有準備：我將一顆莓果放在窗前，然後要伊斯坦別過臉。

「就一顆野莓？」那道聲音又鑽進耳朵：「你當我是什麼？」

「爲了阻止烏瑞克，你到底幫不幫忙？」我斷聲反問。

「這是原則問題，不過算了。」身後傳來咔嚓聲。「好了。小心點。」

將窗戶擋板拉開一條縫之後，我朝裡面窺探。有電燈——幾天不見便覺得亮得誇張。大房間從內側加裝了金屬板，以解決木牆防禦力不足的問題；窗戶雖然用了電子鎖，但看來也防不住靈體。

裡頭除了烏瑞克，還有被綁起來的睿安。這畫面證實了我先前的臆測：他們根本是故意引誘睿安自投羅網。烏瑞克拿著導標一臉得意。導標燈光閃爍，屋內一陣閃光後，三個人便憑空出現。其中兩人身穿現代護甲、頭罩全黑的玻璃，手中持有突擊步槍；另一個則是揹著大背包的女性。沒記錯的話她叫做瑪塔（Marta），是烏瑞克特別請來的次元專家。

「看來你們之前遇上了麻煩，老大。」瑪塔一邊說一邊解開背包，裡頭大概都是些和傳送有關的裝置。「接收到導標信號後我們就盡快趕來，是傳送門故障了嗎？」

「是被弄壞的。趕快再裝一個。」烏瑞克吩咐：「這個次元雖然有用，但連待這麼多天也會膩。」

我將時間軸重新拼湊了一遍：烏瑞克應該一、兩個月前就已進入這個次元調查如何操作機率，他將據點設在懋港。調查他的睿安也追進來，並且帶了備用導標。一週前，睿安破壞烏瑞克的傳送設備，導致烏瑞克沒辦法回去原生次元。

但這裡出現了漏洞：既然如此，爲什麼睿安也回不去？難道烏瑞克早早料到會有仇家帶著導標潛入，特地安排了訊號干擾？

這說不通。而且等等，爲什麼睿安有辦法鎖定這個次元……

總之，烏瑞克猜中了睿安會有第二波行動，於是將計就計來個甕中捉鱉。睿安自己把離開的車票雙手奉上。

他媽的，我心裡罵道：原來你不是完美無瑕啊？

明星警探褚睿安這回栽了個跟頭。我瞇起眼睛觀察，只見他垂頭喪氣地坐在房間一隅的餐桌旁，隔壁是……是誰來著？他所謂的線人，能幫忙開後門對付烏瑞克的暗樁。

看起來是個女的。她抬起頭了，我調整視力強化聚焦在對方臉部上。

她是珍。

第34章

珍還活著？

難道是什麼平行宇宙另一個版本的她之類的……

我的雙腿一時癱軟，坐在地上不斷粗重呼吸。我還沒做好再與她面對面的心理準備。伊斯坦一臉憂心地拉起我的手臂，但怕被裡頭聽見而不敢出聲。

這裡的確隔音不大好，馬上就聽到有人重重甩上門。「老大！」奎恩說：「有超級大麻煩了！有維京人，超級多的維京人！」

「現在？」烏瑞克問。

「對，」奎恩說：「快衝進這座城了。他們用閃電炸開城門，準備全面侵略。」

「煩死了。」烏瑞克轉頭。「瑪塔，傳送門還要多久準備好？」

「五到十分鐘。」

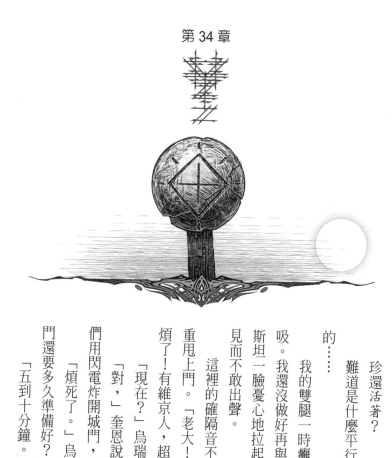

「壓在五分鐘左右，除非妳對維京人用什麼刀有興趣。」他將導標塞進自己的口袋。

「有辦法叫更多人過來嗎？」

「必須等設定完成。」瑪塔回答：「這機制有點複雜，但總之導標不能傳送訊息。原本有安排一隊人馬今天到，不過——」

「少廢話，」烏瑞克打斷她：「快做事。奎恩，你們兩個，跟我來。」

沒想到他就這麼出去了。我趕緊往裡面偷看一眼。瑪塔正專心操作一個設置在地面、大概直徑三英呎的圓形裝置，目前房間內除了她，就只剩下睿安和……珍。

我必須搞清楚究竟怎麼一回事。對伊斯坦點頭示意之後，我們兩人沿著房子外圍繞，再次借用遊靈的力量解開門鎖。一秒後，我們直接闖了進去。

瑪塔聽見聲音立刻抬頭，然後露出放鬆的表情。「強尼？」她說：「沒想到你也有參加這次行動。幫我把那個從背包露出來的盒子拿過來，好嗎？」

我瞥了下伊斯坦。他拔出武器，一頭霧水。「呃……好。」我將盒子遞過去之後，指著睿安和珍。「老大要我處理他們。」

「那拜託出去處理，」瑪塔說：「你也知道我不喜歡看那種場面。」

「嗯，好。」我走向睿安和珍。伊斯坦幫忙上前鬆綁，接著我裝模作樣地揮動手槍，要他們移動到屋子外面。

「弗文斯，您眞是廣結善緣，」出去的時候伊斯坦低聲說：「需要的時候總是有人幫忙。」

「但他們可不喜歡我。」我回答。

「我看到的不是這樣，」他說：「見到你心生畏懼的人少之又少。」

哼，那是因爲別人覺得我是廢物。關上門以後，睿安轉身大大鬆一口氣。「謝了，強尼，」他開口：「烏瑞克似乎算準我會潛入。」

「他要你的導標，」我解釋：「所以設局等你。」

「這不可能啊，」睿安說：「那個導標連我自己都用不了，他怎麼會料得到？如果他知道我有導標，就會預期我有呼叫支援，而非一個人殺進來。」

「這個嘛，」我說：「那個導標你是從哪裡拿到的？」

「蘭布朗，」他回答：「轄區裝備庫房的負責人。」

我忍不住哀號。「睿安，那個蘭布朗是暗樁啊。」

「什麼？」

「他和烏瑞克私下串通好多年了。」

「我怎麼從來沒聽你說過？」

「我哪知你會從誰手上領取裝備？」我反問他，又說：「所以他大概是在烏瑞克的授意下，把導標上鎖後才交給你。你就算啓動也無效，因爲系統被設定成忽略你的指令……」

講著講著，我意識到這些都不重要了，重點是他旁邊那個一臉極度尷尬的女性。

「呃，嗨，強尼，」她說話了。

可惡，是她沒錯。

「褚睿安，」我話鋒一轉：「你最好有個合理解釋。」

「呃，嗯，」他回答：「既然烏瑞克想調查手上那麼多的次元，就需要一位中世紀專家不是嗎？恰好珍一直都想見識見識，所以半年前，我們安排她與烏瑞克接觸，滲透到組織內部。」

「半年前她出意外死了。」我的語氣平靜。

珍嚇得摟住睿安的手臂。

她的眼神，還有他的眼神……

該死。

「多久了？」我問：「你們背著我約會多久了？」

「從第二個星期就開始了。」珍坦白後不敢看我。

這不就等於從頭到尾嗎？

「爲什麼？」我問：「爲什麼要這樣做？妳何必一邊答應我，一邊又偷偷見他？」

「你人不錯，」珍說：「我想看看跟你發展下去會怎樣。」

「我哪裡不錯？我基本上就是個混黑道的！」

「那個，」睿安試圖打岔：「現在可能不是討論這個的好時——」

「妳居然還特地詐死。」我恍然大悟。

「其實沒有。」她解釋：「計畫是需要臥底幾年的時間，於是我跟大家說要出遠門。你也知道我祖母不喜歡你，但沒想到你在打聽我下落的時候，她會騙你說我死了……我一開始很緊張，但後來想想，或許這樣比較簡單吧。」

「對誰簡單？」我質問：「妳不會直接跟我提分手嗎！」

「我不想傷你的心。」

「不想傷我的心，卻讓我以爲妳死了？」

「強尼，」睿安語氣堅定地說：「那是因爲我們需要你看著烏瑞克，也希望你有情報能提供給珍。」

「我只是個看門的！」我拿著槍在半空亂揮。「她知道的比我還多吧！」

「密碼一九二九一九三，」睿安開口：「控制權重置。」

「控制權更新爲褚睿安的奈米簽章，」手槍發出語音：「目前持有者無法操作。」

「喔，來這套啊？」我說。

化。」

「抱歉，強尼。」他表示：「我的步槍剛被烏瑞克拿走了，加上你現在有那麼一點情緒

「講得好像我無理取鬧似的。」我朝伊斯坦瞥一眼，他站在旁邊皺著臉，不確定我們在吵什麼。

「強尼，這個機會太寶貴了，我不想錯過。」輪到珍開口：「你也知道我很想找一個中世紀次元進來看看，這次還能順便當雙面間諜呢。不要生氣好不好？」

「哼，看在妳至少還好聲好氣的份上……」我兩手一攤。

「槍可以給我嗎，強尼？」睿安問。

我將槍丟過去，他接住之後立刻轉頭進屋。他應該是想搶下傳送門。

珍仍尷尬地站在原地。「對不起，」片刻後，她才開口：「強尼，其實……你一直是個很有趣的人，你知道嗎？從高中我就這麼覺得了。」

「只是我們不適合，」我回答：「總是在吵架。」

「嗯。」珍別過臉。「但和你在一起不會無聊。睿安人也很好，但是……你懂吧，他連吐司都不肯抹奶油，說什麼很不健康。」她朝我擠出微笑。

以前看到她的笑容我就會心軟。現在……我心無波瀾，頂多就是壓著些許怒氣。

哼。

過了一會兒後，門又被打開來。只見瑪塔被綁著坐在地上，傳送門的裝置向上放射出藍色光線。

「走吧，」睿安向我招手。「反正珍都被識破了，我將機器設定成返回警署總部直接回報。」

「你要放著烏瑞克不管？」我不可置信。

「不然能怎麼辦？」睿安反問：「難道你想靠一己之力對付他？強尼，別做傻事，你還是原來的你啊。而且，別忘了外頭正遭到維京人全面進攻。我們之後再回來抓他就好，而且他也未必活得下來。」

遠方兩軍交戰的聲音越來越激烈。

「我們快走吧！」睿安催促著。

珍二話不說，踏進藍光後消失無蹤。睿安抓起瑪塔將她推進去，看我走近時遲疑了一下。

「嘿，」他開口：「今天幹得漂亮。回去以後只要你願意當證人，我想被判無罪不是問題。就當幫自己兄弟？」

「嗯，兄弟。」

他笑著穿過傳送門。

接著，我就把機器關上了。

伊斯坦站在我背後雙臂抱胸，大鬍子的臉上眉心緊蹙，像一座雄偉但困惑的山。

「我還是想問，」他指著傳送門。「他們眞的和您是朋友？」

「以前我覺得是，」我說：「現在我懷疑自己以前的標準太低了。」

「淨靈的故事或許有點誇大不實，」他繼續說：「在我看來，他們似乎不比凡人聰明多少。」

「你觀察入微。」我嘆道。

「接下來怎麼辦？」伊斯坦問：「我們有辦法擊退胡狄人嗎？」

「不知道。烏瑞克還有一個導標——就是能將異鄉人帶進這個世界的東西。無論如何得先想辦法弄到手，或許也要摧毀掉它。」

「聽您吩咐。」

確定以烏瑞克爲目標以後，我們立刻動身，但才走出屋子時又停下腳步。胡狄劫掠者正從左側的巷子湧入廣場，盎格魯撒克遜的守軍連連敗退。

廣場中心，一個手無寸鐵的女子擋在胡狄人和市區之間。

瑟翡雯。

第 35 章

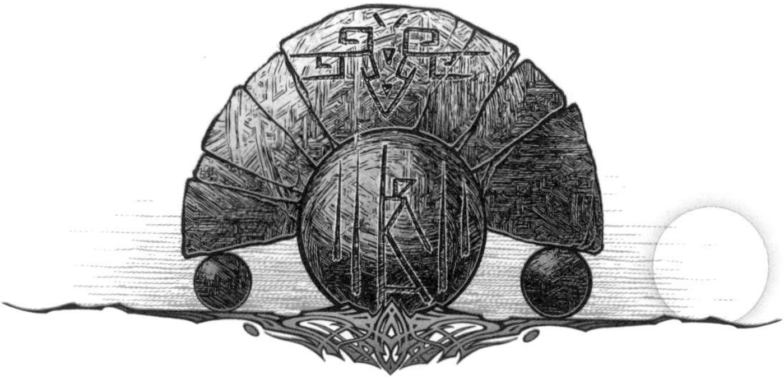

天上烏雲滾滾，但縫隙間的一束光線將她照得全身發亮。

亮又怎樣？她就快被大卸八塊了！

然後我還讓睿安拿回手槍，該死！

我開始往前移動。若是靠裝甲多少能擋斧頭幾下。至少帶她出城，然後——

一隻手拉住我，力道不大，但毫不退讓。

「等等，」索珂說：「給她點時間。」

伊斯坦立刻朝她鞠躬行禮。

「妳哪裡冒出來的？」我問：「索珂婆婆，這裡很危險！妳快跑啊！」

「噢，雷電啊，你這塊朽木。」她嘀咕道：「給你家那位小姐一點時間好嗎，弗文斯先生。人家說不定比你想得厲害呢，畢竟也忍了那麼久……」

「尊貴之人，」伊斯坦對她說：「但奧丹

也在場，而且為敵軍壓陣……」

「沒錯，」索珂回答。「不過早先你說祂只想要人命獻祭，這點你說錯了。我那兄長只是牆頭草，誰佔優勢祂就過去保佑誰，好像全都是祂的功勞似的。」

索珂繼續說：「伊斯坦你聽好——無論你獻祭再多，祂都不可能滿意。奧丹很害怕，怕異鄉人造成的痛楚，怕自己失去對凡人的控制。所以祂必須燒掉這座城、殺死這裡所有人，製造出順祂者生、逆祂者亡的假象。」

「但是我們從未違背祂的旨意啊？」

「只是還沒有罷了。」索珂回答。

我大腦有點打結。「等一下，妳的兄長？」

廣場那頭，瑟翡雯開始高聲詠唱祝詞。

奧丹之語　為吾所用

澤被將士　賜其武勇

「奧……」

她唸誦到一半停下來，整個人靠在符文石上。更多的胡狄人湧入廣場，看來並不懼怕卻又故意避開她——這個社會裡，危害詩客似乎是個禁忌。一些敵兵砸開住家的正門，婦孺的驚恐尖叫此起彼落。

在這片混亂中，不知爲何我還聽得見瑟翡雯說話。

「爲什麼？」她望向天空。「爲什麼？我教人信奉祢，透過故事與歌謠讚頌祢，爲什麼祢還要堅持我們以血爲祭？」

「這樣不行，」我望向伊斯坦。「我們應該——」

應該什麼？我又打不贏一整支軍隊。

「看清楚一點。」索珂低聲提醒：「來，我幫你調整調整眼睛吧。」

起初，我的眼前沒什麼變化，但……爲什麼眼角開始冒出一些黑色東西？我看得見遊靈了！就像在森林時那樣。不過楙港的遊靈藏在房子陰影與屋簷底下，緊挨著建築物不出來。

「它們負責保護這裡的家家戶戶。」索珂聲音很輕，而且嗓音慢慢轉變，染上秋風與枯葉的氣息，彷彿夜色下森林中無數蠢動的不可名狀之物。「它們都明白是奧丹背棄這片土地的人民。只是它們害怕，需要有人鼓舞……」

我回頭望向廣場。幾個胡狄人提著刀劍，無視禁忌正走向瑟翡雯。戰爭——應該說是屠戮——的各種吼叫哀鳴衝擊著我的心智，而她卻只是在敵人面前低頭不語。我甩開索珂的手衝過去，準備要……

瑟翡雯忽然伸手指向天空。「奧丹祢不配！」她厲聲說：「給我聽好，我痛恨祢！痛恨祢很久了！」

某種東西忽然轉變了。

附近那些影子朝她集中過去，接著湧動的黑色霧氣裡冒出一對對白點——是它們的眼睛在發光。就連瑟翡雯背後的符文石也亮了起來。

奧丹不仁！

人如螻蟻，命如草芥！

奧丹不義！

易調改弦，戈倒甲解！

奧丹無信！

信寡諾輕，違例棄約！

奧丹無德！

德不配位，民心不歸！

閃電劈開了天空，轟雷震得我愣在原地。廣場四周無數的幽影朝中央流動：這座城市的游靈回應了。爲首的胡狄士兵一刀砍向瑟翡雯，但黑色觸手滑過他的腿又纏繞住他的手臂，速度快得我一時看不清。

那把刀解體了。刀刃自刀柄脫落，護手也裂成三塊。

瑟翡雯的眼裡彷彿有團火焰，幽影隨她的視線鑽進敵人體內。我見識過鎖頭和鞋子解體，沒想到連人也能被分筋錯骨、脫髮扒皮。胡狄戰士像個布娃娃般癱軟倒地時，眼窩不止流著血，連脂肪也滲了出來。戰況瞬間逆轉——敵方的裝備全壞了！斧頭變成短木棒，鎖甲鐵環如雨滴般紛紛掉落。本來被逼到絕境的盎格魯撒克遜人發現敵人們都失去了武器，有些連衣服都被脫掉。

然而瑟翡雯還沒結束，她再次朝著天空嘶吼：「我，唾，棄，祢！」

「我不就說了嗎。」索珂不知何時又來到我身旁。

「究竟怎麼回事？」我問：「爲什麼……」

「剛才就解釋過了，」她回答：「游靈只是需要一點刺激，所以要有個不怕奧丹的人出來帶頭，用強勁的祝詞鼓舞士氣。」

「妳就是跟著我的游靈，」我說：「一直以來都是。」

「我就是那個你隨便拿幾顆野莓就想使喚的東西。」她說：「姑且就當作你是不知者無罪吧，畢竟你惹的亂子也眞夠新鮮的，弗文斯。我玩得挺開心的。」她又抬頭望著被閃電撕裂的天空。「但別搞錯了，我不是你以爲的遊靈，從來就不是。你居然想不通也眞是太奇怪了，我都給了那麼多提示……」

胡狄人哀聲四起，紛紛退回船上。然而天象依舊驚心動魄……

「祂很生氣。」我說。

「奧丹就是輸不起。」索珂說：「不過我哥那邊讓我處理就好，你去做你該做的事。」

「我該做的事？」

「從你們世界流入的毒性還在。」她回答：「要是毒性蔓延整座城，靈都會死光，氣運無法流轉，到時候……」

「胡狄人就贏了。」我輕聲說。

「我碰不了你們的『機器』。」她說：「上次在維爾勃里幫你拆那小小一個，就夠我難受了，後來一整天沒辦法重組身體出來。

「異鄉人在懋港待得較久，這裡瀰漫了他們的氣味……」索珂深深吸一口氣。「連我也漸漸變得稀薄了，弗文斯。那種感覺就像木板被一直磨損，磨到最後能透光似的。我沒辦法對付烏瑞克。我已經嘗試過了，但光是靠近他，就會讓我的存在崩解。」

「讓我來。」

「你願意？」她在我的眼裡探尋答案。「或者說，你辦得到？」

「對，我發誓。」

老婆婆——老應該是眞的，但恐怕跟我以爲的「婆婆」沒什麼關係——她朝我笑了笑。

「那就別浪費時間了，動起來！快點！別讓我後悔押寶在你身上，不然這時候我本來都該喝得醉醺醺去閹巨人了才對。」

我朝她行禮——覺得該尊敬點比較好——接著往後跑。伊斯坦與我擦肩之後也跟了上來。

「你們早就知道了嗎？」我問：「她的身分？」

「洛基娜女神？」他反問：「眾魔之母、終結諸神時代的先驅者？當然呀，您沒發現？」

這裡的人眞是……註

但現在至少我有下一步計畫了。「還記得屋子地板上那個發出藍光的東西吧？」我朝伊斯坦說：「必須破壞掉它。」

雖說處理完烏瑞克的導標，才能眞正預防再有別人進入這個次元，但現階段只要將傳送門弄故障就足夠了。剛才我只是暫時關閉它，想著之後也許還會用到。但如今，我只想把它打成碎片。

回到烏瑞克的據點門前，我說：「別讓任何人進來。」

註：「索珂」（Thokk / þökk）在古諾斯語和冰島語代表「謝謝」之意，是北歐神話中某巨人的名字。由於這個巨人的言行，一般都認爲他實際上是由洛基所假扮。

「我會誓死守住。」伊斯坦答應道。

走進這棟屋子，感覺就像是時間旅行，一下子從泥路和茅屋的場景回歸鋼鐵和電力的時代。我鎖上門，轉頭望向機器，暗忖啓動手部裝甲捶幾圈就行了。

不幸的是，屋內並不只有我一人。奎恩蹲在裝置旁邊，聽見聲響後起身轉頭。「強尼，」他開口：「你對這玩意兒動了什麼手腳？坐標都不對了。」

「進去吧，奎恩。」我朝他靠近。「快離開這裡，外頭要被攻佔了。」

「攻佔就攻佔。」他回答：「老大打算和維京人談判，先展示一些未來人的能力嚇唬他們再提合作，他們想要這座城也無妨。拉攏這種能打的民族，對之後征服世界也有幫助。」

「回去陪泰希和孩子吧。忘記這個次元，當作你沒進來過。」

奎恩嘆了口氣。他開始左右輪流舒展肩膀。「我和老大說了你在城裡，他不放心才叫我回來顧機器。我看到你放走了褚睿安。你應該是送他回家了吧？」

我停在奎恩前方的幾英呎外。想必睿安一回去就會召集人馬，但他行事謹慎，恐怕不會立刻再進入這個次元。

反正他想來我還不答應呢，如果會傷害到這世界的人們就不行。

「奎恩，我要毀掉傳送門，你再不走就沒機會了。」

「抱歉了，強尼。」他架起拳頭。「這不是針對你。」

「你眞的相信這句話？」我問。

「才不信。」他回答：「每一場打鬥都是針對人，但客套話還是得說的，你懂吧？」

我點點頭。

奎恩一閃身欺近。

第 36 章

強化格鬥通常是一種極端持久的競賽。選手們不僅力氣大、速度快，能挨住的攻擊也比普通拳手多，被擊中也不會變慢或暈眩，更不像一般人甚至可能直接昏迷。我們不需要手套或護齒套，規則也沒限制可以攻擊的部位。聯賽只有兩條簡單規則：不可扭打，不可使用未經核准的武器。

比賽通常結束得很精彩，其中一名選手的奈米系統會崩潰、開始產生痛覺，再被命中幾下就會使系統當機——那場面不怎麼好看。

可惜的是，這並非正式比賽，而我跟上次對打時一樣裝甲有缺陷。說老實話，我的狀況應該比上次還糟。我消沉了好幾年給人當門房，聽大家罵自己廢物。

不過雙臂回到標準防禦位置時，那種感覺很自然——甚至很自在。打拳是我之前人生中最得意的一段日子，雖說也是假象，就和我剛進入這個次元時一樣是在演戲。

奎恩步伐輕盈，一連閃來三記刺拳。這是從傳統拳擊裡繼承的動作，其實對強化人沒什麼威脅，現在只有開戰時用來調整節奏，迅速評估對手反應速度如何。

我架開刺拳、踮著腳拇指走位，該怎麼做身體都記得。我想過多少次與他重新較量的場景？夢過多少次了？我多希望能證明烏瑞克當初該讓我贏，選我做他的左膀右臂。

其實我有過好幾次機會可以要他再打一場，是我自己不願意。如今到頭來，還是不得不爲過去做個了結，而這次勝負背後的賭注卻高得超乎想像。

之前想要重賽是爲了奪回尊嚴。現在我明白，尊嚴不會被別人奪走，只會由自己放棄。

第一招短兵相接後，再來卻是彼此不斷兜圈子和假動作。奎恩終於又認眞出幾個擺拳，我立刻壓低身子避過，他卻馬上一個膝蹴往我胸口招呼。我身體正面沒有裝甲，情急之下只能架起手臂格擋住。

裝甲對裝甲，撞擊時的嘎扎聲無比清亮。但喜歡傳統賽事的人這時就要失望了。

我低呼後退，介面跳出好幾條警告。暫時沒事。然而這場比試與持久力有很大關係，依靠裝甲防禦的前提是，奈米重構的速度要能跟上。

前臂被連續攻擊——我不敢放手，否則肋骨會有危險。從背部延伸的裝甲能保護兩側，但這也是硬挨了幾下才測試出來的。

奎恩的攻勢猛烈，我臉部吃了一下刺拳，這才發現他和我一樣，只有最低限度的出力強化。臉被打一拳是不至於顱骨碎裂，但也……太痛了！。這樣下去我撐不了多久。

目前爲止我都被迫採取守勢，不斷亂竄亂擋亂退。在比賽場上這樣做，觀眾一定會喝倒彩。

「強尼，你有弱點對吧，」奎恩開口問：「胸部和頭部還是沒有裝甲？」

「猜不到密碼。」我悶哼同時調整位置，讓傳送門裝置位於兩人中間。「你大概也不會爲了公平起見告訴我吧？」

「唉，強尼，」他沿著機器繞圈，但視線鎖定住我。「你眞以爲我們會記住那個密碼？」

「什麼？」

「那只是老大隨便亂輸入的。」奎恩聳肩道：「記得那種東西要幹嘛？不過他知道你這幾年試過各種亂七八糟的組合，想到就覺得好笑。」

我聽得出來他沒糊弄人。的確，烏瑞克何必費心去記？砍斷別人的手，還故意留著等對方接上嗎？

但這是心理上沉重的一擊，我一時差點站不穩。因爲，我心裡早就有數。

裝甲回不來了。這麼多年來我只是一廂情願。

奎恩又移動到了我面前——該死，他速度眞的很快。我不斷招架格擋，仍然讓一拳突破了防線落在胸膛上——肋骨斷了一根，過去的記憶片段隨著呻吟湧進腦海：我撐不住，倒下來，渾身都是血。

他繼續追打，但我也在暴喝中第一次結結實實命中他——一腳踹在奎恩的腰間，輪到他發出呻吟。強化格鬥的另一個重點在於：既然雙方都很硬，攻擊對手的同時，就代表自己也得承受部分衝擊，因此能否擊中要害相當重要。施力在敵人要害，系統進行保護或修補就得投入更多資源。但無論如何，攻擊是要付出代價的。

奎恩再度逼近，意圖取得主導權。我想一腳踹飛他，反倒被他朝旁邊撥開、失去平衡。隨後，重拳如驟雨般往我臉上不斷落下，防禦到最後又是胸部挨了一拳。奈米系統發瘋似地跳出警告，看來這一下傷得不輕。所幸以前培養的直覺還在，我往旁邊翻滾一圈後再跳起，前臂位置正好擋住迎頭而來的一腳。

我狼狽躲開，同時視覺化介面顯示內臟有受損風險。擺好雙臂後我拉開距離。我是近距離重擊的打鬥風格，比起朝人家臉上出刺拳或各種花式蹴技，更傾向對準身體猛轟。倒也不是不會那些招式，但比起其他選手，我的速度較差，一直追不上。我——

房子正門遭到了撞擊，我和奎恩同時停下動作轉頭望去。明明有金屬板補強，屋子竟還是被撞得微微震動。外頭有人在怒吼，是伊斯坦的聲音。

「應該是老大回來了，」奎恩踮著腳尖不敢鬆懈。「他還帶著馬歇爾（Marshal）和炳鎬（Byungho）。收手吧，他進來看見你和我過招的話，一定會朝你開槍。」

但我還是攻了過去。只要能在他身上轟幾拳，我也許能贏。然而，我一直打不中目標，反而自己臉上又吃了一記。系統訊息說鼻梁斷了，奈米系統全速運轉卻一直跳出錯誤訊息。我剩下的體力顯然不多了。

門板持續晃個不停。我上前再次出招——奎恩躲開了，我一個重心不穩，想收招也來不及，被他用整個身子撞飛到牆壁。眼看我被逼到死角，奎恩退一小步馬上展開狂襲，逼得我不得不格擋——奈米機器重新分配血球幫我維持體力。我一時半刻死不了，但幾處要害的傷勢累積起來就快要系統超載，裝甲分散力道的性能已經下降了。

手臂皮膚裂了開來，血液滲透上衣。我踩著蹣跚的腳步離開牆角。

好極了，再次交手居然打得這麼難堪。

我這是在幹嘛？我不可能打贏奎恩，一輩子都不可能。上次就輸了，今天當然還是輸，我註定是失敗者。可以放下那些白日夢了。廢物拳手努力一下也辦不到嗎，我心裡說，衝著有流血勉強給你一顆星。

躲開下次攻擊時，我心裡想著，不如把這爛攤子交給睿安。現在跳進傳送門，讓他帶增援過來？我裝模作樣出了幾個假動作，其實滿腦子都想著要怎麼逃跑。

又來了。

既然打不好很難堪，不如設定停損點然後溜之大吉。我在警察學院時跟不上課程、受不了同學嘲弄，便會看校規有什麼線可踩，假裝自己是被體制給逼走。

這種情況進了格鬥聯賽也沒變。我幻想著經過一番努力後風光退役，結果現實是被人設計敗戰，一輩子淪爲笑柄。而且，這依舊是我自己的錯，烏瑞克要我輸，我服從了。理由不外乎我害怕眞的會輸，所以先給自己找好退路。

永遠都在找退路。經典的強尼。

我望向傳送門。

我忽然想起伊斯坦，他明知即使趕回家鄉對抗維京人也只是賠掉性命。然後想起瑟翡雯，大敵當前，她鼓足勇氣反抗那個睚眥必報的神。他們的人生充滿難以跨越的阻礙。

最後我想到了自己。

我活得一點意義也沒有，但或許……可以死得有價值。

我一咬牙，轉身衝向機器。奎恩開口咒罵時，我已經一拳捶落機器，操作面板頓時斷成兩截，上頭的按鍵甚至變形。我又再一拳下去，接著就被奎恩撲倒。

我們翻滾扭打，最後他跨到我身上一陣亂揍，我只能先靠雙臂護住臉部。儘管奎恩確實幾乎都在朝手臂狂打，但事到如今，他打哪裡也不那麼重要了——我的奈米系統連保障存活都快難以負荷，根本沒有餘力阻斷痛覺。

於是劇痛傳遍全身。

當我快痛到失去意識時，奎恩卻停手望向正門。我眨眨眼、低沉呻吟，關掉視野裡一整片的系統警告。手臂傳來陣陣抽痛，斷掉的鼻梁像被什麼東西一口咬掉，每次呼吸都伴隨劇烈的灼燒感。在苦楚之中，我勉強看清楚了：高頭大馬、活像一堵牆壁生出五官的烏瑞克正站在門口，在他背後，馬歇爾跪在伊斯坦血淋淋的身軀旁邊。想到伊斯坦能跟強化士兵周旋這麼久，我不免感到與有榮焉。

烏瑞克關門以後眉頭一蹙，視線落在次元傳送門上。「這什麼情況？」

「抱歉，老大。」奎恩站起來，但眼睛持續盯著我。「他朝控制面板出手，我……」

「無所謂。」烏瑞克回答：「只要能呼叫支援就好。」也對，導標還在他手上，只要以他的代碼啓動，遲早會有人過來，睿安那邊則完全沒有指望。換句話說，我撐再久也毫無意義，一如往常的一敗塗地。

「不過奎恩，外頭情況有點奇怪。」烏瑞克說：「維京人不知道爲什麼撤退到碼頭重新集結，還有個瘋女人在每一棟房子的門上畫符。」

「還以爲他們不會寫字呢。」奎恩回答。

「我也以爲。」烏瑞克說。

不對，打壞機器還是有意義的。

我做的事情有意義。

非常重大的意義。

我趕緊爬起身，再次擺好架勢。

「喂，奎恩，」我嚐到嘴裡有血味。「準備好就再來啊。」

奎恩遲疑了，目光飄向烏瑞克腰上的那把槍。

烏瑞克雙臂抱胸說：「上吧。」他最愛看別人互毆。

奎恩嘆口氣。「強尼，別逼我再打趴你一次。」他靠近時小聲說：「之前你放我一馬，我也不想爲難你。」

才說完，他便閃身並一拳過來被我擋下，但他太輕敵急著追打，結果被我抓到破綻，往他的肚子出了重招。奎恩噢的一聲，眼睛瞠得老大，皺著眉快步後退。

「你知道嗎，奎恩……」我朝旁邊吐一口血。「有個朋友她跟我說，我當初並不是打假拳，而是因爲我別無選擇。但我不這麼認爲，因爲我自己也同意了。不過仔細想想，我倒是開始好奇……」

奎恩發出低吼，但接下來的進攻變得謹慎起來。過招之中，我一個膝蹴命中他的胸部，但他也找到機會朝我腰際捶了幾下。每次被擊中我都疼得眼冒金星，身體快要到極限。

然而這是第一次……我眞的無路可退。

「我開始好奇，」將他推開時，我氣若游絲地繼續說：「我都答應放水了，你們兩個爲什麼非解除裝甲不可？說什麼場面血腥才眞實，但傷口那麼多、出血那麼多，看上去明明不合理才對。」

奎恩逼近，結果被我狠狠揍了一拳、再一拳，雙雙打在腰腹上。我自己也吃了他幾招，警示訊息又瘋狂冒出來。

沒得逃，我心裡告訴自己。

將他逼得靠牆以後，我繼續出拳。

也不能逃。

奎恩快速突圍，但最後還被我補到一腳。他眼前應該也是滿滿的警示訊息：系統資源不足、奈米機器密度不足。過不了多久，痛的人就不只一個了。

「奎恩，給我爭氣點，」烏瑞克開口：「不過是強尼，你打成這副德行？」

「不過是強尼？」我望向他。「當初我都點頭同意了，你何必暗算我？不就是因爲我打得好嗎？因爲我終於有件事情做得好，所以你要趕快把我壓下去。」

烏瑞克沒有反駁。奎恩又衝了過來，而與他用刺拳和踢腿過幾招之後，我看見了：奎恩的瞳孔放大、腳步猶豫，出手越來越沒耐性。

那是……恐懼？

我想起之前他自己說的：要是被大家知道我竟然栽在你手上……

當我下一拳命中時，奎恩整張臉都皺了起來，顯然系統已壓不住痛覺。烏瑞克見狀嘖了幾聲，轉頭去檢查被打爛的傳送門面板。奎恩像瘋狗似地打過來，我先一步閃到旁邊，然後趁隙直擊他的腎臟——力道穿透了裝甲。

他滿口髒話地連連後退。其實我也只靠最後一口氣硬撐，但是打定主意絕不示弱。精疲力竭、渾身劇痛，加上手臂上好多傷口不斷出血，我得設法找到翻轉情勢的關鍵。

喔……

我有才能的可不僅僅是拳擊。

假如……

「烏瑞克，」我一邊和奎恩過招，一邊說：「聽奎恩說，你給我的裝甲隨便亂打一串密碼，結果根本不記得了，是嗎？」

「是啊。」他甚至懶得看我們一眼。「你沒救啦，強尼。就算我願意也想不起來了。」

「嗯，但這個次元不是很特別嗎？」我呼叫出裝甲系統的密碼輸入介面。「一旦牽涉到機率、數字和統計的時候，這裡的運作機制不一樣對吧？」

奎恩一聽呆住了，連烏瑞克也轉頭望著我若有所思。「所以，」我繼續說：「我在這裡隨便輸入，正好是當初那串隨機數字的可能性有多少？會不會就這樣解鎖了呢？」

他們陷入沉默。我隨便想了一串數字。

密碼錯誤。系統顯示著。

但是系統知道、我也知道，他們兩個並不知道。

我微微挺起身，甩了甩手，冷笑著擺出進攻架勢。

「很好，」我盡可能讓語氣充滿小人得志的味道：「非常好。」

當不成畫家，當不成警察，拳擊技術也荒廢了。

只有說謊我在行。

奎恩立刻改採取守勢。他上鉤了。

小石頭引發雪崩。

我扣住他的腦袋，連續朝他臉上蹴擊。奎恩踉蹌後退，開始流鼻血，奈米系統已經連出血都顧不到了。

僅僅一次小失敗，人就會懷疑自己不夠好。

我揮拳再揮拳，腦海中迴盪著烏瑞克嘲諷我時，其他人擠出的乾笑聲。

每況愈下。

奎恩撞上牆壁，我朝他腹部一拳過去，讓他再也站不起來——賽場上那一天的光景閃過眼前。其實我都記得，但之前活在自怨自艾中，所以從未察覺：比賽結束的那一刻，奎恩臉上的表情。

如釋重負。他擔心自己會打輸——即使我關掉裝甲也同意比賽作假！

因爲這麼多年下來，他一直知道誰更厲害。

一次又一次的失敗。

我的身體記得這時候該怎麼做。我朝他臉上一拳拳狂揍。

想回頭已經來不及。

被揍爛的奎恩嗚咽地癱在地上，我這才停手。

最後積重難返。

我看看奎恩，再看看烏瑞克。烏瑞克撥動傳送裝置底部的某個零件，機器再度發出藍光。「手動覆寫還是行得通嘛，」他說完，取出導標安裝在裝置側面的插槽裡，接著拍了拍手上的灰塵才轉過頭來。「奎恩，你還眞讓人失望。」

以前他也這麼對我說過。

當初我怎麼就看不透呢？他羞辱我，關鍵原因不在於我這個人，而在於他自己的地位。

烏瑞克讓我爬得高摔得慘就只爲了以儆效尤，用意是讓大家畏懼他。

這次要成功，我在心裡告訴自己。伊斯坦爲此付出性命，我不能讓一切白費。該結束了。

只要我能撐到最後。

「早跟你說了，他打不過我。」我揪著奎恩的衣領。「你當初就該讓我贏！要犧牲也是犧牲他才對。」

烏瑞克朝我上下打量。他並不傻，卻誤以爲很了解我，能操控我的一舉一動。可惜他的資訊過時了。

「看樣子是該給你一個機會。」

我拽著奎恩走向烏瑞克。他不敢大意連忙後退，但沒有直接開槍。

「你有條新的看門狗了。」我說。

烏瑞克哼了一聲。我將奎恩的身子提起來。「好好照顧泰希。」我湊耳對奎恩低語：「你沒虧待我，我也幫你一把。出獄之後重新做人，別讓我白忙一場。」

奎恩充血的雙眼注視我，我眨了一下眼，便將他推進傳送門。這會使他出現在警署，但如此一來，即使他的生命系統有危險，也能立刻獲得救治。

至於這個次元……就烏瑞克的角度而言，他眞不該讓我這麼靠近傳送裝置。我一腳踩碎手動覆寫的元件，傳送門的藍光在我拔出導標後熄滅。

然後他就開槍了。

子彈正中我的胸口，倒下時，全身所有傷口都在噴血。奈米系統全速運轉爲我續命。

烏瑞克走到我面前。「果然是鬼扯，你的胸部還是沒有裝甲。那麼頭部應該也沒有吧。」他將槍口對準我的額頭。

然而導標還在我手裡。我將僅剩的能量集中在手部強化上。

「強尼，」他說：「把它放下。」

「抱歉了，烏瑞克，」我小聲說：「我意識到，有個人比你更讓我更加害怕。」

他皺起眉。「誰？」

「以前的那個我。」

我五指一縮，捏碎導標。

槍聲響起。

烏瑞克粗喘著氣，他胸前開了個大洞。

又是一槍。他的腦袋粉碎，奈米系統也救不回來了。

無頭屍體往旁邊倒下，我望過去發現正門又被打開——伊斯坦正靠著門框，全身血跡斑斑彷彿千瘡百孔。他手裡除了槍，還有一條斷臂，斷臂的手指勾著扳機。

後面廣場倒著兩個現代人，身上還穿著鎮暴裝。

這該死的太離譜了吧？

「你怎麼辦到的？」我問：「爲什麼你能打贏兩個有裝甲和全套配備的現代士兵？」

容。

「大概是因爲他們沒有弓箭？」伊斯坦腿一軟，倚著門框坐下，疲憊的臉上浮現笑容。

我忍不住也跟著笑了出來。

魔法師的負累

以下內容摘錄自《我的人生：首位跨次元魔法師™，賽熙爾．G．巴格斯沃三世的自傳》。（勤儉魔法師™出版社，2102年發行，售價39.99美元。勤儉粉絲團™訂閱會員獨享之作者親筆簽名版。）

一個魔法師的人生可說是奇怪而孤獨。

下面這段話不是澆冷水更不是勸退。穿越次元是我人生中數一數二的刺激體驗（而我的人生無論從任何角度分析都已十分精彩），而且自從科學證實了宇宙邊界存在以後，人類反覆自問：外面還存在什麼？除了我們居住的這個泡泡，是否有別的宇宙？

答案是肯定的。所謂現實，就如同人類的創意無窮無盡，永遠都有新的天地等待我們。

這個地球只是個開端。如今（我們這個實質等級的）前人未至的疆域已經開放大家去探索和發掘，通向無限的道路就在眼前。

然而像我這樣踏上旅途，或許你也會陷入異常強烈的孤寂感。那麼的多次元裡，數不盡的人類連他們村子外有什麼都不知道，對於多重現實更是毫無概念。看著他們在小房子維繫小家庭，以為自己是宇宙中心，我們心中很難不為之感慨。

知識有時會成為負累。

但我說了，這番話意不在澆冷水或勸退大家，充其量是個小提醒：請為那種感受做好心理準備，若要扛起知識的重擔就免不了寂寥。

沒人能夠匹敵你，也就沒人能夠陪伴你。

因為你是魔法師。

第 37 章

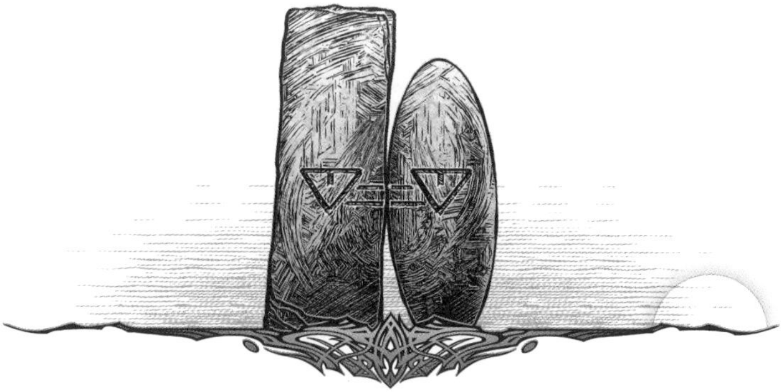

幾小時後，我坐在懋港碼頭望著大海。胡狄艦隊從海平線上消失，逃得無影無蹤。累壞了的琵翡雯緊緊挨著我，我也不想放開她。經過系統急救後我已能自由活動，不過身上臉上都有大片的結痂……

「妳確定臉上留疤符合這裡的審美觀？」我問。

「假如你沒打算留鬍子，那就留疤，」她說：「會比較好看。」

我沒告訴她再怎麼想留，遲早都會被奈米機器治好。或許可以叫系統別治療？應該能設定才對。

但是……我不會在這裡待太久，不是嗎？

「我很遺憾淨靈法陣被摧毀了。」她說的是傳送裝置，顯然當地人依舊相信森林裡的蘑菇圈或巨石陣可以通往淨靈世界。對琵翡雯而言，傳送裝置是個同義詞。

其實也沒錯？畢竟用途差不多。

不過想離開得找別的辦法了。傳送器和導標被我破壞到無法運轉的程度，腦袋好的人或許知道怎麼修理，但不會是我。我現在只想再多陪陪瑟翡雯。她的身體好溫暖，原來奈米系統調節體溫會造成我們感受不到別人的溫度。在調節我的身體時，這些蠢東西竟然偷走了人與人之間基礎的連結。

「妳做的事眞令人驚嘆。」我低聲說：「因爲有妳，現在整個韋斯瓦拉重新獲得保護了。」

「就看奧丹什麼時候劈死我。」

「祂之前沒動手，之後也不會。」

她似乎不怎麼相信，但疲倦的臉上擠出笑意，嘴唇先停在我臉頰，接著停到我嘴上。她的氣息與雙唇都好溫暖。

我們抽離彼此後，她又說：「我想學會你知道的每個字詞，你們世界的每個字，所有國家、所有民族的所有文字。」

雖然我笑著，卻因爲必然的結局而心碎。「遇見妳，」我耳語道：「是我這輩子最幸運的事。謝謝妳這麼美好。」

「話說你又騙我對不對，」她說：「你不是最卑微的淨靈吧，弗文斯？」

「不是。」我回答：「我不是。」

這次我能相信自己了。

「事實上我還滿優秀的，」我繼續說：「很多女生喜歡我，那可是我的長處之一。」

瑟翡雯笑得更爲燦爛。「你看，」她說：「雲的顏色正常了，眞好。」

我端著她下巴輕輕抬起，四目相交後又吻了一次。

「雖然我並不介意，」一道聲音從背後傳出來：「甚至挺喜歡偷偷看著，但我在場的時候，你們是不是該稍微放尊重點？這是習俗吧。」

一轉頭便看見索珂——應該叫祂洛基娜——也站在碼頭上。祂還是選擇揹著一筐柴薪的老奶奶形象。

我們匆匆忙忙起身。「女神，」瑟翡雯態度恭敬，卻沒有鞠躬或低聲下氣的感覺。「請問伊斯坦還好嗎？」

「還有呼吸，」女神回答：「應該能呼吸很久。不過我怕他打擊太大，還沒跟他提到郡侯已被烏瑞克宰了這件事。」

「看來我們需要新郡侯。」瑟翡雯說。

「幸運的是，你們正好有個人選。」

瑟翡雯遲疑之後瞥向我，我的嘴角慢慢上揚。

「昏脹東西，我說的是伊斯坦！」洛基娜罵道。

「喔，」瑟翡雯轉開眼睛。「當然。」

「是啊。」我附和：「更適合的選擇。」

「怎麼這兩個都是傻子。」洛基娜說：「算了，再傻也是我的人。」

「抱歉，女神，」瑟翡雯昂首道：「以後我們只忠於自己。」

洛基娜哼了聲。「妳去照顧伊斯坦，」祂吩咐瑟翡雯：「也去吃點東西。我有事和淨靈說。」

瑟翡雯望向我。

「去吧，」我說：「也帶上我的問候。」

她笑著親我一下，轉身走入懋港市區。瑟翡雯刻上的字母蘊含著魔力，彷彿液體流動，符文石重生以後發出微光籠罩城鎮中央。

我看著她背影消失。碼頭上的血跡大半清洗乾淨了，加上落日餘暉照得海面閃閃發亮，氣氛非常寧靜祥和。

「我明白奧丹爲什麼捨棄他們了。」我開口說。

「哦？忽然開竅了是嗎？」

我點頭。「祂是想以這個城市、這片土地的居民來殺雞儆猴，而且這同樣的手法應該已維持很漫長的歲月了吧。踩死倒霉鬼，其他地方的信徒就會害怕自己得不到奧丹的青睞。」

換句話說，奧丹是宗教版的烏瑞克。

「看樣子你那小腦袋瓜還有得救。」洛基娜回答：「對了，你以後可別想再使喚我。之前只是暫時合作，方便我暗中行動。畢竟你身上那團靈氣能造成奇怪的影響，同樣能對我的同胞產生作用。」

我轉頭望向大海。奈米系統的運轉率還是很低，現在肺部灌滿水也無法觸發反自殺機制。

不會游泳終於也變成了優點。等系統功率恢復就來不及了，我得堅持到底。

「雷電啊，你那小腦袋瓜又在想什麼？」洛基娜說。

「我們的存在會妨礙遊靈保護這裡的人民。」我低聲解釋：「我在的話，瑟翡雯就用不了魔法。我不走，整片大地會死去，我在乎的人也都活不成。所以……謝謝妳幫我找回自我，儘管只有幾天，我也很滿足了。」

我走向碼頭邊緣，一腳踏了出去——

幾秒後我跌坐在水裡。

「那邊的水才兩英呎深。」洛基娜說：「你腦子是眞的不好吧。不然你以爲碼頭爲什麼都要延伸很遠？要找水深的地方麻煩走遠點。」

「喔。」我起身朝著大海前進。

「很有勇氣，」洛基娜繼續說：「有勇氣到了愚蠢無知又荒謬離譜的地步。」

我轉頭瞪著祂。「祢就不能讓我有尊嚴地走完最後一程？」

「你剛才還想在只有膝蓋高的水裡溺死自己，」祂表示：「現在談尊嚴是不是晚了點。」

我嘆口氣，暗忖爲什麼自己會跑到一個連神明都這麼煩人的次元？

「不過你剛剛的那番話並沒有錯，」洛基娜又說：「你身上的毒性……所謂的實質……會覆蓋祝詞的力量。它會擾動並破壞你停留之處的符文。長達一個月之久。」

我愣了一下。「一個月？」

「嗯。」祂回答：「烏瑞克待在這裡一個月，結果連我也拿他沒辦法了。長期留在同一個地點會讓毒性滲透土地，但如果一直移動的話影響就不會太大，畢竟就你一個人而已。但你就快上路吧，求仁得仁死得其所，英勇的好男兒。可憐瑟翡雯沒你保護就是了。」

「我保護她？這又是什麼意思？」

「還能是什麼意思，」洛基娜說：「難道你們要靠我應付奧丹？孩子，要是我辦得到不就老早出手了，還需要等你們這些傢伙來搗亂時才見縫插針嗎？」

祂繼續說：「你跟著她的話，奧丹應該會裝作沒看到。我那兄長最忌諱的，就是祂——即便身爲神明——終有一天也會死。能讓祂想起這件事的東西祂絕不肯碰，而你那種靈氣造成的效果就恰到好處。

「所以呢，假如你們到處旅行，每隔幾天換個鄉鎮落腳，既能保護瑟翡雯，也不至於毒害遊靈或擾亂符文。但那樣你就沒法像個英雄一樣捨身取義啦！所以快點跳吧！我會要詩客別在故事裡提到你肚子朝下摔進水池這一段。」

我盯著祂，接著渾身感到一陣發熱。

可以留下來？

我可以留下來！

洛基娜伸手從水中拉起我，力氣與祂的年老外表完全不相稱。所謂的神大概就是這麼回事。

「謝謝。」我感激地說。

「唉，」祂回答：「我就只是想看看好戲。你不知道長壽起來多無聊，尤其同胞還一個比一個傻。你知不知道我們有棵樹啊？」

「知道。」

「那你應該想像得到我們那邊都是些什麼天才。」祂說：「好啦，弗文斯，不必一臉哀怨了，去吃點東西、抱抱那個女孩慶祝一下。雖然是有點外力幫助，但你這回做得很好，就算還要討厭自己也可以過幾天再說。」

我露出微笑。「那他們今天煮什麼？」

「魚。」

「還眞的一條魚的力氣也不肯留？」

這個女神居然笑了起來，似乎眞的覺得有趣。哇賽！

回去鎮子的路上，我腦袋莫名地想給整趟旅程打分數，但想想之後卻發現不再有必要。以前我一直打分數，是爲了找到這輩子眞正想要的事物。如今，我已經找到了，不如就讓評分系統功成身退。

（……評分系統惠我良多，五顆星。好好享受退休生活吧。）

我帶著雀躍的心情回去城裡和瑟翡雯、伊斯坦會合。就結果來看，只要別無選擇，窩囊廢也能拯救世界。

尾聲

幾個月後的某一天，洛基娜隱藏身形來到樹牆鎮（Treewall），悄悄看著詩客和異鄉人丈夫演出懋港大戰的故事。瑟翡雯負責旁白和對話，弗文斯則擺起他稱之為傀儡秀的東西。

女神挺欣慰的。表演裡不只有很多好笑配音，奧丹的人偶還鬥雞眼呢。起初許多鎮民因懷著成見而態度冷淡，但隨故事進入高潮，他們越聽越入迷，開始理解也願意相信。

論及說故事，洛基娜可不覺得自己會輸給瑟翡雯，不過能得到女神祝福自然並非泛泛之輩。當然，拯救世界是個因素，但他們沒邀功也就罷了。總而言之，是個不錯的使徒人選。洛基娜花了幾十年想找個有骨氣反抗奧丹的詩客，結果找來的又剛好挺有祝詞的才華……

兩全其美。

祂的同胞一定會後悔放棄這片土地。奧丹就繼續和胡狄人鬼混吧，兄長那喜新厭舊的脾氣改不了。但洛基娜已能確定一件事：這世界不是只有掠奪者能當贏家，創造者也行。

弗文斯讓奧丹傀儡配合臺詞躲起來，又靠他身上的奇怪功能製造音效，所以洛基娜不必幫忙打雷。反正祂也不愛玩閃電。但自己出場的橋段，祂還是出手點了幾道火來炒熱氣氛。

至於這小子，祂在心裡自言自語，倒眞是押對寶了。

雖然這也不完全是祂的選擇，就只是那時剛好那小子在尋找……應該叫導標的東西吧。神明也離不開氣運，洛基娜不知道他是誰、有什麼本領，甚至不確定自己干預之後他就會進入這個世界。在那個當下，祂只知道自己必須採取行動，而這也就足夠了。

話說弗文斯的裝甲密碼祂倒是能破解。那傻小子當時腦筋沒轉過來，如果要猜密碼當然不是自己亂猜，找個遊靈幫他亂選不就得了？是可以告訴他這件事，就看他之後乖不乖吧。

故事進入尾聲，觀眾們的情緒都很亢奮，而故事的高潮是勇者擊殺作惡淨靈，並成爲新郡侯。洛基娜沒提起過，其實是祂擾亂了異鄉人血液裡的微小機器，否則伊斯坦也得死在門口。挺辛苦的，後來祂還病了好幾週。

而且就算神明沒有庇佑，伊斯坦使用落後武器以一敵二還是贏得相當光彩。洛基娜不過是在天平放上幾顆麥子稍加平衡罷了。

洛基娜知道這些人民往後不必活在恐懼中。他們可以找瑟翡雯修補符文石，或許還能派一、兩個女兒去懋港學習如何當詩客。兒子也無妨，洛基娜才沒大家說得那麼吹毛求疵。

奧丹的形象也將改變，很快會從英雄搖身一變成爲敵人的神。這可沒誣賴祂那兄長，是奧丹自己不肯善待人類。

之後，洛基娜潛入當地人替弗文斯和瑟翡雯下榻的房間。兩人擺了睡袋和一些怪東西，像是太陽能板的電線，從屋頂垂下來連接筆記型電腦。褚睿安留在森林的行李被他們回收了。

弗文斯在這個裝置上寫著回憶錄。洛基娜每天追蹤進度，確保他有好好描寫自己。弗文斯並不知道密碼，自然無法打開褚睿安的加密檔案。但只要是文字，洛基娜就能偷到手，那可是祂的神格之一。有個檔案是整套的百科全書，褚睿安出發之前下載的。沒什麼意義，不過就是那個世界的人類知識總和罷了。

洛基娜構築出一具新身體，這次的外觀是一名纖瘦的年輕男子。祂坐在筆電前面，模模糊糊地回憶起神明們來自非常非常深邃的地方。跨越不同的時間、空間、現實……從遙遠的彼岸深處逆流而上，卻在這裡被不明力量攔下刺傷，無法繼續前進。

至少目前沒辦法。

指尖觸碰機器時祂還是忍不住皺眉，但祂忍住痛楚打開鎖住的檔案，從昨晚中斷的地方繼續往下讀。

這一節標題是「次元傳送門：組裝圖與維修方法」。

（全書完）

後記

這本書究竟從哪裡來的呢？

它在我二〇二〇與二〇二一年暗中進行的「祕密計畫」裡比較特別，不屬於寰宇系列、走第一人稱，而且科幻大於奇幻。

原始構想可以追溯到二〇一九年某個夜裡，我講給自己聽的故事。我是那種每天躺在床上還沒睡著就會胡思亂想的人，大腦自然而然轉起來、一閉上眼睛畫面像電影閃過去，彷彿給自己準備了床邊故事一樣。當時腦袋裡的版本和大家手上這本書有出入，但概念相仿：那時候設定是主角參加競賽節目，回到過去阻止鐵達尼號沉沒。

我還滿喜歡那個構想的，而且當時就確立了多重次元但不涉及眞正的時間旅行，如此一來避免回到過去就必須改變未來的矛盾，可以好好發展爲實境秀、分成很多季、邀請不同參賽者。順著這條思路發展，我覺得可以開放購買多重次元。

故事中虛構的作者賽熙爾·G·巴格斯沃三世在之前作品也出現過（「邪惡圖書館」系列〔Alcatraz series〕內的一位編輯），他是我與好友Dan Wells共有的角色，我們大學時代一起塑造了這個在不同次元之間冒險和寫作的人物。他和印第安納·瓊斯有點像，不過他去了出版業而不是考古學界。至於外表更是巧了，和我弟弟Jordan一模一樣。（這本書裡的賽熙爾插圖都有著作權，所以Jordan正式成爲專業模特兒。）構思故事的過程就已經決定會有賽熙爾一點戲份了。

二〇一〇年代初，我腦袋冒出了一個響亮的標題叫做《勤儉魔法師的倫敦旅遊指南》（*The Frugal Wizard's Guide to London*），不過因爲哈利·波特的風格過重就被束之高閣。真正動筆以後，我又意識到，若穿插一本指南書的摘錄，就可以在搞笑中建構時空背景，避免故事步調太過沉悶。

後來放棄鐵達尼號主要理由是因爲有點誇張，加上這是歷史事件，而我了解得不夠多。基本上，「祕密計畫」的作品主要是寫給我和老婆自己好玩，所以希望盡量輕鬆詼諧，而我又對盎格魯撒克遜時代的英格蘭很有好感。（話說我挺得意的，因爲本書歷史顧問Michael最後並不需要改動太多以符合事實。當然僅限於非虛構部分。）

最後一片拼圖是我想寫個白色房間的故事，也就是主角醒來時失去記憶，與讀者一起找回自己的過去。我沒有以小說形式進行過，很久以前讀了《神鬼認證》原著就想試試看。（安迪·威爾（Andy Wier）的《極限返航》〔*Project Hail Mary*〕也是這類型很出色的作品，當然也對我在本書呈現的概念造成很大影響。）

將上面說的東西加起來攪拌一下，就變成各位剛讀完的這本書了！

布蘭登·山德森

邪惡天才奇幻大神**布蘭登・山德森**作品集

（謹以臺灣已出版作品列表）

◆颶光典籍系列

王者之路（上下冊）、燦軍箴言（上下冊）
引誓之劍（上下冊）、戰爭節奏（上下冊）

◆迷霧之子系列

迷霧之子三部曲：最後帝國、昇華之井、永世英雄
迷霧之子第二紀元：執法鎔金、自影、悼環、謎金

◆審判者系列

鋼鐵心、熾焰、禍星

◆天防者系列

天防者、星界、超感者、無畏者

◆祕密計畫系列

翠海的雀絲、勤儉魔法師的中古英格蘭生存指南

◆邪惡圖書館系列（皇冠文化出版）

眼鏡的祕密、幽靈館長的詭計、
水晶騎士的戰鬥、最後的暗黑天賦

◆其他單行本及圖像小說

伊嵐翠
皇帝魂
軍團
陣學師
無盡之劍
無垠祕典
晨碎
無名之子
快照行動（電子書）
白沙（漫畫）
破戰者（上下冊）（蓋亞出版）

中英名詞對照表

數字

100 Percent Super Wizard Guarantee™ 百分百超級魔法師保障™

A

Amulet of Vigor 活力護符
Anti-Cartel and Illegal Augments Division 反黑幫與非法強化體調查處
augment 強化
ael 淨靈
álfr 皙靈
Alwin 艾爾文
Apinya Pan 阿萍亞・潘

B

Badon 巴頓
Bagsworth's Law™ 巴格斯沃法則™
barghest 犬魔
Bearn-gisel 質子
Better than True Life Experience™ 比真實人生更美好體驗™
bind(v.) / binding(n.) 束祟
Black 小黑
Black Bear 黑熊
boast 祝詞
bog 沼魔
branching points 分歧點
Bretwalda 領主
Bushman 布希慢
Byungho 炳鎬

C

Case Studies in Awesome: Ten People who Ruled the World in Their Personal Wizard Dimensions™ 《令人敬畏的個案研究：在魔法師個人次元™內統治世界的十個人》
Case Studies in Hope: Ten People Who Changed the World in Their Personal Wizard Dimensions™ 《希望無限的個案研究：在魔法師個人次元™內改變世界的十個人》
Cecil G. Bagsworth III 賽熙爾・G・巴格斯沃三世
Celtic True Matriarchy™ 凱爾特真母系社會™
changeling 調換兒
Coffman 考夫曼
cofold 小妖
craeft 奇術

D

Dansic 丹錫
Delm 德姆
Dimensional Arms Act 《次元武裝法案》
Dimensional Law Act 《次元規範法案》
Dimensional Versus Sport Challenge™ / D.V.S.C.s 次元對抗挑戰賽™
disintegration flare 解體焰筒
Dobson 杜布森
Dökkálfar 黑靈
draca 龍靈
dweorgar 矮靈

E

Ealstan 伊斯坦
earl 郡侯
Earth-lite™ 輕地球™
Enhanced Fighting League 強化格鬥聯賽
Ériuians 愛爾朗人
Ethical Consortium Decision on Interdimensional Rights 《倫理聯盟之跨次元人權決議書》

Everything You Ever Wanted to Know about Etymology: But Were Afraid to Ask 《不可不知的語源學——以及你不敢問的事》

F

Fabian Augments cartel 費卞強化體企業聯合會
faeigerman 精怪
Far Strength 遠威谷
Fenris 芬里斯
Flannagan 弗拉納根
Friag 芙芮婭
Frugal Wizard™ 勤儉魔法師™
Frugal Fans™ 勤儉粉絲團™
Fully Guaranteed Dimension™ 全程保障次元™

G

Godric 葛綴克
Gorm 戈姆

H

Hairud 海露德
hearthmen 親軍
Hend 韓德
highfather 孟父
Hild 赫妲
Hordaland 胡狄國
Hordaman 胡狄人

I

I Refuse to Use™ 我拒絕使用™
Interdimensional Wizard™ 跨次元魔法師™

J

Janice Vault 賈妮絲・佛特
Jen 珍
John West / Johnny 強・韋斯特／強尼
Journal of Relativistic Studies 《相對論研究期刊》

L

landswight / wight 遊靈／靈
Last Bastion of Civilization™ 文明最後堡壘™
Leave It Alone Movement 不干涉運動
Leof 李奧夫
little father 季父
Logna 洛基娜
loose(v.) / loosening(n.) 送祟
Luddow 魯鐸

M

Maelport 懋港
Marshal 馬歇爾
Marta 瑪塔
metodgodas 諸神隕落
Micronization War 微化戰爭
midfather 仲父
MutaTech 致變原科技
My Life as Not a Banana 《不是香蕉怎麼活》
My Lives: An Autobiography of Cecil G. Bagsworth III, The First Interdimensional Wizard™ 《我的人生：首位跨次元魔法師™，賽熙爾・G・巴格斯沃三世的自傳》

N

Nanite Mutagen Zombie War™ 奈米致變喪屍戰™
Neahtun 聶頓（鎮）
nicor 水靈
Night Marks 夜痕
Norweg 諾威

O

Oswald 奧斯瓦

P

Perfect Dimension™ 完美次元™
Personal Wizard Dimension™ 魔法師個人次元™
Plague-free Guarantee™ 無瘟疫保障條款™
plating 裝甲

Q

Quantifiably Strict and High-Quality Standards of Dimensional Excellence™ 傑出次元可量化高品質嚴格標準™
Quinn Jericho 奎恩・耶利戈

R

reeve 邑宰
Rembrandt 蘭布朗
Rowena 羅溫娜
runian 符文師
Runian 弗文斯
Ryan Chu 褚睿安

S

Science for Wizards™ 《魔法師科學讀本》™
Sefawynn 瑟翡雯
Sing 辛恩
skald 詩誥
skop 詩客
Stenford 史丹佛
Super-Nebraska™ 超級內布拉斯加™

T

Tacy 泰希
The preserve 邊區
The Truth about Truth: A Call to Adventure 《眞相的眞相：冒險的呼喚》
thegn 鄉紳
Thokk 索珂
thrael 奚奴
Thunor 索諾
Tiw 提兀
Torrington 11940 拓靈頓一一九四〇
Total Wizard™ 完美魔法師™
Treewall 樹牆鎭
True Wizard™ 大法師™
Truth in Advertising Act 《眞實廣告法案》

U

Ulric Stromfin 烏瑞克・史綽梵

V

Venessa 凡妮莎

W

Waelish 魏爾斯人
Wealdsig 維德熙
Wellbury 維爾勃里
wèoh 祖沃
Weswara 韋斯瓦拉
Weswaran 韋斯瓦拉人
wicce 禁婆
Wizard vs. Wizard: Britain on Fire 《魔法師對魔法師：戰火連綿不列顛》
Wizard vs. Wizard: Conquest of Britain 《魔法師對魔法師：征服不列顛》
Wizard Wildcard™ 魔法師百變符™
Woden 奧丹
Wodensday 奧丹日
wyrd 氣運
Wyrm 阿龍

Y

Yazad 亞札德

BEST 嚴選 149

勤儉魔法師的中古英格蘭生存指南

原著書名／The Frugal Wizard's Handbook for Surviving Medieval England
作　　者／布蘭登・山德森（Brandon Sanderson）
譯　　者／陳岳辰
企畫選書人／王雪莉
責任編輯／劉瑄

版權行政暨數位業務專員／陳玉鈴
資深版權專員／許儀盈
行銷企畫主任／陳姿億
業務協理／范光杰
總　編　輯／王雪莉
發　行　人／何飛鵬
法律顧問／元禾法律事務所　王子文律師
出版／奇幻基地出版
城邦文化事業股份有限公司
台北市 115 南港區昆陽街 16 號 4 樓
電話：(02)25007008　傳眞：(02)25027676
網址：www.ffoundation.com.tw
e-mail：ffoundation@cite.com.tw
發行／英屬蓋曼群島商家庭傳媒股份有限公司城邦分公司
台北市 115 南港區昆陽街 16 號 8 樓
書虫客服服務專線：(02)25007718・(02)25007719
24 小時傳眞服務：(02)25170999・(02)25001991
服務時間：週一至週五 09:30-12:00・13:30-17:00
郵撥帳號：19863813　戶名：書虫股份有限公司
讀者服務信箱 e-mail：service@readingclub.com.tw
歡迎光臨城邦讀書花園　網址：www.cite.com.tw
香港發行所／城邦（香港）出版集團有限公司
香港九龍土瓜灣土瓜灣道 86 號順聯工業大廈 6 樓 A 室
電話：(852) 2508-6231　傳眞：(852) 2578-9337
e-mail：hkcite@biznetvigator.com
馬新發行所／城邦（馬新）出版集團
【Cite(M)Sdn Bhd】
41, Jalan Radin Anum, Bandar Baru Sri Petaling,
57000 Kuala Lumpur, Malaysia.
Tel: (603) 90563833 Fax:(603) 90576622

封面設計／朱陳毅
排　　版／芯澤有限公司
印　　刷／高典印刷有限公司
■ 2024 年 7 月 16 日初版

售價／ 599 元

國家圖書館出版品預行編目資料

勤儉魔法師的中古英格蘭生存指南 / 布蘭登 . 山德森 (Brandon Sanderson) 作 ; 陳岳辰譯 . -- 初版 . -- 臺北市 : 奇幻基地出版 , 城邦文化事業股份有限公司出版 : 英屬蓋曼群島商家庭傳媒股份有限公司城邦分公司發行 , 2024.04
面 ; 公分 . -（Best 嚴選 ; 149）
譯自 : The Frugal Wizard's Handbook for Surviving Medieval England
ISBN 978-626-7436-06-6（精裝）

874.57　113002667

ISBN 978-626-7436-06-6
EAN 4717702124168
Printed in Taiwan.

廣　告　回　函
北區郵政管理登記證
台北廣字第000791號
郵資已付，免貼郵票

115 台北市南港區昆陽街 16 號 8 樓

英屬蓋曼群島商家庭傳媒股份有限公司城邦分公司 收

請沿虛線對摺，謝謝

奇幻基地

每個人都有一本奇幻文學的啓蒙書

奇幻基地粉絲團：http://www.facebook.com/ffoundation

書號：1HB149　　書名：勤儉魔法師的中古英格蘭生存指南

｜奇幻基地．2024山德森之年回函活動｜

好禮雙重送！入手奇幻大神布蘭登．山德森新書可獲2024限量燙金藏書票！
集滿回函點數或購書證明寄回即抽山神祕密好禮、Dragonsteel龍鋼萬元官方商品！

【2024山德森之年計畫啟動！】購買2024年布蘭登．山德森新書《白沙》、《祕密計畫》系列（共七本），各單書隨書附贈限量燙金「山德森之年」藏書票一張！購買奇幻基地作品（不限年份）**五本以上，即可獲得限量隱藏版「山德森之年」燙金藏書票；購買十本以上還可抽總值萬元進口龍鋼公司官方商品！**

好禮雙重送！「山德森之年」限量燙金隱藏版藏書票＆抽萬元龍鋼官方商品

活動時間：2024年1月1日起至2024年10月30日前（以郵戳為憑）
抽獎日：2024年11月15日。
參加辦法與集點兌換說明：2024年度購買奇幻基地任一紙書作品（不限年份，限2024年購入），於活動期間將回函卡右下角點數寄回本公司，或於指定連結上傳2024年購買作品之紙本發票照片／載具證明／雲端發票／網路書店購買明細（以上擇一，前述證明需顯示購買時間，連結請見奇幻基地粉專公告），寄回五點或五份證明可獲限量隱藏版「山德森之年」燙金藏書票，寄回十點或十份證明可抽總值萬元進口龍鋼公司官方商品！

活動獎項說明

■ **山神祕密耶誕好禮＋「寰宇粉絲組」（共2個名額）**
布蘭登的奇幻宇宙正在如火如荼地擴張中。趕快找到離您最近的垂裂點，和我們一起躍界旅行吧！
組合內含：1. 躍界者洗漱包 2. 躍界者行李吊牌 3. 寰宇世界明信片 4. 寰宇角色克里絲別針。

■ **山神祕密耶誕好禮＋「天防者粉絲組」（共2個名額）**
衝入天際，遨遊星辰，撼動宇宙！飛上天際，摘下那些星星！組合內含：1. 天防者飛船模型 2. 毀滅蛞蝓矽膠模具 3. 毀滅蛞蝓撲克牌 4. 寰宇角色史特芮絲別針。

特別說明

1. 活動限台澎金馬。本活動有不可抗力原因無法執行時，主辦單位有權決定取消、中止、修改或暫停本活動。
2. 請以正楷書寫回函卡資料，若字跡潦草無法辨識，視同棄權。
3. 活動中獎人需依集團規定簽屬領取獎項相關文件、提供個人資料以利財會申報作業，開獎後將再發信請得獎者填妥資訊。若中獎人未於時間內提供資料，主辦單位有權取消得獎資格。
4. 本活動限定購買紙書參與，懇請多多支持。

個人資料：

姓名：＿＿＿＿＿＿＿＿ 性別：　　年齡：＿＿＿＿ 職業：＿＿＿＿＿＿ 電話：＿＿＿＿＿＿＿＿

地址：＿＿＿＿＿＿＿＿＿＿＿＿＿＿＿＿＿＿ Email：＿＿＿＿＿＿＿＿＿＿ □ 訂閱奇幻基地電子報

想對奇幻基地說的話或是建議：＿＿＿＿＿＿＿＿＿＿＿＿＿＿＿＿＿＿＿＿＿＿＿＿＿＿＿＿＿＿

奇幻基地

請剪下右邊點數，集滿十點寄回奇幻基地即可參加抽獎，影印無效。

1
A Year of Sanderson
2024